名家文存

笔走羊马蛇

王干 | 著

山东人民出版社
全国百佳图书出版单位 国家一级出版社

图书在版编目（CIP）数据

笔走羊马蛇 / 王干著.—济南：山东人民出版社，2017.1

ISBN 978-7-209-10196-7

Ⅰ.①笔… Ⅱ.①王… Ⅲ.①文艺批评—文集 Ⅳ.①I06-53

中国版本图书馆CIP数据核字（2016）第277886号

笔走羊马蛇

王　干　著

主管部门　山东出版传媒股份有限公司
出版发行　山东人民出版社
地　　址　济南市胜利大街39号
邮　　编　250001
电　　话　总编室（0531）82098914
　　　　　市场部（0531）82098027
网　　址　http://www.sd-book.com.cn
印　　装　北京富达印务有限公司
经　　销　新华书店

规　　格　32开（145mm×210mm）
印　　张　8
字　　数　140千
版　　次　2017年2月第1版
印　　次　2017年2月第1次
印　　数　1-5000
ISBN 978-7-209-10196-7
定　　价　29.00元

目 录

001 / 自　序

002 / 意象化入小说之后
——从《红楼梦》说起

011 / 青春与沧桑
——从《红楼梦》说起

020 / 虚实真假“冷香丸”
——从《红楼梦》说起

028 / 任性者的命运
——从《红楼梦》说起

036 / 贾府来了个年轻人
——从《红楼梦》说起

044 / 外来者的视域
——从《红楼梦》说起

052 / 人物的平台
——从《红楼梦》说起

060 / 被遮蔽的大师
——论汪曾祺的价值

071 / 追寻汪曾祺的足迹
——序徐强《汪曾祺年谱》

佯说经典

076 / 难得的暖意
——重读《岁寒三友》
082 / 有志者的困局
——重读汪曾祺的《徙》
092 / 翰墨丹青　隔行通气
——汪曾祺的书画美学
100 / 汪氏父子之美食
103 / 此情可待成追忆
——推荐王蒙的《明年我将衰老》
106 / 不老叙事人的青春逆袭
——评王蒙的长篇小说《闷与狂》
112 / 评王蒙的《这边风景》

马上解读

116 / 80 后作家的分化与渐熟
126 / 青春与沧桑
——2013 年中短篇小说的一种解读
133 / 土地·政权·青年
——2014 年中短篇小说述评

145 / 为什么是第一人称
——评《广西文学》“80后小说专号”并致80后作家
151 / 火气褪尽方境界
——序曹乃谦长篇小说《流水四章》
157 / 余华的三个贡献
161 / 钢丝上的舞者
——于一爽和她的小说
167 / 接地气的作家
171 / 一种空间，几度回首
——评《黄雀记》
176 / 记忆中生命与生命的对话
——电影《狼图腾》观感
179 / 桃花灿烂
——《画家心中的桃花源》前言

草蛇灰线

182 / 一刊一潮一小说
——编辑生涯三乐事
192 / 再论朦胧诗的价值
210 / 文学评论要走心
213 / 不拿枪的敌人
216 / 现在还回忆
220 / 球评集后记
222 / 酿酒颂
225 / 在临沧参茶
229 / 杭州初游
232 / 春晚是个筐,装不下冯小刚
235 / 抗争球霸:波斯人的灵魂在奔跑
237 / 中国球迷的后世界杯时代
240 / 枪毙电影:姜文的《一步之遥》
244 /《捉妖记》捉的是我们心中的妖

自　序

这书名有点怪，如果我说羊年、马年、蛇年，大家就可以理解了。我是把我在2013年、2014年、2015年三年写的文章做个集结，也做备存。古人文章写得好，称笔走龙蛇，意思通天接地，巨微自如，我不敢造次，只是羊马一类家畜的劳作，也算辛勤，也算苦劳，留些蛇的蜿蜒痕迹吧。

三年在我过去的写作生涯中，算不上多么重要，但在这三年里，我自我感觉在转向，在保持对当代的热情外，转到对《红楼梦》这样古典经典的探讨，大约也是心态渐老的缘故。

书中的第一部分是关于经典的佯说，主要是对《红楼梦》的研读，还有我对汪曾祺的解读。对汪曾祺先生的文章我是常读常新，最早是模仿他写小说，后来变成他的研究者。汪曾祺的作品过了这么多年，还是有人看，还是能读出味道，大约可以说是经典了。

第二部分是马上解读，是我对当下文学作品的迅捷反应性的评点，我的主要写作是关于当代文学方面的，当代文学批评的特点就是“马上”，在短时间内做出反应和判断，多年的习惯和工作需要，让我在这个现场停不下来。尤其对小说的迅捷评价，常常是不得已而为之。

羊年变成佯说，马上变成了“马上”，草蛇灰线则是我的一些随机性的文字，或应景，或随感，无迹可寻，无意成文。自然不仅是在蛇年的文字，是三年间的杂记。也收在此，亦见生活轨迹和笔迹所在。

编此书时，尚在蛇年冬初，如今已是猴年秋日，书出来时，可能猴去鸡来，鸡者，吉也。希望写书的读书的都吉祥如意！

丙申七月初九于广寒居

佯说经典

意象化入小说之后
——从《红楼梦》说起

意象是中国美学的根基，也是中国诗歌美学的灵魂。但意象作为一种美学概念并被放大成一种美学思想，还要感谢十九世纪的美国诗人埃兹拉·庞德以及他倡导的意象派诗歌流派。埃兹拉·庞德创建的意象派不仅开启了西方现代主义文学的先河，同时也对东方文学尤其对中国文学在世界的现代性传播起了巨大的影响。因为埃兹拉·庞德对中国文化情有独钟，他直言自己的意象派诗的开山之作《在地铁车站》就是受到中国唐诗的影响，而之后他的一些诗歌创作甚至从中国古典诗词直接改写。庞德最著名的作品，要属意象派名作《在地铁站内》（In a Station of the Metro）：

The apparition of these faces in the crowd ；（这几张脸在人群中幻景般闪现;）

Petals on a wet，black bough.　（湿漉漉的黑树枝上花瓣数点。）

这首诗当时在欧美诗歌界引起巨大的反响，仿佛一颗原子弹爆炸似的。因为全诗没有动词，也不合乎英语的语法，只是几个意象词汇，但如果读过元代马致远的《天净沙》，“枯藤老树昏鸦，小桥流水人家，古道西风瘦马。夕阳西下，断肠人在天涯”，就会觉得稀松平常。也就是说意象美学一直是中国诗歌美学的核心价值所在，《诗经》、楚辞、唐诗、宋词都充分地体现了意象的美学理想和美学价值，只是没有得到充分地挖掘和弘扬。

中国文学的传统非常重视意象的营建，虽然在中国文论里出现意象一词比较迟，但中国文学对意境的推崇，所谓“象外之象”“境外之境”，都是意象理论早期的阐释。而意象派大师埃兹拉·庞德创立的意象派实际也是从中国的唐诗里面受到启发的。庞德曾对意象下了这么个定义：意象便是当一个外界客观的事物射入脑海化作一个内部主观的东西时，那一精确瞬间。

在《红楼梦》出现之前，以意象美学作为文学核心价值观在中国小说中却没有得到充分地体现。中国小说的传统无论是历史演义还是英雄传奇，基本都是重故事情节的硬性结构，忽视情绪、意象、内心这类精神性的软性结构，基本在讲故事的层面来塑造人物、表达思想。《三国演义》《水浒传》《西游记》，这四大名著中的三大名著，都是根据民间的话本创作综合而成，至于神话、武侠类的《封神榜》《七侠五义》更是注重情节的离奇曲折来吸引读者。至于笔记小说，也是注重白描，刻画性格，对意象这样的充盈在中国诗歌中的美学理想，似乎因韵文和散文的简单分类而被遗忘了。

《红楼梦》率先将中国的韵文策略和散文策略进行了成功的嫁接，它外在叙事形态遵循的是话本小说的套路，但内核却是韵文美学理想的实践，这就将中国诗歌的意象思维完美地融合到小说中。《红楼梦》里有大量的诗词歌赋，但这是外在形态。

中国的话本小说不乏诗词歌赋，它们往往只是评点性的，往往是连接故事之间的过渡词，且大多陈词滥调。《红楼梦》里的诗词歌赋不仅出色，而且和整体的意象美学有机地联系在一起，生发出小说的新气象。《红楼梦》一开篇就是富有象征主义的大荒山、无稽崖、女娲石，中间那些大观园、太虚幻境、通灵宝玉等意象也摆脱了简单的所指束缚，虚实相映，真假互现；十二钗的人物是实在的，写实的，但十二钗的命运又是意象化的，尤其是那些关于十二钗的判词，补充了单纯叙事的不足，在空灵中留下了无限想象的空间，达到了鲁迅所说的“美人芳草”的最高境界。

《红楼梦》从结构框架开始到人物的命运乃至细节都善用意象思维方式来进行运转，充盈在小说中美妙而奇异的意象仿佛蝴蝶翩翩起舞，也像流水落红源源不断，应了白居易的诗句：“乱花渐欲迷人眼，浅草才能没马蹄。”无论是太虚幻境、大观园、一僧一道，还是通灵宝玉、冷香丸，都是优美悲怆的意象奇观。这里就“黛玉葬花”这样一个经典的掌故来谈谈意象化入小说之后产生的化学反应。

《红楼梦》第二十三回《西厢记妙词通戏语 牡丹亭艳曲警芳心》有一段写道：

> 宝玉一回头，却是林黛玉来了，肩上担着花锄，锄上挂着花囊，手内拿着花帚。宝玉笑道：“好，好，来把这个花扫起来，撂在那水里去罢。我才撂了好些在那里呢。”林黛玉道：“撂在水里不好。你看这里的水干净，只一流出去，有人家的地方脏的、臭的混倒，仍旧把花糟蹋了。那畸角上我有一个花冢。如今把他扫了，装在这绢袋里，拿土埋上，日久不过随土化了，岂不干净？”

花锄、花帚、花冢，诗意浓郁，情调优雅，这个名叫黛玉葬花的意象，遂成千古绝唱。其实林黛玉的葬花行为，颇有点像今天环卫工人的垃圾分类处理，她是怕别人家的污水玷污了落花，从环境保护来说也是怕落花污染了他人的水源。当然，林黛玉没有想到后者，林黛玉是一个不太爱为别人着想的女诗人，她的葬花行为与其说是诗化，不如说是行为艺术，因为在葬花之后她吟诵的那首著名的《葬花吟》便是这一行为艺术的最好笺注。

林黛玉对落花的埋葬，包含着自爱自怜的情怀，对落红的悲悼，更是对她自身命运的哀怜。“一年三百六十日，风刀霜剑严相逼”，现实的残酷，让林黛玉感到虚妄。“一抔净土掩风流”，黛玉安葬落花，对落花与黛玉而言，都是一种对归宿的认同。“质本洁来还洁去”，是对个人品性和艺术精神的自我保护。

黛玉葬花的场景，成为美轮美奂的意象，是和整个小说的格局密切相关的。有研究者认为《红楼梦》核心意象是“花”，所谓“风尘怀闺秀”，其实是对那些美好青春尤其是女性青春的缅怀和凭吊。在《红楼梦》里，有许多章回的篇目篇幅都是以花的意象来作题，如第二十七回“埋香冢飞燕泣残红”，第三十七回“秋爽斋偶结海棠社”，第三十八回“林潇湘魁夺菊花诗”，第四十九回“琉璃世界白雪红梅”，第六十三回“寿怡红群芳开夜宴”，第七十回“林黛玉重建桃花社”，第六十二回“憨湘云醉眠芍药裀”等，这不仅让我们想起了庞德的《在地铁车站》对人面和桃花的呈现，也是群芳谱“金陵十二钗”正册、副册、又副册中那些消失的美好面颜的倒影。作家在第二十八回《蒋玉菡情赠茜香罗 薛宝钗羞笼红麝串》通过贾宝玉的视角来表达这样的苍凉感慨、人生况味：

> 不想宝玉在山坡上听见是黛玉之声，先不过是点头感叹；次后听到“侬今葬花人笑痴，他年葬侬知是谁”“一朝春尽红颜老，花落人亡两不知”等句，不觉恸倒在山坡之上，怀里兜的落花撒了一地。试想林黛玉的花颜月貌，将来亦到无可寻觅之时矣，宁不心碎肠断！既黛玉终归无可寻觅之时，推之于他人，如宝钗、香菱、袭人等，亦可以到无可寻觅之时矣。宝钗等终归无可寻觅之时，则自己又安在哉？且自身尚不知何在何往，则斯处、斯园、斯花、斯柳，又不知当属谁姓矣！因此一而二、二而三，反复推求了去，真不知此时此际，欲为何等蠢物，杳无所知，逃大造，出尘网，使可解释这段悲伤。

贾宝玉所思考的这一问题，也正是作者曹雪芹所思考的问题。整部《红楼梦》其实是雪芹葬花，埋葬那些凄美的记忆、埋葬那些鲜花一样凋谢的人生。可以说，黛玉葬花的意象是整部《红楼梦》的主旋律，又是小说众女子悲剧命运的缩影。

中国当代作家深受《红楼梦》意象美学的影响，“文革”前，孙犁、汪曾祺、茹志鹃等人的中短篇小说在当时的非诗化的文学环境里顽强体现中国小说的诗学传统，其实是对意象写作的痴迷和执着。从孙犁的《风云初记》、汪曾祺的《羊舍一夕》、茹志鹃的《百合花》等不难看出《红楼梦》的流韵，他们或以女性或以童年视角来营造的小说场景和当时的小说拉开了距离。到了 1978 年以后，意象大面积的运用最初是作为一些先锋作家的特殊手段，但很快被更多的作家在创作中接纳，他们同时又借鉴西方的象征主义，形成了具有中国诗学特色的意象写作。张炜的《古船》《九月寓言》、陈忠实的《白鹿原》、王蒙的《活动变人形》、铁凝的《玫瑰门》、张承志的《金牧场》、莫言的《红高粱》、王安忆的《长恨歌》、贾平凹的《废都》、苏童的《河岸》、毕飞宇的《平原》都在不同程度上运用意象写作的手段，来丰富小说的内涵和层次。张炜的《古船》属于写实主义的小说，但整个叙事的过程中，始终洋溢着意象的激情，而《九月寓言》则是其意象小说的代表作，小说中历史和现实之间的联系，思想和情绪的载体，正是借助意象的方式搭建。另一位几乎全身心投入意象写作并初步建立了自己意象王国的作家苏童，在长篇小说《河岸》中不仅沿用了《红楼梦》中贾政和贾宝玉父子冲突的结构，库文轩和库东亮的父子悲剧在历史的大潮中体现出来的人性的卑微和扭曲，其深度远非一个伤痕文学能概括。《河岸》中几个女性的形象也是意象化的，李慧仙的乖戾之气由具象转为抽象。王蒙的《青狐》言说的是现实，但青狐自身的鬼魅和非现实性，也体现出意象小说的特有魅力。铁凝的《笨花》以华北平原向喜一家的命运和大革命时代的密切联系，写出了家族与国家命运的内在关联，而选取棉花（笨花是本地棉花，和进口的洋花相对而言）这样一个独特的意象，也是追求小说的意味之外的意味。

汪曾祺的短篇小说《岁寒三友》可以称作是当代意象小说的经典。小说写了高邮城的三个小人物：王瘦吾、陶虎臣、靳彝甫。两个小商人，一个小文人，他们的日子不是很稳定，时常为钱所困扰，但在金钱面前他们表现出来的人格和美好人性，是全篇的亮点。

在《岁寒三友》这篇小说里，是以意象来作为小说的结构。和《红楼梦》写女性不一样，《岁寒三友》中的三个人物是男性，作家用松、竹、梅三个意象来写三个人物的命运：王瘦吾的瘦，不仅是形态上，也是经济状况，也是内心的孤苦，似竹；陶虎臣开炮仗店，被炸瞎了一只眼，他是性格和炮仗一样，热烈、豪爽，像松；靳彝甫是个小文人、画师，沉静，如梅。小说最后的意象是一场酒局：

> 这天正是腊月三十，这样的时候，是不会有人上酒馆喝酒的，如意楼空空荡荡的，就只有这三个人。
>
> 外面，正下着大雪。

篇末点题，很巧妙，大年三十，是岁末，大雪纷飞，是背景，是“寒”的大自然形态。即使简短的结尾，也体现汪曾祺先生的文风所在，这是一个容易滥情的地方，一般作家会大段地写风雪的肆虐和天气的寒冷，然后说，屋里，温暖如春。但汪氏就用了一句最日常的口语：正下着大雪。没有一句形容词，没有修饰语，可谓不著一字，境界全出。

汪曾祺曾经谈到他的创作受到海明威的影响，一般都认为海明威是象征主义的作家，其实他的作品有不少是意象化的写法。《白象似的群山》是一个经典的短篇小说，这篇小说从小说的题目就可以看出作家营造的意象，而不是简单的比喻。小说写西班牙的某个小火车站，由巴塞罗那开往马德里的快车，还有四十分钟才到站，一男一女在等待。男的是美国人，姓名不详，女的是德国人，叫吉格。他们在车站的酒吧一边喝酒一边等车，谈话的内容大约半小时。从谈话的内容可以看出，两人是情侣关系，女的怀孕了，男的心烦意乱，希望吉格去做人流。吉格则心不在焉，老是看着远方圆滚滚的光秃秃的山峰，一会儿觉得像白象，一会儿又觉得不像白象。女人无意识地联想，穿插在两人的对话之中，显得他们的分歧变得尖锐起来，涉及他们对生活的理解。这由他们对手术的不同看法而暴露，男人说：我们可以拥有整个世界。女人说：不，我们不能。这世界已经不再是我们的了。一旦他们把它拿走，你便永远失去它了。在谈话的尾声，分歧达到紧张的程度，女人说：你再说我可要尖声叫了。谈话被迫中断，一会儿火车到站了，男人问吉格，你现在好些吗？女人说，好极了。小说戛然而止，男女之间处于临界点的潜意识被大象似的群山意象覆盖着。

有研究者说，小说里的白象是隐喻女人怀孕的大肚子，这可能是作家要表述的最基本层面。就意象层面而言，白象的寓意不是单一的，它是留在小说中的某种痕迹，或者是小说的复杂情感的寄托物。小说里先后三次出现白象的意象，第一次被提及时，是吉格说的看到的景象，而男人予以否定，说从来没见过大象，就显出两个人话不投契。这里，微妙的语词张力使潜在的冲突有一种引而不发的势头。第二次吉格重新解释说，山看上去并不真像白象，这正如她本人的话语，前后互相矛盾，含义模糊。第三次出现，它变成一个问题，可供引申：如果我说什么东西像一群白象，你也会喜欢吗？它可以解释成：我怀孕了，你也会喜欢吗？这个问题，在相爱的男女中，注定是一个难解的困扰，也是烦恼的根源，或者它将决定这种关系的命运。

秃山、怀孕、男女、破裂，被白象这样一个巨大无形的意象笼罩着，海明威虽然被称为象征主义的代表作家，但这篇《白象似的群山》却超越了象征主义的格局，因为象征主义是有指向性的意义引导，而意象小说在于意义的所指向性的不确定。就这一点而言，海明威的《白象似的群山》其实带着后现代主义的精神潜质。

意象进入小说之后，既古典，又现代，还能后现代，这就超越了主义的界限。主义是一时的，而好的文学、好的文学品格常常能超越主义的羁绊，在时间之外。这也就难怪《红楼梦》至今仍被人们津津乐道，因为它超越了主义和流派，在时间之外。

青春与沧桑
——从《红楼梦》说起

杜少陵的诗歌，“沉郁顿挫”，极富沧桑感，而李太白的诗歌豪放飘逸，洋溢着青春美。李白、杜甫二人不同的精神气质和艺术风格构成唐诗的双子星座，照耀着盛唐的天空。当然历来扬李抑杜或扬杜抑李的争论一直没有停止过，但无论是扬李或者扬杜，有一个认识倒是共同的，就是说李白写不出杜甫那样“沉郁顿挫”的沧桑风格，杜甫也很难写出“白发三千丈”那样的狂放个性。如果诗仙李白和诗圣杜甫“合体”的话，将是世界文学史的奇迹。一般说来，这是很难的，因为二者像平行运转的两条线是很难重合的。然而，这奇迹在中国的长篇小说巨著《红楼梦》中实现了，《红楼梦》既是一部沉郁顿挫的诗史，又是一曲优美的青春悲歌。

《红楼梦》是青春的。台湾作家、著名的红学家蒋勋甚至将《红楼梦》称之为青春文学，将大观园称之为青春王国。大观园确实是青春王国，作为荣国府的后花园，贾宝玉的怡红院、林黛玉的潇湘馆、薛宝钗的蘅芜苑、元春的省亲别墅、迎春的缀锦楼、探春的秋爽斋、惜春的暖香坞、李纨的稻香村和妙玉的栊翠庵，都是青春靓丽的平台，都是流光溢金的年轻载体，可谓是花朵的海洋、豆蔻年华的春光世界。

大观园的美丽在于青春，《红楼梦》的迷人也在于青春。王蒙在《红楼启示录》中说到林黛玉的时候，就说过林黛玉的魅力永远停留在十七岁，尽管三百年来沧海桑田，林黛玉和大观园的少女们在读者当中定格在青春年华。金陵十二钗成为一个永恒的意象，被人们作为一个青春女性的美好意象记住。其实这不仅是十二个人物的命运，而是一连串的青春少女的符号。在《红楼梦》里除了十二钗之外，还有副册十二钗以及又副册十二钗，是青春集束手榴弹，是美丽群芳谱。至于那些丫鬟的名字，铺成起来就是灿烂的青春花圃：

> 晴雯，袭人，麝月，秋纹，金钏，玉钏，平儿，芳官，坠儿，鸳鸯，琥珀，翡翠，彩云，彩霞，绣鸾，绣桔，绣凤，文官，玻璃，司棋；侍书，艾官，入画，葵官，翠缕，藕官，紫鹃，蕊官，豆官，茄官，蕙香，碧月，小鹊，素云……

笔者曾经在《千古红楼通锦瑟》一文中将贾宝玉、林黛玉身边的仆人连缀起来，颇似李商隐的《锦瑟》诗风：

> 茗烟袭人晴雯泪，
> 紫鹃雪雁春纤卷。

（茗烟、袭人、晴雯是贾宝玉的仆人，紫鹃、雪雁、春纤是林黛玉的丫鬟。）

将史湘云、贾探春、贾惜春的丫鬟的名字连缀起来，也非常的“西昆体”：

侍画翠墨小蝉出，
翠缕彩屏入画来。

（侍画、翠墨、小蝉是贾探春的丫鬟，翠缕是史湘云的丫鬟，彩屏和入画是贾惜春的丫鬟。）

李商隐的《无题·锦瑟》诗被称为最难理解最具魅力的诗歌，在于“思华年”和“已惘然”的交响。“华年”是青春，“惘然”是沧桑，青春与沧桑的情感构成了锦瑟无端的感慨和此情可待的虚妄。《红楼梦》开端的大荒山和无稽崖便是从这种感慨和虚妄开始的，小说第一回写道：“原来女娲氏炼石补天之时，于大荒山无稽崖炼成高经十二丈、方经二十四丈顽石三万六千五百零一块。”这里巧妙地将时间转化为空间，将沧桑的岁月转化为一块块石头、十二丈是十二个月，二十四丈则是二十四个节令，三万六千五百则是合一年的总天数，“零一块”表面是个零头，其实是多余人的寓意。多余的原因，是女娲补天用了三万六千五百块剩下的。这种“无稽”的“大谎”是虚妄，也是无奈，更是沧桑感慨。

《红楼梦》里描写了两个截然不同的世界，一个是青春的乐园大观园，一个则是老气横秋的荣宁二府。在青春乐园里，鲜花开放的女子们和青春萌动的贾宝玉自然不必多说，而生活在荣国府、宁国府的贾母、贾政，王夫人、邢夫人，还有那个求道炼丹的贾敬；最具沧桑感的是不着痕迹的一僧一道，他们凭空而来，又乘风而去；至于后来在大观园里出现的刘姥姥，更是作家的妙笔。刘姥姥本身就是沧桑的化身，她满脸的皱纹记录着时间的印记。有很多研究者研究表明，刘姥姥是小说的一条线索，是贾家由盛而衰的见证人。刘姥姥不仅是沧桑的，而且还是土气的，她的出现，反衬了大观园的奢华、时尚、鼎盛，在刘姥姥的眼中，读者才慢慢观察到贾府的繁花似锦，奢靡烈焰。刘姥姥的出现，引出王熙凤的“茄鲞”，而“茄鲞”的讲究，让刘姥姥大惊失色，可见贾家的腐败在这茄鲞中已经酿就。刘姥姥的出现，是以贫穷写奢华、以土鳖写时尚、以沧桑写青春的经典笔法。“昔我往矣，杨柳依依，今我来兮，雨雪霏霏”，《诗经》这一经典的艺术辩证法被《红楼梦》用得出神入化。

《红楼梦》的“悲金悼玉”基调，实际是青春与沧桑两个旋律的交响演奏和变奏。第一回里写到“跛足道人，疯癫落拓，麻鞋鹑衣，口内念着几句言词道：世人都晓神仙好，惟有功名忘不了！……”，而甄士隐为《好了歌》作的解读，更是青春和沧桑两个旋律的直接对话：

陋室空堂，当年笏满床。
衰草枯杨，曾为歌舞场。
蛛丝儿结满雕梁，绿纱今又糊在蓬窗上。
说甚么脂正浓、粉正香，如何两鬓又成霜？
昨日黄土陇头埋白骨，今宵红灯帐底卧鸳鸯。
金满箱，银满箱，转眼乞丐人皆谤。
正叹他人命不长，哪知自己归来丧！
训有方，保不定日后作强梁。
择膏粱，谁承望流落在烟花巷！
因嫌纱帽小，致使锁枷杠，
昨怜破袄寒，今嫌紫蟒长。
乱哄哄你方唱罢我登场，反认他乡是故乡。

甚荒唐，到头来都是为他人作嫁衣裳。

这首散曲每一句都是两个意象的强烈对比，都是青春繁盛和沧桑枯衰的两极组合。“雕梁绿纱”，“歌舞场”与“陋室空堂”“衰草枯杨”，“脂浓粉香”与“两鬓成霜”，“红灯帐底卧鸳鸯”与“黄土陇头埋白骨”，都是小说里出现的场景，都是家族兴衰的场景，也是人物的命运的写照。作家集中地在这里营造的意象群，正是小说的总开关，掌握了这个总开关，对《红楼梦》的理解自然会跳出影射、索隐、自传等框架的束缚，进入到自由审美的大境界。

《红楼梦》的沧桑是从秦可卿开始的，人见人爱的秦可卿，具备钗黛之美的秦可卿，在贾府的盛世以悲凉的病态、瘦弱的身躯悄然在宁国府辞世，留下了诸多的谜团。秦可卿的死亡是凄凉的，秦可卿的葬礼又是那样的奢华和超规格，以致刘心武先生怀疑其身份是否来自皇帝的血肉。这样一个“兼美”的美丽女子，在大观园青春王国尚未开启的时候，就早早地谢幕，其实是对后来的如花似玉的女子命运的暗示和隐喻。小说的第十三回，秦可卿临终前托梦给贾家的女强人王熙凤，讲了“盛极必衰，月满则亏”的道理，对贾府的衰亡提出了警世。最后念的两句话是“三春去后诸芳尽，各自须寻各自门”。这一方面，实指《红楼梦》里贾元春暴卒，贾迎春被折磨死，贾探春远嫁，贾府的三春都去了，贾府也完全败落，各自寻找各自的出路，“飞鸟各投林”。另一方面，也是虚指，“诸芳”，是指大观园中的诸位女子，随着三春的过去，也随着时间的流逝，青春红颜难再，“各自须寻各自门”，沧桑凄凉。第二十三回，写道黛玉葬花，“侬今葬花人笑痴，他年葬侬知是谁？试看春残花渐落，便是红颜老死时。一朝春尽红颜老，花落人亡两不知”，更是“诸芳尽”的个人化的诗意解释，也是预言贾府“鲜花着锦”之后的“盛筵必散”。

沧桑的《红楼梦》几乎又是美女的陈尸房和坟茔墓场。一个又一个晴雯似的美丽倔强的少女开始丧命，而林黛玉的病故，是青春易逝的标本。贾宝玉在和薛宝钗的婚姻悲剧之后，出家当和尚。不在十二钗之列的尤二姐、尤三姐的夭折也是女性青春悲剧的经典。最能体现这种沧桑凄凉的是妙玉的结局。“画着一块美玉，落在泥污之中。其断语云：欲洁何曾洁，云空未必空；可怜金玉质，终陷泥淖中。”妙玉在《红楼梦》里用今天话说，是女神级的，她那个“绿玉斗”，更是神器，谈茶品茗，更是神语。小说写妙玉的高雅，主要通过她的洁癖来体现的，光是那个喝刘姥姥进大观园到栊翠庵喝了一口茶用过的成窑小盖钟，妙玉嫌脏就不要了。然而，“欲洁何曾洁”，“气质美如兰，才华馥比仙。天生成孤僻人皆罕”的诗人、出家人妙玉，“到头来，依旧是风尘肮脏违心愿。好一似，无瑕白玉遭泥陷”，前80回没有写妙玉的结局，但“淖泥”“泥陷”再加上“肮脏”这样的词，已经隐喻妙玉最终落入人世间不堪的污浊之地。“洁”和“污”，居然在妙玉身上合体，实在是让人难以接受。“可叹这，青灯古殿人将老；辜负了，红粉朱楼春色阑。”靓丽的红粉朱楼和沧桑的青灯古殿，让一代代的红迷们叹息不止。

当代小说一直不乏关于青春的颂歌，王蒙写于1953年的《青春万岁》和杨沫的《青春之歌》都记载了20世纪30年代出生作家的青春往事，虽然不乏政治的元素，但那些青春的因子依然在跳动。知青文学便是这种青春与沧桑的悲壮表达，之前的知青文学还停留在政治的受难和对道德的反思，张抗抗的《夏》、梁晓声的《今夜有暴风雪》、张承志的《黑骏马》在反思之中可以见到青春的超政治性。尤其是张承志的《黑骏马》

开始超越简单的意识形态的反思，让青春的意义在蒙古长调中进入到一种文化的历史感。

小说贵在写人生经验，人生经验有来自自身的经历、体验和感受，也有来自他人的经历、体验和感受，也有通过阅读和想象的人生经验。在这些不成条理、相互交叉的人生经验里，有些被升华为哲学，有些被视为某种处世原则；还有更多的则不能浮现在海平面上，有些漂浮在生活的浅海，有些则沉淀在生活的底处。作家通过对人生经验的解密，或直接，或间接，写出了时代的悲伤。

方方笔下的涂自强，是80后青年形象中少有的具备沧桑感的人物。小说《涂自强的个人悲伤》关照的是当下青年的生存状态，虽然写的是80后青年涂自强的个人故事，但小说写出了当下时代个人奋斗的艰难和困窘，已经有评论家将涂自强和路遥的《人生》里的高加林进行比较，20世纪80年代高加林的个人奋斗的成功与这个世纪涂自强的个人奋斗遭致的接二连三的挫败，形成的巨大反差，正是时代的变异和历史的沧桑。和方方早期的《风景》一样，小说氤氲着一股悲凉之雾，她对那些善良而正直的人们投注了更多的悲悯和同情，小说虽曰个人悲伤，但在那个无情捉弄人的命运之手，岂是一个人的悲伤承担得了！而《风景》写于1987年，距离2013年整整26个年头，真是沧桑中的沧桑。

50后作家在回望历史或回望人生的时候将沧桑感转化为叙述的沉静和老到，而青春飞扬的80后作家中也出现令人惊讶的冷静成熟之作。马金莲是“80后”女作家，现在人们一提起“80后”作家往往都与叛逆、时尚、都市联系在一起，似乎“80后”是所罗门瓶子里释放出来的魔鬼，而马金莲的小说为我们展示了“80后”作家的另一面：冷静、淡定、从容。到目前为止，中篇小说《长河》可以说是马金莲的代表作，这部小说从春夏秋冬四季写了四个葬礼，男女老少四个人或因为病灾、或因为贫穷、或因为自然老去走完了生命的最后一程。“我的父老乡亲，在泥土里劳作了一辈子然后到泥土下面安睡，睡得沉稳，内敛，静谧，一如他们生前所具有的品行和经历的生活”，在这部小说中，马金莲保持她冷静、从容叙事风格的同时，又愈发展现了她超常的艺术才情。在女性叙事价值上，可以说这是一部当代的《呼兰河传》，马金莲和萧红一样写出了家乡父老乡亲苦难中的人性美，写出了死亡的洁净和生命的尊严。鲁迅在为《生死场》作序时称赞萧红写出“北方人民对生的坚强，对于死的挣扎，却往往已经力透纸背”，马金莲写出了西海固人民的生的坚强，同时也写出了他们面向死的洁净和崇高，“村庄里的人，以一种宁静大美的心态迎接着死亡”，“死亡是洁净的，崇高的”，尤其写少女素福叶的短暂一生，灿若桃花，唯美之至。

中国有句老话说，人生的悲剧在有牙时没豆，有豆时没牙。对一个作家来说，也是存在这样的二律背反，年轻时才华横溢，但缺少底蕴，火气太旺，等人生积累丰富了，往往才情又丧失，言之无文了。马金莲的沧桑感和超越她这个年龄应有的冷静和淡定，因而在同代小说家中成为翘楚。而王蒙作为新时期文学的一面旗帜，年近八旬不仅耕耘不止，而且还保持了青春时期喷发的热情和初出茅庐的清新，在《明年我将衰老》里，作家杂糅了多种现代主义手法，甚至还将当下流行的穿越叙事手段也巧妙地化为小说的元素，通过多重视角方位的叙事，阐释了对生命、情感、岁月以及人生的深切理解和犀利洞察，其中有睿智的审视，也有旷达的情怀，有对逝水年华的追忆与眷恋，亦有笑看沧海桑田、坐看云起云落的从容豁达。小说超越了爱情主题的一己之悲欢得失，有一种天阔云闲的自在气象，激情饱满，文气丰沛。在艺术上，碎片化的故事，跳跃的时空，奔涌的情感激流，第二人称的叙事视角，内心独白或者深情对话，呈现出一种陌生化的审美品质。小说汪洋恣肆，文采飞扬，成为他今年来创作的一个新高度。虽然宣告“我将衰老”，其实是“青春万岁”的另一种表现形态。

“李白斗酒诗百篇”，说的是青春飞扬，“庾信文章老更成”，说的是人情练达。文学是青春的，文学也是沧桑的，伟大的作品总是能够在青春中见沧桑的褶皱，在沧桑中浮现青春的流动，曹雪芹的《红楼梦》如是，托尔斯泰的《复活》如是，福楼拜的《包法利夫人》如是，莎士比亚的《罗密欧与朱丽叶》亦如是。在这个意义上，文学才穿越历史和时间，将“窈窕淑女”，将如花似玉的“金陵十二钗”一直呈现在世界的面前，呈现在读者面前，我们也不会因为时间的流逝和岁月的沧桑而遗忘美好的青春面庞。

虚实真假“冷香丸”

——从《红楼梦》说起

好多人说《红楼梦》有原型，考据者众，甚至出现一大流派——索隐派。索隐派很有魅力，像侦探破案一样，根据小说中提供的蛛丝马迹，到历史文献档案中找对应，当然不免要推理、猜测加联想，于是发现了一些和生活中巧合的事情。《红楼梦》是一个伟大而奇怪的文本，按理说，小说本是虚构物，哪有索隐可匹配？然而，《红楼梦》之所以能够作为千古奇书受到人们的青睐，就在于它能够满足各种各样合理的不合理的索隐乃至考据的解读。从蔡元培的“反清复明”“排满”主题开始，到今天刘心武清史人物对照式的解读，都能自圆其说。至于“易经”说、明珠说、弘治说、纳兰性德说、袁枚说等，也都貌似成立，煞有介事。虽然真正科学严谨地对照起来，还是发现有牵强附会之误、瓜田李下之嫌，但一部小说能够引起人们这么大的兴趣，不仅在中国文学史上罕见，在世界文学史上也是非常难得的。

小说终究是小说，《红楼梦》的伟大之处不在于它是记载了历史或者复制了档案，虽然当中饱含了甚至复制了诸多生活的真实面目，但虚构才是小说的本质，或者说，没有虚构，《红楼梦》是绝对不会这么千古流芳的。《红楼梦》的虚构从一开始就告知读者，“大荒山无稽崖”，大荒山，谐音，荒者，是“荒唐言”，荒唐者，不是实录也，有人认为这是作家的障眼法，即便如此，作家也是获得了成功，他的障眼法本是就是虚构的方式，你还是被他带到了沟里去。因为按照村上春树的说法，小说家在小说里天生是一个“职业说谎者”（耶路撒冷文学奖感言《与卵共存》），他的叙述都有可能是叙述的圈套，而声称自己的作品是虚构是荒唐言，不见得就是记录真实，当然也不见得是就一定是虚构。小说家言，虚实真假之间也。

在《红楼梦》里，有一个情节为人们所津津乐道，这就是关于冷香丸的描述。这冷香丸确实是奇葩的一种东西。虽然说得轻描淡写，其实仙丹似的神奇和玄奥。冷香丸的用材极为奇妙，虽然只是花和水两种，但这花和水可不容易配到。花要四种，“要春天开的白牡丹花蕊十二两，夏天开的白荷花蕊十二两，秋天开的白芙蓉蕊十二两，冬天开的白梅花蕊十二两”。这花蕊已经不易，而水，却更为神奇，并用同年雨水节令的雨、白露节令的露、霜降节令的霜、小雪节令的雪各十二钱加蜂蜜、白糖等调和，制作成龙眼大丸药，放入器皿中埋于花树根下。发病时，用黄檗十二分煎汤送服一丸即可。

花，雨，露，霜，雪，春，夏，秋，冬，十二，这些都是《红楼梦》里最基本的元素，它不仅是时令更替，也是家族兴衰、人物荣辱的外在符号，但通过一个冷香丸将诸多元素凝聚一体，就是冷香丸这个细节。正像小说里宝钗说的，要做成可谓琐碎，要遍采春、夏、秋、冬四季的白花之蕊，又是要尽集雨水、白露、霜降、小雪四时的雨、露、霜、雪，几乎不可能实现。小说里，周瑞家的已经发现难度，说，万一雨水这一天不下雨，怎么办？因为冷香丸强调“同年”，也就是说这些花蕊和雨露霜雪必须是同一年的，倘若这一年或雨水无雨、或白露无露、或霜降无霜、或小雪无雪，收集的花蕊和其他水材则无效。即使如此，我们细细考察，冷香丸是乌有之物，这不是说《本草纲目》等药典里没有记载，而是纯属虚构，雨露霜雪这些特定日子的水物凑到一起不容易，最关键的是露水已经难以收集，而霜则是水汽形成的，是冰了的雾，收集起来极为艰难，因为水大了就是冰了，而温度略高霜又化了。作家写冷香丸，主要是突出薛宝钗性格的冷和香，那些花蕊香气扑人，但花蕊入药之后都是凉性，再加上雨露霜雪这些寒冷之液，足够冷艳。可以说，冷香丸一个细节，将薛宝钗的性格和盘托出，和林黛玉形成了鲜明的对比。读过《红楼梦》的人，怎么也忘不了冷香丸这个奇妙的药丸，就像忘不了薛宝钗的人物一样。以至脂砚斋读到此处，情不自禁地要饮上一杯，被其“新奇”折服：“以花为药，可是吃烟火人想得出者？诸公且不必问其事之有无，只据此新奇妙文悦我等心目，便当浮一大白。”

作家在用冷香丸在隐喻薛宝钗的性格同时，还透露出四大家族的奢华和糜烂。这些花蕊和水物本身成本并不高，但人工成本极为昂贵，只有豪门才可能用得起。因而冷香丸出现的场景也很为讲究，比如茄鲞也是《红楼梦》里被人们津津乐道的一道菜，但它出现在刘姥姥进大观园时，贾母为了显摆贾家的奢华，故意让王熙凤拿给刘姥姥尝的。而薛宝钗的低调为人，是不适合在公开场合显摆自家的富贵的，但是薛宝钗因为薛蟠惹了官司和母亲投靠倒贾府，也有寄人篱下之嫌疑，尤其是远方穷亲戚刘姥姥刚刚被周瑞家的送走，心思缜密的薛宝钗怕被贾家的人瞧不起，故意在周瑞家面前若无其事“晒”了下冷香丸，让贾家的人（尤其是贾家的下人）知道我们薛家可不是刘姥姥来投奔荣国府的，我们也是有身份有地位的有钱富贵大家。因而在周瑞家送走刘姥姥之后，薛宝钗以生病为由，巧妙地说出冷香丸这个亦贵亦仙的药方了，旨在镇一镇周瑞家的这些势利眼小人。周瑞家的何许人也？她是王夫人的陪房，也就是说，实际上是王夫人的助理，在荣国府“行政管理”人员中，地位可能仅次于王熙凤。从一个细节就可以看出周瑞家的地位，刘姥姥要进荣国府，实际是通过周瑞家的疏通才得以见到王熙凤和贾母。薛宝钗深知阎王好办、小鬼难缠的道理，她在周瑞家的面前显摆冷香丸，是一种巧妙的自我宣介，也是一种隐隐的示威。这一招，果然，镇住了周瑞家的，镇住周瑞家的，也就是让荣国府的势利眼们刮目相看。所以如何在贾府、在大观园立住脚，十二钗们也是各有特色，尤其是那些外来者，如何在贾府和大观园得到尊重，也充分显示了各自的性格。林黛玉初进荣国府，哭哭啼啼招人疼爱，虽然受到贾母的疼爱，但还是一个弱者的地位。妙玉入大观园时候，因为非亲非故，为了弥补自己身世的弱势，通过饮茶过程显示自己的高洁，贬损宝钗、黛玉“牛饮”，嘲笑贾宝玉的“俗”，来掩饰寄人篱下的辛酸和委屈，这是以强示人。薛宝钗的做法不卑不亢，驾重若轻，通过一个冷香丸便确立了自己在荣国府不受欺负的心理优势，和黛玉进入大观园凄凄惨惨戚戚，以弱示人的境地形成了鲜明的对比。

一支冷香丸，刻画了薛宝钗的个性及来源，也写出了四大家族的奢华，同时也写出了周瑞家的等势利眼的势利和薛宝钗低调的奢华、冷，是低调的，但香，却是奢华的。这支神奇的冷香丸无疑是虚构的，甚至是编造的，但没有读者怀疑它的真实性，去质疑它的科学性，这是因为作家按照小说的逻辑进行

创造出来的仙丹神果。什么是小说的逻辑?《红楼梦》第二回太虚幻境有一副禅语似的对联便是小说的逻辑:

假作真时真亦假,无为有处有还无。

真假有无,是《红楼梦》作者最为纠结的终极问题,清代王希廉说得最明确不过了:"《红楼梦》一书,全部最关键是真假二字。读者须知,真即是假,假即是真;真中有假,假中有真;真不定假,假不定真。明此数意,则甄、贾宝玉,是一是二,便心目了然,不为作者齿冷,亦知作者匠心。"真假虚实,亦假亦真,亦虚亦实,亦正亦反,相互映衬,是《红楼梦》的小说逻辑和主体思想。

小说从"假"处入手,开头的那番话,也是告诉读者,这里叙述的都是假的。从贾府的命名开始,从主人公贾宝玉开始,就表示作者对"假"的意象有意识地关注。这种真假二元共生的思维贯穿了全书,甚至于出现了甄宝玉和贾宝玉见面的情节,小说以甄、贾托为两个宝玉的姓,然后采用谐音法,以"甄"谐"真",以"贾"谐"假","真"宝玉却好是假宝玉,而贾府的假宝玉却是真宝玉。"真"与"假"的多次换位,使两个宝玉的形象真真假假、虚虚实实,以至于一些研究者认为真假宝玉是合二而一。

在《红楼梦》里有大量的近似梦幻、魔幻、玄幻的道具、细节和情节,比如通灵宝玉来自娘胎,这是违背科学常识的,比如风月宝镜应是《聊斋志异》里狐狸精故事和鬼故事里的道具,至于太虚幻境更像《西游记》里的场景,天宫或者王母娘娘的瑶池,也像那些妖精们诱惑唐僧师徒的伪宫殿。人们从来不质疑这些假道具、假场景的真实性,抑或知道了这些假货以后，依然津津乐道、孜孜不倦地为红楼梦痴狂，何故？这是因为读者是按照小说的逻辑而不是按照科学的逻辑、历史的逻辑甚至生活的逻辑来看待这些“假”货的。

虽然太虚幻境、风月宝镜、通灵宝玉等都是想象力的极品，但由于这些场景、情节道具在中国志怪小说、武侠小说、鬼狐小说等非写实作品中都有原型或母本，只有和小说中的人物和小说的大结构放到一起，才会放射出其他类型小说没有的光泽。海外学者余英时曾经以《红楼梦的两个世界》受到红学界的推崇，他认为红楼梦里写了两个世界，一个是大观园的理想世界，一个是大观园外的世界。前者干净、纯洁、乌托邦，后者肮脏、丑陋、世俗化，“大观园是《红楼梦》中的理想世界，自然也是作者苦心经营的虚构世界。在书中主角贾宝玉的心中，它更可以说是唯一有意义的世界。对宝玉和他周围的一群女孩子来说，大观园外面的世界是等于不存在的，或即使偶然存在，也只有负面的意义。因为大观园以外的世界只代表肮脏和堕落。甚至一般《红楼梦》读者的眼光也往往过分为大观园这个突出的乌托邦所吸引，而不免忽略了大观园以外的现实世界。但是曹雪芹自己却同样地非常重视这个肮脏和堕落的现实世界。他对现实世界的刻画也一样地费尽了心机。这可以清楚地看出作者、主角和读者之间，是存在着不同的观点的”。余英时在歌颂大观园乌托邦莺歌燕舞时，也发现了丫鬟司棋偷情以及抄捡大观园等事件与歌舞升平的理想天国相背离，而余英时的解释想自圆其说，其实有些牵强。为什么被余英时视为理想国的大观园会出现了余英时不愿看到的那些场面呢？余英时先生作为是历史学家社会学家，他在看小说仍然不免按照历史的政治的眼光来处理，就出现了两个世界的简单的二分法。

其实，《红楼梦》里有三个世界，一个是太虚幻境的虚拟世界，一个是大观园外的现实世界，还有一个就是亦真亦假亦虚亦实的艺术世界，这个世界就是大观园。正像余英时等学者所论述的那样，大观园无疑是理想的世界，是带有乌托邦的精神家园，然而，大观园也是现实世界的一部分。大观园的物质层面是真实的，真实到可以复原，亭台楼阁，水榭山景，还可以转化为图纸。这是实，仿佛在对应太虚幻境的虚，或者说，大观园是人间的太虚幻境。但大观园里那些人和事，自然有诸多虚构的假想。女儿国的设置，首先就是一种设想虚拟，而贾宝玉的万绿丛中一点红，更是一种诗意的创意，大观园的雍容华贵和天上人间，令无数人倾倒，可谓梦中的现实。可以说，大观园是“第三种现实”，它不像太虚幻境那么虚幻，也不像现实世界那么真实俗气，可以说是真假虚实的完美融合。红楼梦的美学思想在大观园中得到了最圆满地体现。设想一下，如果没有大观园，光是太虚幻境和贾府的风月故事，《红楼梦》也就不会超越《金瓶梅》，甚至不如“三言二拍”，不如《水浒》，不如《聊斋》，因为如果光是在批判现实的层面，或者幻想的层面而言，《红楼梦》都是不如上述作品在单方面的力度深刻，《红楼梦》在于超越了虚实的局限，在更大的艺术空间化虚为实、化实为虚，无论在大的结构方面，如大观园，还是小的细节，如冷香丸，都是虚虚实实，真真假假，创造了千古不朽的艺术宇宙，辉煌，无极。

在当代小说创作中，一些优秀的小说家总是能够从实处生虚、虚处生实，虚实相映，浑然无痕。汪曾祺的短篇小说《受戒》可以说句句写实，但留给读者却是梦幻般的世界。王蒙的中篇小说《杂色》写主人公曹千里与马对话，自然是非写实的，而整体小说给人的感觉全是生活的实感。方方的中篇小说《风景》在叙事上应该是非现实的，因为通篇是一个早夭的婴儿来叙述棚户家族的故事，但作为新写实的代表作，《风景》的价值恰恰在乎还原现实的丰富性。无独有偶，土耳其获诺贝尔文学奖的作家帕慕克的小说《我的名字叫红》也是运用亡灵叙述的视角，受人称道。至于加西亚·马尔克斯的《百年孤独》中出现的飞毯等虚拟的神话情节，也是源自于作家魔幻现实主义的理想。魔幻，自然是虚的、假的，而现实，是真的、实的。魔幻现实主义在林林总总的现代主义、后现代主义流派中能够独树一帜，就在于虚实真假水乳交融。

任性者的命运

——从《红楼梦》说起

《红楼梦》里有一大堆任性的人，大到那个家族之主贾母，她对贾宝玉的宠爱无比任性、不讲原则，小到那个年老仆人焦大，一句“爬灰的爬灰，偷小叔子的偷小叔子”，石破天惊，可谓任性之极。贾敬因为求仙求道，扔下家族的事不问不管，乃至吞金而亡；儿子贾珍为办儿媳妇秦可卿的丧事居然要倾其所有，以至后来的研究者误以为秦可卿是皇帝的女儿，因为那葬礼的场面太过于宏大奢华。贾家的兄弟都是纨绔之辈，贾琏、贾蓉等一个比一个任性，而那个貌似礼让克制的王熙凤，在处理尤二姐的问题上与其说恶毒之极，不如说是这个“醋缸”任性的强烈表达。

当然，大观园里，最任性的恐怕还是那个被贾政气急败坏称为不肖子孙的顽劣贾宝玉。贾宝玉作为封建旧时代的叛逆者，想按照人的天性生活。他的朴素的平等思想和人本主义在荣国府里自然显得乖戾任性。小说多方面写贾宝玉的超级任性。第一次见林黛玉，见林没有戴通灵宝玉之类的挂件，就愤然将自己的通灵宝玉摔掉，以致差点酝酿成一起事件：

> 宝玉听了，顿时发作起痴狂病来，摘下那玉，就狠命摔去，骂道："什么罕物，连人之高低不择，还说'通灵'不'通灵'呢！我也不要这劳什子了！"吓得众人一拥争去拾玉。贾母急得搂了宝玉道："孽障！你生气，要打骂人容易，何苦摔那命根子！"宝玉满面泪痕泣道："家里姐姐妹妹都没有，单我有，我说没趣；如今来了这么一个神仙似的妹妹也没有，可知这不是个好东西。"

被贾母称作"命根子"的通灵宝玉，在任性的贾宝玉看来就是一个"劳什子"。"劳什子"是满语，原是"疯话"的意思，或许经过《红楼梦》的传播，已经含有"无用、摆设"的意思。这"劳什子"与"命根子"的对比，充分体现了贾宝玉的任性和放肆。之后贾宝玉的故事常常由于他的任性而引起，被贾政暴打自然因为任性，闹学堂也是任性，最后出家当然是迫于无奈，也是一种抛家弃子的任性。

任性在大观园似乎是一种时尚，而且互相传染。林黛玉和贾宝玉为什么那么心心相印？原因自然很多，但最重要的一条，恐怕与任性相关。林黛玉的任性，通过泪水来体现，稍有言语不小心触及林黛玉的痛处，林黛玉就哭得泪人似的。宝黛爱情的根基在于互相欣赏，在于用自己的任性去欣赏对方的任性。贾宝玉因为和蒋玉菡交往以及金钏的自杀，被贾政痛打一顿。在家族内宝玉是该隔离之人，当晚林黛玉居然不顾闲言碎语（她见王熙凤过来连忙躲开，就是避免议论）来看望病重的贾宝玉，这已是任性。而在林黛玉走后，尚在"反省"和病中的贾宝玉又差晴雯送来两条手帕，更见任性。这任性，更打动了林黛玉。林黛玉连夜在手帕上写下了传世的诗句："眼空蓄泪泪空垂，暗洒闲抛却为谁？尺幅鲛绡劳解赠，叫人焉得不伤悲！"

宝黛爱情为人们所称赞，就在于这种心灵的沟通和精神的无羁绊。倘若有太多的约束和顾忌、太多的自律，比如像薛宝钗那样矜持和严谨，就不会产生这样伟大的爱情和伟大的爱情悲剧。

任性是性格，但任性也需要资本。现在流行的说法叫"有钱就任性"，也就是说任性也是需要条件的。贾宝玉、林黛玉是可以任性的，因为他们是主子，倘若奴才因为主子的任性也跟在后面去任性，甚至恣意任性，就会产生一种幻觉，看上去很美，摔下来很惨。《红楼梦》女性命运最悲惨处，不是宝黛悲情，而是那些生活在底层的丫鬟们的悲惨身世。晴雯是《红楼梦》里最令人扼腕叹息的女性形象。晴雯出身贫寒，她长到十岁时，赖大家用银子买了她。她是奴才家里的奴才。但晴雯生得"风流灵巧"，长相标致，被贾母赏识，成了贴身丫鬟。后来被贾母派到宝玉身边，更是灿烂开放。宝玉心中有时没有奴婢与主子的概念，纵容了晴雯的任性，也造成丫头出身的晴雯"心比天高，身为下贱"的悲剧命运。

最有意思的是"撕扇子作千金一笑"。晴雯换衣服，失手把扇子跌在地上，将股子跌折。若在平时，以宝玉宽仁之心必不计较。宝玉那时因金钏之事，心情糟糕之极，无名火找到宣泄之所："蠢材，蠢材！将来怎么样？明日你自己当家立事，难道也是这么顾前不顾后的？"

如果换作袭人、麝月等丫头，或许就顺着宝玉的口气，认个错就算糊弄过去了，偏偏晴雯也是任性之人，你任性我比你还任性，立马反击，一场主奴的恶战酷似夫妻吵架，连来劝架的袭人也被奚落。宝玉自然也任性，最后一定要将晴雯回了太太去，至袭人一干丫鬟跪下求情才罢。任性的晴雯一时落了下风，但倔强的性格让她仍要“找回来”，于是发生了“撕扇子作千金一笑”这样的任性事件。为讨晴雯的欢心，或者说，贾宝玉为了迅速和晴雯和好，让晴雯连续撕了好几把扇子。“千金一笑”说明贾府的富裕，贾府的扇子不是一般的扇子，要不怎会“千金”呢？记得我第一次看《红楼梦》便是从这一回看起，当时看标题以为是讽刺贾府的奢侈，比如像唐明皇讨好杨贵妃那样挥霍民脂民膏。后来发现晴雯是个丫鬟，按照当时的观念，属于被压迫、被蹂躏、被欺负、被损害的无产阶级，她怎么可以那么糟蹋财富呢？如今明白了，这是两个任性者的对话。任性者贾宝玉喜欢晴雯的任性，就像他喜欢林黛玉的任性一样。所以很多人认为晴雯是林黛玉的影子。其实晴雯是武的黛玉，她行动能力强，而林黛玉是文的晴雯，林黛玉的反抗和叛逆，多半是自虐性质的，而晴雯的任性是外在的，不仅言语强烈，动作也强烈，杀伤力强，破坏面大。林黛玉想为而不能为的，晴雯全做了。所以晴雯死后，贾宝玉专门写了《芙蓉女儿诔》来祭奠这位心中的女神，而且晴雯死后，贾宝玉能梦见她，可见思念之深。

晴雯心比天高，命比纸薄。她受不了委屈，更受不了侮辱，最后只能以身殉命，在抗争和任性中完成自己的尊严和高傲。奴才的命，主子的任性，晴雯在抄检大观园的风波中“躺枪”。绣春囊的事件自然与晴雯无关，一些晴雯得罪过的主奴们，乘机往晴雯身上泼脏水。王夫人听信谗言，提审晴雯。晴雯哪里受得了这个冤枉气？晚上抄检大观园，一行人到了怡红院中，晴雯挽着头发闯入，“豁一声将箱子掀开，两手捉着底子，朝天往地下尽情一倒，将所有之物尽都倒出。王善保家的也觉没趣，看了一看，也无甚私弊之物。”晴雯被逐出大观园，之后以死来证明自己的清白。

晴雯的任性是要证明自己的清白和纯洁，所以被曹雪芹列为十二钗副册之首，或许有人说晴雯是身份错乱引起的命运悲剧，其实不然。比如在金陵十二钗正册中位于第六的妙玉，用我们今天的话说，是个女神级的人物，也因任性而悲剧。

住在大观园的人，基本都是皇亲国戚，因为大观园原本就是为元春省亲用的，妙玉是唯一与贾家没有血缘关系的“外来户”。在大观园中，她还是众人仰视的女神。无论是贾母还是王夫人，都得高看她一眼。她一出场就布满了光环，“气质美如兰，才华馥比仙”。在栊翠庵品茶的场景中，充分写出了她的高洁和才华。在《红楼梦》里，只有贾宝玉、林黛玉说他人的份儿，尤其林黛玉，更是一个雅了又雅、洁了又洁的冰雪玉人。但妙玉居然说她是“大俗人”，而林黛玉居然没有流泪，也没有生气，坦然接受了妙玉的讽刺，实在是难得。

话说刘姥姥二进荣国府，贾母在大观园宴请完毕以后，嫌油腻带了众女儿到妙玉的栊翠庵去品茶。妙玉盛情款待，茶具、茶品、选水皆体贴各人心意，另请了宝钗、黛玉去耳房里吃梅花雪茶。宝玉不请自来，妙玉用前番自己平日吃茶的那只绿玉斗给他斟茶，接着寻出一只竹根大盏斟予他，取笑他“饮牛”“饮驴”。这已经很过分了。宝二爷在大观园是“万花丛中一点绿”，连王熙凤也得巴结他，而妙玉口出狂言，甚至嘲笑贾府里拿不出她这般茶具来。及至黛玉问泡茶的水是否也是陈年的雨水时，妙玉先嘲笑黛玉是个“大俗人”（这简直要了黛玉的命，黛玉的所作所为都是为了一个“雅”，可见妙玉是何等的任性），然后略带显摆地告诉黛玉和宝钗，水是五年前在玄墓蟠香寺收的梅花上的雪水，埋在地下，今年夏天才用过一次。自以为高雅不俗的黛玉，一时难以自容，找了个借口，溜了。这是林黛玉“雅”生涯中不多的滑铁卢。任性的黛玉到了更任性的妙玉面前，只有装乖。

宝玉的蠢、黛玉的俗，已经衬托出妙玉的一骑绝尘，但妙玉的任性还没有表演充分。茶局结束，刘姥姥吃过的那只成窑杯，妙玉嫌脏不要了。这杯子在今天绝对是国宝级的，连纨绔子弟贾宝玉都舍不得扔，可见在当时也价格不菲。宝玉也说这杯子够刘姥姥“度日”，让妙玉送给刘姥姥。妙玉还忘不了昭示自己的高洁：“幸而那杯子是我没吃过的，若我使过，我就砸碎了也不能给他”。刘姥姥用过的杯子妙玉自然不能用，可妙玉用过的杯子也不能给刘姥姥用，不是刘姥姥嫌弃妙玉，而是妙玉的高洁不容刘姥姥玷污啊！

妙玉的任性通过洁癖表现得淋漓尽致。她高蹈在宝黛之上，然而，“欲洁何曾洁，云空未必空。可怜金玉质，终陷泥淖中”。这样一个视天下为俗物、视众人污浊的“槛外人”，最终却和“风尘肮脏”这样的处境联系在一起，以至于脂砚斋不忍心说出这种肮脏的环境，而用“朽骨”之类模棱两可的意象来替代，留给读者的空间，更说明妙玉被劫以后的凄惨命运。

如果说晴雯、妙玉任性而导致自身悲剧命运，是有外力压迫和驱使，是因为任性者不知“太高人愈妒，过洁世同嫌”的世事洞明的学问的话，那么尤三姐，则是真正的任性。也许僧尼出家人的“高洁”，多少还有一些“装”的成分，而尤三姐的任性则是天性使然、经历使然。在《石头记》早期的版本中，尤三姐有“淫奔女”的称谓。后来的编者为了突出尤三姐的贞烈，刻意塑造尤三姐的贞妇形象，故意淡化她的“前史”。这其实违背了人物的性格。尤三姐是一个敢爱敢恨的女子，当然也是很任性很泼辣的女子。她对付贾家的方法是任性。尤其“三姐闹宴”那颇经典的场面，是她任性的高度展现。贾琏贾珍本来想调戏尤三姐，没想到尤三姐主动出击，“那尤三姐放出手眼来略试了一试，他弟兄两个竟全然无一点别识别见，连口中一句响亮话都没了，不过是酒色二字而已。自己高谈阔论，任意挥霍洒落一阵，拿他弟兄二人嘲笑取乐，竟真是他嫖了男人，并非男人淫了他。”这左拥右抱的做法，今天看来是女权主义的举动，而尤三姐的说法是：“破着没脸，人家才不敢欺负。”破者，任性也。

为了摆脱贾珍贾蓉父子的控制和纠缠，尤三姐的招数还是任性，“那三姐儿天天挑拣吃穿，打了银的，又要金的；有了珠子，又要宝石；吃着肥鹅，又宰肥鸭；或不称心，连桌一推；衣裳不如意，不论绫缎新整，便用剪子铰碎，撕一条，骂一句”，迫使贾珍不得不让她嫁出去。原以为任性的尤三姐可以追求到爱情和幸福，没想到柳湘莲听了贾宝玉的一句实话之后，居然要和尤三姐断决婚姻之约。刚烈的尤三姐只能以死殉情，以死抗议贾家有形和无形的侮辱和伤害。有人纠缠于尤三姐是不是“淫奔女”，或者与贾珍父子清白不清白的问题，其实，对性格豪爽任性的尤三姐来说，清白、贞洁不是首位的，而她所挚爱的男人毁约了，才是致命的。尤三姐不是死于流言，而是死于她的任性和刚烈。她苦恋柳湘莲五年，定亲后她是纯洁而忠贞的，没有同贾珍贾蓉同流合污，“只安分守己随分过活，虽然夜晚间孤衾独枕，不惯寂寞，奈一心丢了众人，只念柳湘莲早早回来完了终身大事”，但柳湘莲的疑惑也是正常的反应，“你们东府里除了那两只石头狮子干净，只怕连猫儿狗儿都不干净”，在这样的情境下，柳湘莲的断情和尤三姐的殉情都是必然的。任性的尤三姐受不得委屈，更受不了自己的痴情得到的是绝情，她只有刚烈地死。心爱的人绝情而去，尤三姐何处安身？唯有一死，才符合她的性格命运。

晴雯、妙玉、尤三姐的任性，在封建礼教束缚的时代里，无疑是一种人性的抗争和女性的呐喊。她们的任性，是对压制人性的旧制度的控诉，所以她们三人受到很多读者的喜爱和追捧。《红楼梦》里很多的任性者，都具有反封建的意义，都有舒张人性、冲出重围的叛逆精神。自然，在那样“存天理灭人欲”的社会里，任性者像流星一样火光闪烁，然后就沉入无边的黑暗。

文学作品必须刻画人物的性格，尤其是小说和戏剧更加要注重人物性格的刻画，而带些任性的人物，常常被作家们喜爱。西班牙经典作家塞万提斯的《堂·吉诃德》就写了一个任性的堂·吉诃德，他因为看多了骑士小说，就幻想自己是中世纪的骑士，四处游侠，最后与风车开战。看似荒唐而可爱，其实是写人与环境的反差，是深沉的悲喜剧，所以被看作现代小说的前驱。

当代小说创作不乏这种任性者的形象。张辛欣、刘索拉、徐星等都写过一些任性而为的人物。最典型的就是王朔笔下的“顽主”形象，他们的宣言是“千万不要把我当人”，“玩的是心跳”，然后，“过把瘾就死”。之后，韩寒的小说，更是将任性进行到底，成为文坛一道欲说还休的风景。

贾府来了个年轻人

——从《红楼梦》说起

王蒙有篇很有名的小说叫《组织部来了个年轻人》，发表时被《人民文学》的编辑改成《组织部新来的年轻人》，王蒙很不满意，但因为反右运动的来到，王蒙的不满意来不及表达就被批判，自然没有权力去为自己的小说正名。直到二十多年以后，王蒙执意要将这篇大家已经耳熟能详的小说改名为“组织部来了个年轻人”，甚至与当年的责编还有点小小争执。

“组织部来了个年轻人”与“组织部新来的年轻人”，自然有差异，在内容上，前者是说“年轻人”，强调年轻人，后者强调“新来”，二者是不一样的。编辑认为原来组织部就有年轻人，赵惠文、娜斯嘉就是年轻人，从学校来的林震是新来的，而王蒙则认为赵惠文、娜斯嘉虽然年轻，但心理上已经渐渐同环境趋同，不那么“年轻”了，因为林震的到来，才唤起了他们内心的年轻感。另外，从语感上讲，“来了个”更接近口语，符合王蒙对小说语感的追求，而“新来的”，则有些书面的感觉，中规中矩。

当然，最后还得以作家的定名为准。《组织部来了个年轻人》其实是通过年轻人林震初到区委组织部的经历，展示一个初涉社会或甫入官场年轻人的境遇。小学老师林震因为工作出色被上调到组织部工作，他以为是新的生活开始了，然而现实无情地击溃了林震的理想，他的满腔热情在遭遇了刘世吾等过来人的冷遇之后，开始重新给自己定位，慢慢被同化。这篇小说出来之后，因为展现了机关里的不作为，被认为是揭露了官僚主义，王蒙也因此获罪被打成“右派”。现在的当代文学史在谈论王蒙，都要说到这样一部作品，原以为这篇小说很中国，没想到翻译到国外也容易被接受。因为国外虽不知中国的官僚主义为何物，但理解年轻人面对社会的困惑和紧张，恐怕都是一样的。中国的年轻人要初涉社会，国外的年轻人也是要从学校走向大千世界的。

其实，这种外来者闯入一个新的陌生世界，通过他的视角来展现新的环境、新的人物，并由此引发新的冲突、纠纷、事件，是现代小说常用的叙事模型。因为在一个新的陌生视角里，才会发现大家司空见惯的“问题”和被遮蔽的场景。《红楼梦》林黛玉初进贾府，也被视作文学上的经典桥段。林黛玉，这个贾府新来的年轻人，与林震的紧张和困惑是共振的。《红楼梦》第三回是这样写林黛玉初进贾府：

> 且说黛玉自那日弃舟登岸时，便有荣国府打发了轿子并拉行李的车辆久候了。这林黛玉常听得母亲说过，他外祖母家与别家不同。他近日所见的这几个三等仆妇，吃穿用度，已是不凡了，何况今至其家。因此步步留心，时时在意，不肯轻易多说一句话、多行一步路，惟恐被人耻笑了他去。自上了轿，进入城中，从纱窗向外瞧了一瞧，其

街市之繁华，人烟之阜盛，自与别处不同。又行了半日，忽见街北蹲着两个大石狮子，三间兽头大门，门前列坐着十来个华冠丽服之人。正门却不开，只有东西两角门有人出入。正门之上有一匾，匾上大书“敕造宁国府”五个大字。黛玉想道：“这必是外祖之长房了。”想着，又往西行，不多远，照样也是三间大门，方是荣国府了。却不进正门，只进了西边角门。那轿夫抬进去，走了一射之地，将转弯时，便歇下退出去了。后面的婆子们已都下了轿，赶上前来。另换了三四个衣帽周全十七八岁的小厮上来，复抬起轿子。众婆子步下围随至一垂花门前落下。众小厮退出，众婆子上来打起轿帘，扶黛玉下轿。林黛玉扶着婆子的手，进了垂花门，两边是抄手游廊，当中是穿堂，当地放着一个紫檀架子大理石的大插屏。转过插屏，小小的三间厅，厅后就是后面的正房大院。正面五间上房，皆雕梁画栋，两边穿山游廊厢房，挂着各色鹦鹉、画眉等鸟雀。台矶之上，坐着几个穿红着绿的丫头，一见他们来了，便忙都笑迎上来，说：“刚才老太太还念呢，可巧就来了。”于是三四人争着打起帘笼，一面听得人回话：“林姑娘到了。”

黛玉方进入房时，只见两个人搀着一位鬓发如银的老母迎上来，黛玉便知是他外祖母。方欲拜见时，早被他外祖母一把搂入怀中，心肝儿肉叫着大哭起来。当下地下侍立之人，无不掩面涕泣，黛玉也哭个不住。一时众人慢慢解劝住了，黛玉方拜见了外祖母——此即冷子兴所云之史氏太君，贾赦贾政之母也。当下贾母一一指与黛玉：“这是你大舅母；这是你二舅母；这是你先珠大哥的媳妇珠大嫂子。”黛玉一一拜见过。贾母又说：“请姑娘们来。今日远客才来，可以不必上学去了。”

“林黛玉进贾府”之所以成为经典，在于用一个陌生人的眼睛来展示贾府的环境，同时又将人物的性格和命运融合其中。长篇小说讲究展示外在的环境，往往通过大段的场景描写来铺陈人物活动的舞台。比如雨果的著名长篇小说《巴黎圣母院》的第一卷花了大量的篇幅写广场、写教堂，写钟楼，写敲钟人，为主人公吉卜赛女郎艾斯米拉达的出场做了详尽的描述，为人物活动的空间做足了文章。以至于王安忆在写作《长恨歌》时也受到了类似的启发。这种静态的长镜头般的描述，也是十九世纪现实主义常用的手段，与支撑当时现实主义的实证主义哲学有很大的关系，也与现实主义全知全能的叙述视角有很大的关系。

全知全能视角的模式是“叙述者 > 人物”的叙事方法，也称之为上帝叙述模式，也就是叙述者全知全觉，对小说发生的事情全方位把握，小说人物的命运全在叙述者的掌控之中，叙述者是世界的统治者。叙述者比任何人知道得多，通常是第三人称叙述，沃伦在《文学原理》中所说：“他可以用第三人称写作，作一个‘全知全能’的作家。这无疑是传统的和‘自然的’叙述模式。作者出现在他的作品的旁边，就像一个演讲者伴随着幻灯片或纪录片进行讲解一样。”这种“讲解”可以超越一切，历史、现在、未来全在他的视野之内，任何地方发生的任何事，甚至是同时发生的几件事，他全都知晓。在这种情况下，读者只是被动地接受故事和讲述。这种全知全能的叙述模式在古典小说中经常使用，但进入现代小说之后，这种全知全能的叙述受到了质疑。冯·麦特尔·艾姆斯在《小说美学》中说：“一般的方法是这样：无所不知的作者不断地插入到故事中来，告诉读者知道的东西。这种过程的不真实性，往往破坏了故事的幻觉。除非作者本人的风度极为有趣，否则他的介入是不受欢迎的。”

现代小说和古典小说的一个巨大的区别在于叙事模式上的革命，作家不再扮演全知全能的上帝了，作家必须潜入到一个或多个人物的视角中进行讲述或叙述，传统的那种说书人的方式不适应新的小说写作和阅读了。因而现代小说第一人称大量出现，中国现代文学史上的第一部白话小说——鲁迅的《狂人日记》就是用第一人称写就，到 20 世纪 60 年代法国新小说派甚至出现了第二人称叙述的作品，比如米歇尔的《变》。虽然第三人称依然广为适用，但作家不再是一个全知全能的统治者了，他往往小心翼翼地借着人物的口气说话叙事。《红楼梦》是典型的古典小说，但是《红楼梦》的伟大之处在于在幽微处昭示着未来。1920 年吴宓在释《红楼梦》时，说“西国小说，佳者固千百，各有所长，然如《石头记》之广博精到，诸美兼备者，实属缈寥寥”，快 100 年过去了，《红楼梦》其实不仅“兼美”，而且颇具未来美学摇篮的可能。比如，吴宓时代，小说叙事学尚未开启，吴宓自然也不能预测到兼美之外，还“超美”了。

林黛玉进贾府就是一种“超美”的体现。《红楼梦》全书属于第三人称叙述的小说，但作家经常放弃全知全能的上帝视角，而是巧妙收缩到某个人物的视角来进行叙述，因而独立的人物视角留下诸多的空白，或者说，个人叙述必然造成死角，这死角也就成为读者发挥想象的空间。这也是《红楼梦》能够被世世代代传阅的一个重要原因，因为留下了很多的空白，如果将所有的事情都交代清楚了，读者就一览无余，想象的空间小了，就不会一而再再而三地探寻甚至索隐了。当然，《红楼梦》留白的方式花样诸多，视角只是一种而已。

现在我们回到林黛玉进贾府这个经典桥段上来。首先，它为人物活动搭建了一个平台，这个平台就是贾府。在林黛玉进贾府之前，读者对贾府的印象是模糊的，停留在“假不假，白玉作堂金作马”民谣传说的印象上，连林黛玉也不知祖母家的金粉世家金粉到什么程度。和刘姥姥进大观园不同，林黛玉是见过世面的人，但从林黛玉的眼里看出，对贾府的“高大上”，也是有些惊讶。林黛玉进贾府之前，已经耳闻贾府的不同：“林黛玉常听得母亲说过，他外祖母家与别家不同。他近日所见的这几个三等仆妇，吃穿用度，已是不凡了，何况今至其家。……自上了轿，进入城中，从纱窗向外瞧了一瞧，其街市之繁华，人烟之阜盛，自与别处不同。”

小说连用几个“不”字，写出林黛玉的感受，“与别家不同”“已是不凡”“自与别处不同”，接着通过林黛玉的目睹，展现了这种不凡。里门前蹲着两个大狮子；门是三间兽头大门；正门之上有一匾，匾上书写着五个大字。大狮子，大门，大字，三个“大”字不但表现建筑之宏伟高大，也说明贾府的显赫。同时，建筑异常精美，贾母的正房大院，就设置了一个垂花门、两边抄手游廊和一个安放着大理石插屏的穿堂做掩映，既庄严肃穆，又表现出豪门贵族气派。

这一切，源自林黛玉视角。但林黛玉不是一个摄像头，她是小说重要人物，和贾宝玉、薛宝钗构成了小说的铁三角，支撑着整个小说的结构。因为林黛玉的到来，小说最重要的情节才得以展开。这就是金石姻缘还是木石姻缘之争。林黛玉进大观园是情节，但在情节的展开中极其巧妙地交代了典型环境以及典型环境中的人物，林黛玉一一见到的各色人等，个个性格鲜明，有的未闻其声、先见其人，有的则先见其貌、再见其人。尤其是贾宝玉和王熙凤的出场，特别见出黛玉视角的魅力。林黛玉见贾府的人都敛声静气的，而王熙凤远远地就大叫大嚷起来：“我来迟了。”通过林黛玉的观察，写出了凤姐的外表、穿着，尤其与周围人的关系，写出了这个影响荣国府、宁国府命运的“凤辣子”的性格特征。

林黛玉的视域，在展现贾府的奢华和华贵的同时，还写出了林黛玉自己的个性特征。年幼丧母，无依无靠，“上无亲母教养，下无姊妹兄弟扶持”，只好依靠外祖母，有很强的自尊心，也有很强的自卑感，不敢多说一句话，不敢多行一步路。作家选择林黛玉的视角来细微地观察贾府的建筑、摆设、人员、测序和人物的关系，是因为外来者的眼光往往独到，更主要的是林黛玉作为一个弱者要在这样“如狼似虎”的环境里生存下来，她必须特别耐心、认真地观察，倘若换作贾府之人也就没必要这么细心，自然也就出不来这么生动的艺术效果了。

当然，“你站在桥上看风景，看风景的人在桥下看你”，林黛玉在悄悄观察贾府人的动静形态的同时，贾府的人也自然会悄悄观察这个新来的年轻人。贾母如此，王夫人也如此，连丫鬟们也在打量这个年轻人。小说精彩之处，在通过林黛玉的眼睛，写出了贾宝玉的外形、气质，没想到笔锋一转，又通过贾宝玉的视角，写出了林黛玉的外貌：“两弯似蹙非蹙笼烟眉，一双似喜非喜含情目。态生两靥之愁，娇袭一身之病。泪光点点，娇喘微微。闲静时如姣花照水，行动处似弱柳扶风。心较比干多一窍，病如西子胜三分。”同时贾宝玉还为林黛玉命名“颦颦”。从林黛玉进贾府被命名开始，她已经就成为贾宝玉的精神辖管了。因为一个人的命名，常常是与生俱来的，比如命名出自父母，就是终身相伴的。而林黛玉的“颦颦”也是终身难以舍弃的。

最生动的是他眼中的林黛玉，居然没有带玉，而且他周围的姐妹都没有什么通灵宝玉，尤其是这个神仙一样的妹妹也没有，以至于一怒之下，要把贾母视作命根子的通灵宝玉这劳什子扔了。这一扔，被王蒙先生称之为伟大的一扔，是天情。后来贾母只好说，林黛玉原来也有这么一个宝贝，只是母亲去世，拿去殉葬了，这才罢了。宝玉闹玉，是因为黛玉无玉，不对称的爱情，必然是残缺的，甚至是无望的。所以，宝玉要闹，为的是对称。而贾母骗他黛玉曾经有过，这就是假对称。仿佛是一种暗示，爱情的悲剧已经埋下了因果。

贾府来了个年轻人，这个年轻人的到来，点燃了贾宝玉心中的爱情之火，也搅动了沉寂、沉闷的一潭死水。

外来者的视域
——从《红楼梦》说起

“漏斗户主陈奂生，今日悠悠上城来。”

这是《陈奂生上城》的第一句。

当代著名小说家高晓声当年因一篇小说而名扬天下，这篇小说的名字叫《陈奂生上城》，写的是一个叫陈奂生的农民，在改革开放的初期，脱掉了“漏斗户主”的帽子，想进城去看一看。“漏斗户”是常州的方言，形容这个家庭的穷，像漏斗一样，什么都存不住，都漏掉。在《漏斗户主》这篇小说中，高晓声笔下的“漏斗户主”陈奂生，身上没衣，手里没钱，肚里吃不饱，常年负着债。而到了《陈奂生上城》，因为政策变了，生活好了，“漏斗户主”摘了帽了，身上有了新衣，手里有了余钱，脸上有了肉，无债一身轻，就想进城来看看了。这一看，就看出花儿来了，看出了故事和风波（差点酿成风波）。

他去看当年在乡下见过面的书记吴楚，吴书记因为工作忙，就让秘书把他安排在政府招待所，他平生第一次住进政府招待所，看到的一切让他目瞪口呆：

这房里的一切，都新堂堂、亮澄澄，平顶（天花板）白得耀眼，四周的墙，用青漆漆了一人高，再往上就刷刷白，地板暗红闪光，照出人影子来；紫檀色五斗橱，嫩黄色写字台，更有两张出奇的矮凳，比太师椅还大，里外包着皮，也叫不出它的名字来。再看床上，垫的是花床单，盖的是新被子，雪白的被底，崭新的绸面，呱呱叫三层新。陈奂生不由自主地立刻在被窝里缩成一团，生怕弄脏了被子。

不过，当陈奂生听到住一晚要五块钱，心里咯噔一下，这么贵啊？老实的陈奂生不愿意给吴楚书记添麻烦，就自己咬牙付了钱，付了钱之后的反应就有些可笑了，他使劲坐人家的弹簧太师椅，恨不得给人家坐坏。吃了姜饼，脸上嘴上不惬意，就把提花枕巾捞起来一通猛擦，衣裳也不脱就钻被窝，出了五块钱呢——即使把房间弄成了猪圈——即使如此，陈奂生还是心疼，五块钱，对卖了一天油绳才赚几毛钱的陈奂生来说，类同天文数字。

很快，陈奂生在肉痛心痛之后又找到自豪。试问，全大队的干部、社员，有谁住过五块钱一夜的高级房间？他仅仅花了五块钱就买到了精神的满足，真是拾到了非常的便宜，于是愉快地划着快步，像一阵清风荡到了家门……

陈奂生这个老实巴交的农民形象一下子引起了文坛的极大关注，《陈奂生上城》获得当年的全国短篇小说奖，围绕陈奂生的形象，评论界也展开了热烈的讨论，有人认为陈奂生是鲁迅笔下阿 Q 的再生，也有人认为高晓声贬低了农民的形象。现在看来，当年的争论已经不足挂齿，关键是高晓声活生生写出了新时期的农民心理和性格，之后高晓声又写作陈奂生出国等系列小说，陈奂生成为当代文学画廊的经典人物。

其实，陈奂生这个人物是有传承的。在《红楼梦》里，也有一个“陈奂生”，虽然她能言善语，口才特好，不像陈奂生那么木讷，但是你还能够感受到陈奂生和她之间的一脉相承，这个人就是著名的刘姥姥。

《红楼梦》里写了很多的人物，据有些学者统计，总共人数有九百人之多，但这些鲜活的人物往往是卷入了贾家的是非风波之中的，比如贾宝玉、林黛玉、薛宝钗、王熙凤、秦可卿、尤二姐、尤三姐等人，游离在这些漩涡之外而形象生动成为经典的就是刘姥姥一人。

可以说，刘姥姥是悬挂在贾府之外的一个人物，是贾府的局外人，但这个外来者的视域展现了贾府的兴衰成败，她的三进荣国府，让贾府的历史翻了三番。她是贾府荣辱兴衰的见证人，也是贾府历史的讲述者。美国文艺理论学家韦恩·布斯在《小说修辞学》里，有“叙述代理”的概念，就是作家尽量在写作过程中，不用自己的全知全能的视角去影响叙述的客观性，而是透过人物的视角来展示文本的丰富和自然。《红楼梦》的作者是擅长此道的，作家经常借人物的视角来从多个角度讲述故事，如贾雨村、甄士隐、冷子兴、焦大等，作者旨在利用这些“边缘人物”暂时充当叙述者，使“作者之介入”减到最低限度，布斯曾将这种“对事件过程产生相当影响的戏剧化叙述者”命名为“叙述代理”。

而刘姥姥在《红楼梦》里无疑是最杰出的叙述代理，但是刘姥姥的意义不仅是一个叙述者，她还是一个被叙述者，她形象的生动和经典，在《红楼梦》里恐怕仅次于贾宝玉、林黛玉、薛宝钗、王熙凤。一个普通的乡村老妇为何能够有如此的文学魅力呢？我们先从她一进荣国府说起。

刘姥姥在《红楼梦》里始终扮演一个外来者的角色，刘姥姥不用说和贾府那些显赫人物相比，就是和那些丫鬟、用人相比，也是“芥豆之微”。原来板儿的曾祖父是个小小的京官，也姓王，和王夫人的父亲认识，因贪王家的势力，便连了宗，认作侄儿，按辈分数下来，刘姥姥的女婿、板儿的父亲王成便称王夫人为姑妈。因此，刘姥姥就厚着脸皮去贾府攀亲，其实是乞讨。

作者为什么要从“千里之外，芥豆之微小小一个人家”写起呢？是外来者的视域具有特殊的显示功能使然。所谓的外来者就是一个人来到了他不熟悉的空间，这新的空间让其成为外来的人。一个人在一个环境里待久了，视觉、味觉等感觉往往失去敏感而麻木，当一个人来到一个陌生的环境，他常常会调动他的所有器官来观察、适应也是防备新的环境未知因素。人永远生活在一个空间之中，人与空间的关系和定位常常导致哲学的诞生。所谓“我在”，其实是在空间中寻找自己的定位。

刘姥姥因为生计的原因，以穷亲戚的身份去攀贾家的关系，她的造访像摄像头一样带领我们去造访贾府的豪华富贵，她的视角是局外人的观点，而且还是一个乡下穷老婆子的穷视角，可以呈现贾府宅邸的壮观。虽然在林黛玉初进荣国府时，已经有所展示，但黛玉与宝钗，她们与贾府都是属于同一个阶层的，她们所见不会感到意外，没有太多的惊奇和新鲜，刘姥姥进大观园时产生的惊讶与赞叹正暗合读者对大观园陌生的心理认知。刘姥姥为读者勾勒大观园的全图景。

贾府中气势炎热炙人的王熙凤是首先在刘姥姥的眼里出现的，这和贾宝玉的出场有异曲同工之妙。林黛玉初进荣国府，带出了贾宝玉的出场，同时也埋下了爱情的种子。贾宝玉的出场，先在众人的议论声中开始，然后在林黛玉的眼中登场。所谓一见钟情，就是如此。当然，也反过来从贾宝玉的视角中写了对林黛玉的一见钟情。这种由局外人写局内人的手段，也沿袭到局外人刘姥姥见局内人王熙凤的方式。刘姥姥见到的第一个贾府的人，是王熙凤，而王熙凤的命运贯穿贾家兴亡的始终，可以说贾家兴，则熙凤盛，贾家衰，则熙凤惨。重要的是，刘姥姥在这里不仅是叙述代理，而是故事中人。和贾宝玉、林黛玉的情爱悲剧不一样的是，王熙凤和刘姥姥的恩怨最后得到的是恩报，在王熙凤树倒猢狲散临终之际，刘姥姥救了巧儿一命，让王熙凤的宝贝女儿免遭肮脏之辱。所以脂砚斋评点，“此回借刘妪，却是写阿凤正传”。在金陵十二钗正册上，巧姐被描述为一位在偏僻村落路边客栈中织布的妇女。底下诗句评判她：“势败休云贵，家亡莫论亲。偶因济刘氏，巧得遇恩人。”这里的“亲”与“贵”，既是刘姥姥与王熙凤当初关系的总结和呼应，也是对贯穿《红楼梦》的色空思想的一种特别的注释。

刘姥姥二进荣国府的时候，是大观园落成不久，之前虽然贾宝玉等人甚至贾政也都来过大观园，但对于这些官宦贵人来说，大观园之繁盛之优美，在他们眼中还是不足以充分描摹了。这个时候，刘姥姥又出现了。如果说，刘姥姥一进荣国府，还是线索性的人物，还是摄像头式的视角，则二进荣国府时，她不再仅仅是观察者了，她已经和《红楼梦》中的其他人物水乳交融了。这一次作者用了四回的篇幅，透过刘姥姥的眼睛具体描绘了贾府腐败奢华的日常生活，尤其细腻地描摹了大观园琳琅满目、美轮美奂的景物。刘姥姥一进门偶然遇上的一顿叫作螃蟹宴的家宴，经她算了账：“这一顿的银子，够我们庄稼人过一年了。”等到“史太君两宴大观园”时，就更无法比拟了。真是“刘姥姥进大观园——傻眼了”。可见，大观园中的潇湘馆、秋爽斋、晓翠堂、栊翠庵、怡红院等，对于一个乡野村妇来说是如何令她惊奇。刘姥姥刚进园子就说："我们乡下人，到了年下，都上城来买画儿贴。大家都说，怎么才能上画儿里逛逛呢！想着画儿也不过是假的，谁知今儿进这园里一瞧，竟比画儿还强十倍！"俗话说"美景如画"，刘姥姥却认为大观园比画还好十倍，足见荣国府景物之华美，在刘姥姥的想象之外，也在读者的想象之外。

二进荣国府，刘姥姥眼中，贾府的上上下下都粉墨登场，既有王熙凤、贾宝玉、林黛玉、贾母这些主子们，也有平儿、鸳鸯这些丫头们，甚至还有栊翠庵的妙玉等，但重点写了贾母和刘姥姥的反差。《红楼梦》的作者善于布局，懂得删繁就简，也懂得铺陈，写十二钗的命运，有的异常简洁，隐藏在判词中。而写刘姥姥二进荣国府居然花了四个回目，不亚于写秦可卿出殡的篇幅。刘姥姥二进贾府和第一次不一样，已经不是来打秋风，不是再来讨二十两银子，而是回报来的，她居然带来礼物。虽然是些个枣子、倭瓜、野菜等山野，但可以看出刘姥姥的淳朴。虽然贾府山珍海味吃不尽，她还要带些土特产来，这是农民的感恩方式，也为后来刘姥姥营救巧儿做了铺垫。

第一次见王熙凤的时候，凤姐可谓是威风凛凛、仪态万方，但是二进荣国府时，发现王熙凤在一个老太太的边上站着，小心伺候着。老太太虽然和刘姥姥岁数相当，但是脸色光润，气度不凡，这个老太太就是贾府的定海神针——贾母。刘姥姥的性格没有让她怯场，她忙向贾母请安："请老寿星安。"贾母也是心情好："老亲家多大年纪了？"仿佛多年老朋友似的亲切和自然。

贾母为什么要待见刘姥姥呢？除了王熙凤的面子外，还有个重要的原因，就是刘姥姥的贫穷和浅薄，像一面镜子照出她的幸福感。"阿房宫，三百里，住不下金陵一个史"的史家，是贾母史太君的娘家，而婆家是“白玉为堂金作马”的贾家，更让她不知道贫穷的滋味，也不知道幸福的滋味。“山田脱粟饭，野菜淡黄齑”是什么滋味她不知道，更想象不到有人居然会为了区区二十两银子激动得浑身颤抖，感激涕零。

有了外来者刘姥姥的参照，贾母发现了自己的分量，发现了自己存在的意义，找到了自己的优越感。贾母自己不爱吃的面果子和螃蟹饺，刘姥姥吃得津津有味；自己拿来糊窗屉的纱，刘姥姥居然想要拿来做衣裳：反差太大，悬殊太大。这是《红楼梦》以底层的视角来批判奢靡的上层和统治者。这也是后来贾母要带刘姥姥游览大观园的心理动因。

在游园过程中，作者又重点写了贾府的名菜：茄鲞。这道后来困扰过很多厨师和美食家的名菜，也是因为刘姥姥才出现的。因为刘姥姥让贾母开心，王熙凤就祭出了贾府的经典美食茄鲞，这茄鲞的真正味道已经难以考证，因为根据小说里的介绍做出的茄鲞，味道实在平常。但在刘姥姥看来，这茄鲞已经是“天味”。凤姐介绍说：“才下来的茄子，把皮刨了，只要净肉，切成碎钉儿，用鸡油炸了，再用鸡脯子肉并香菌、新笋、蘑菇、玉香腐干各色干果子，都切成钉子，拿鸡汤干了，拿香油一收，外加糟油一拌，盛在瓷罐里，封严了，要吃的时候儿，拿出来，用好的鸡爪（指拨了皮的山鸡肉）一拌就是了。”刘姥姥听了摇头吐舌说：“我的佛祖！倒得十来只鸡来配它，怪道这个味儿！”

刘姥姥舍不得的是十几只鸡，而这十几只鸡对挥金如土的贾府来说又算得上什么呢？大观园女士们在刘姥姥的目瞪口呆表情中找到了幸福感，所以她们在尽情逗耍刘姥姥，刘姥姥也很配合，讲段子，卖萌，耍活宝。连一向低调的林黛玉，也居然嘲笑刘姥姥是“母蝗虫”，这实在有失厚道。尖刻的林黛玉在对待刘姥姥的土气和胃口方面，确实有失厚道。虽然后来刘姥姥在怡红院撒野，林黛玉隐瞒不报，但之前口出那种鄙视性侮辱性的玩笑话，说明林黛玉缺少一份宽厚之心。

刘姥姥自然满足了百无聊赖的大观园人们的幸福感，也折射出大观园的繁盛。但刘姥姥第三次来到荣国府的时候，她带给荣国府诸位已经不是幸福感了，而是破败贾家人对“母蝗虫”的感激。同样见到是王熙凤，但被抄之后的荣国府已经百孔千疮，病重的王熙凤不得已向刘姥姥托孤，请她照料独生女儿巧儿。时过境迁，人是物非。

外来者刘姥姥是面镜子，是一双特殊的眼睛，照出了贾府的种种繁华和丑陋，也照出他们内心的脆弱和阴暗，正像脂评本中所感叹的：“小说中一笔作两三笔者，一事启两事者有之，未有此恒和少数之笔也。”所谓“一笔”，就是布斯说的叙述代理，“两三笔”，就是代理者也成为小说中重要的人物。《红楼梦》深通小说之术，高也！

人物的平台
——从《红楼梦》说起

小说是搭建平台的艺术。小说要有人物，人物要有活动空间，这空间就是平台。平台是最近几年才有的词，以前我们习惯把它称之为环境，但环境本身带有太多的自然因素，环境又是广谱类，是对所有人物而言，平台则是从创作发生学而言，是作家主体对人物生存空间的赋予，一个平台往往是对一个人物或一类人物而言。

好的小说家是为人物搭建平台的高手，《红楼梦》则是高手中的高手。

每个人都生活在一个特定的时空之中，在时间和空间的交汇点上显现出自己的命运轨迹。都说《红楼梦》是史诗，《红楼梦》确实是伟大的史诗，但是和那些以时间作为纵向坐标来展示人物命运的著作不太一样的是，《红楼梦》不是太倚重时间的线索，尤其是前80回主要以空间的轮转来体现时间的变更，以致有研究者认为林黛玉的年龄前后有矛盾，经常出现的“又一年”和“第二年”这样含糊不清的时间概念，因为在曹雪芹的叙事理念里，空间才能展现事物的本质和人物的命运，因而在高鹗的续篇里，空间的变换非常少，后40回的叙事逻辑基本是线性的时间结构，和前面的空间转换的叙事形成较大的反差。这也是后来认为续篇不如前80回的原因之一吧。因为前80回通过空间的不断转换和营造将人物的性格自然托出，也将贾府的兴衰顺势带出。小说没有按照编年的方式去写贾府的人和事，而是通过人物平台的变异写出了沧桑，高鹗则是没有领会或者没有能力来搭建新的平台来体现家族的兴衰，基本在原有的框架里打转，这也是很多读者看续篇不过瘾的原因。

《红楼梦》里有太多的平台，而这些平台往往与人物的性格和命运休戚相关、共生共灭。《红楼梦》最大的平台就是贾府，而贾府里又分荣国府、宁国府。很难想象如果没有荣宁二府大宅的架构，《红楼梦》构造出的世界会如何单薄。《红楼梦》的空间场景，主要在荣宁二府以及荣宁二府派生出的大观园。这是众多人物活动的主要平台，就像一个舞台，人物有出场、聚光、唱念做打，都在这个舞台上。

这个平台是对称的。荣、宁二府对称。这两府的建构形式取自贾代化、贾代善两兄弟。在小说中，贾宝玉、王熙凤等主要角色，都在荣国府。这又是对称中有所侧重。如果以绝对平均的笔墨写荣宁二府发生的事情，小说将失之重点。当然，我们知道，宁国府的贾家后裔，事实上也比荣国府少，这也是一种对称中的侧重。另一方面的对称，是荣宁二府与大观园之间的对称。在元妃省亲后，贾家姐妹、林黛玉、薛宝钗、李纨等年轻女性以及她们的众丫鬟一并搬到大观园居住，一同入住的还有和姐姐妹妹们分不开的唯一男性——贾宝玉，后来史湘云、香菱、薛宝琴等也在大观园暂住或停留。大观园像一具渔网，让曹雪芹将自己钟爱的人物一并打捞，放置在这个“梦幻”的新平台上。

大观园的创造，是《红楼梦》的鬼斧神工。描写大家族的兴衰和腐败，在《红楼梦》之前已经有《金瓶梅》，《金瓶梅》对大家族描绘的深刻，至今还有人认为《红楼梦》没有能够超越。但是，《红楼梦》创造性地建造了大观园，一下子超越了《金瓶梅》的格局。如果没有《大观园》的存在，《红楼梦》对于大家族“金玉其外败絮其中”本质的揭露和描写，是很难和《金瓶梅》比肩。因为《金瓶梅》在前，《红楼梦》在后，模仿天才的永远是二流的才能。

《红楼梦》因为有了大观园的存在，不是一个单线条的家族兴衰的历史，而是一个融青春与沧桑于一炉的复调小说。余英时先生在《<红楼梦>的两个世界》一文中把大观园和贾府作为理想世界和现实世界的标本进行研究，认为大观园内外分别是“乌托邦的世界”和“现实的世界”。余英时的文章之所以在红学界产生了很大的影响，在于纠正了一些人研究的偏颇，当时不乏一些学者用考古的方法去寻觅大观园的真实存在。当然余英时先生断言大观园就是太虚幻境，不在人间，而在天上，似乎也有可以值得探讨的余地，似乎也陷入了某种误读。大观园在美学意义上，是通过对比来写青春的美好和灿烂，青春虽然易逝，但也是存在，并不虚幻，也存在人间。限于篇幅，这里不展开叙述。

诚如余英时先生所言，大观园是“清”，是“情”，是“真”，相对于荣宁二府的肃穆、威严和强烈的等级感，大观园更多呈现给读者的，是随和、自由、平等及青春。这是地理空间的对比，同时也是小说主题的对比。荣宁二府是规则的象征，具体在小说中，它们有时也成为藏污纳垢的肮脏之地。譬如，本是宁国府中贾敬的女儿、贾珍胞妹的贾惜春，在“抄检大观园”一回中，就明确表示要与宁国府撇清关系，不仅不要丫鬟入画了，又扬言宁国府那边也不去了，因为她“每每风闻得有人背地里议论什么多少不堪的闲话”，“我只知道保得住我就够了，不管你们。从此以后，你们有事别累我”。而与之相比，大观园这个“青春王国”，是寄予了作者笔下的美好、纯洁的地方。中国古代建筑似乎大致可分为“庙堂”与“园林”两类，前者肃穆，可看作儒家传统中严苛、不可侵犯的法度与秩序的象征；后者灵活、移步换景，追求小空间里的大变化，与道家所言效法自然、人性回归的旨归可成映证。《红楼梦》营造的庙堂与园林，看似是建筑空间的问题，其实也如《红楼梦》中处处可见的意象群落一样，是一种更具包容性的大意象，具有象征意味。人物活动其中，受环境影响；环境包容人物，也选择人物。贾政、贾赦等朝廷命官，是不会入住大观园的；而林黛玉初入荣贾府这种深宅大院的感受，也必然是战战兢兢、如履薄冰。

在大观园这个大平台上，曹雪芹又适时搭建若干小平台，大观园多处住所，均有不同的设计和命名。中国园林一向在命名上颇为讲究，这在《红楼梦》中得到了突出体现。怡红院、潇湘馆、蘅芜苑、稻香村、栊翠庵、蓼风轩、暖香坞、秋爽斋、紫菱洲、缀锦楼、藕香榭……单看“院、馆、苑、村、庵、轩、坞、斋、洲、楼、榭……”，竟无一字重复。而曹雪芹又专为大观园中的景观题词，给贾宝玉设计了一场戏。可见作者在经营平台上的用心。当然，若只说命名和题词，未免成为文字游戏，但大观园各处住所的主人性格，也与平台相互映照，或成为其命运的隐喻，这就是平台与人物互相烘托、相互成就的高手制造了。怡红院的芭蕉海棠，潇湘馆的竹，稻香村的田园风格……借助园林设计“移步换景”天然优势，小说家曹雪芹在大观园中活生生实现了多样化的“装修风格”，这对生活在现代城市中处处雷同的“精装修”“宜家风”的当代人而言，的确是值得艳羡的。对小说而言，若缺少大观园多层次、多样化的平台营建，不仅《红楼梦》的阅读会枯燥乏味不少，另一方面，也是更重要的，众多人物的活动缺少平台的变化，许多经典场景想必也无法实现。在第四十六回《尴尬人难免尴尬事 鸳鸯女誓绝鸳鸯偶》中，邢夫人找贾母讨要鸳鸯给贾赦做妾，鸳鸯跟平儿在园子里说这事儿，而“平儿方欲笑答，只听山石背后哈哈的笑道：‘好个没脸的丫头，亏你不怕牙碜。’二人听了不免吃了一惊，忙起身向山石背后找寻，不是别人，却是袭人笑着走了出来问……”袭人这天本是去寻宝玉的，未见宝玉，却不想“可巧你从那里来了，我一闪，你也没看见。后来他又来了。我从这树后头走到山子石后，我却见你两个说话来了，谁知你们四个眼睛没见我”。“一语未了，又听身后笑道：‘四个眼睛没见你？你们六个眼睛竟没见我！’三人吓了一跳，回身一看，不是别个，正是宝玉走来。”这“四个眼睛”和“六个眼睛”如果不在大观园这处平台上，又怎么“竟没见我”呢？同样，第六十二回中，史湘云醉卧芍药园画面的美好也在于“芍药”，同是美人醉酒，史湘云之醉和杨贵妃之醉大相径庭，也在于她们的平台迥异。

不同的人物自然会出现在不同的平台，《红楼梦》中的一个谜一样的人物秦可卿，历来为读者感兴趣，在于她的平台和命运与其余的“钗”们相异太大。秦可卿虽然名列金陵十二钗正册，但是排位最后，居然在外来者妙玉的后面，因而说她是皇亲国戚，恐怕不太靠谱。因为十二钗的排序，基本是按照和贾府的亲疏和长幼排列的，而秦可卿果真是皇亲国戚，当排在前面，至少不会落在妙玉、巧姐之后。最奇怪的是秦可卿虽为十二钗之一，但却是唯一没有进入大观园的金钗。这是很有意味的，因为在大观园营造之前，秦可卿已经魂归西天，她自然没有机会进入大观园。为什么？在大观园营造之前，《红楼梦》的故事，虽然展开了贾宝玉、林黛玉的一见钟情，但是更多的篇幅却落在“风月宝镜”之类的世俗言情故事上，落在秦可卿、秦钟、贾瑞等人的风流故事上，甚至贾宝玉的“初试云雨情”以及与琪官、秦钟的交往也在进大观园之前。进入大观园之后，贾宝玉的情欲非但没有大规模地释放，反而收敛了，在大观园中几乎没有再出现试云雨的场景。因而作为“情天情海幻情身，情既相逢必主淫”的淫主秦可卿，也自然会在大观园建造之前出局。

秦可卿的平台是什么？秦可卿生活在贾府的宁国府，前面我们说过贾府分为宁荣二府，但十二钗除了妙玉、史湘云之外都出自荣国府，而唯有秦可卿来自宁国府。这宁国府，口碑有点差。“漫言不肖皆荣出，造衅开端实在宁”，也就是说贾家的衰落实际是从宁国府开始的。在《红楼梦》中秦可卿著名的平台应该是“天香楼”，秦可卿淫丧天香楼本是小说的主要章节，后来为忌讳的缘故从书中删除了。“天香楼”是什么样子我们已经难以考证，因为被作者删除了，但通过点评，我们依稀能够读出“淫丧天香楼”的蛛丝马迹——这是一个风月的场所。其实，我们在阅读贾宝玉进入秦可卿的闺房里，依然可嗅出天香楼的气味来。第五回《贾宝玉神游太虚境，警幻仙曲演红楼梦》里写到贾宝玉到晚辈秦可卿的房间休息，说着大家来至秦氏卧房，刚至房中，便有一股细细的甜香，贾宝玉此时便觉眼饧骨软，连说“好香！”入房向壁上看时，有唐伯虎画的《海棠春睡图》，两边有宋学士秦太虚写的一副对联云：“嫩寒锁梦因春冷，芳气袭人是酒香。”案上设着武则天当日镜室中设的宝镜，一边摆着赵飞燕立着舞的金盘，盘内盛着安禄山掷过伤了太真乳的木瓜。上面设着寿昌公主于含章殿下卧的宝榻，悬的是同昌公主制的连珠帐。宝玉含笑道：“这里好，这里好!”秦氏笑道：“我这屋子，大约神仙也可以住得了。”亲自展开了西施浣过的纱衾，移了红娘抱过的鸳枕。

天香楼里的“天”和“香”，在秦可卿的闺房里已经得到充分的体现，让贾宝玉“眼饧骨软”的甜香，该就是天香楼里的香，而“天”在秦可卿房间里则和神仙以及武则天、杨贵妃、赵飞燕这些天上人间的天女联系在一起。可以说，秦可卿的闺房就是小天香楼，或天香楼的浓缩版。秦可卿生活在这样的空间里，被视作淫人也就很自然了。贾宝玉当时只是一个年仅13岁的少年（还有研究者从前后文的关联认为只有8岁），在这样的特殊“平台”上神游了太虚幻境，见到了警幻仙子，最主要还做了春梦且梦遗，之后又按照梦中的情形和袭人“初试云雨情”了。就某种意义上，贾宝玉的初夜是交给了秦可卿，不论梦中的警幻仙子是秦可卿还是警幻仙子姐姐，贾宝玉的第一次梦遗是在秦可卿的床上。所以，贾宝玉闻讯秦可卿的丧报之后，大口吐血，也就不难理解了。

秦可卿是贾宝玉男女之情的导航员，她的弟弟秦钟则是贾宝玉断臂情第一人。虽然同为风月高手，秦氏姐弟的平台却大不一样，秦可卿的平台可谓高大上，而秦钟的平台则接近苦逼，“馒头庵”和天香楼有天壤之别，馒头庵的馒头自然是某种象征，而秦钟和小尼姑、宝玉在这里鬼混，倒也是让贾宝玉体会到草根的野趣。当然，秦可卿的高大上风月和秦钟的草根风月，最后都导致他们的夭亡，与作家的色空思想紧密相连。

当代的一些优秀的作家也善于在小说中为人物营造平台，像莫言的“东北高密乡”、贾平凹的“商州”、苏童的“香椿树街”、周李立的“艺术区”都是很有创造性的场域设计，他们笔下的人物只有在这样的空间里才能充分展示自己。恩格斯在说到现实主义时，曾强调“典型环境里的典型人物”，是说合适的人物找到合适的平台，才能成为典型。

被遮蔽的大师
——论汪曾祺的价值

我们一直呼唤大师，也一直感叹大师的缺席。但有时候我们常常容易忽略大师的存在，尤其是大师在我们身边的时候，我们会选择性地色盲。有一个作家去世十八年了，他的名字反复被读者提起，他的作品反复被重版，年年在重版，甚至比他在世的时候，出版的量还要大，我们突然意识到一个大师就在我们身边，而我们却冷淡了他，雪藏了他。

他就是汪曾祺。

翻开当代的文学史，他的地位有些尴尬，在潮流之外，在专章论述之外，常常处于“还有”之列。“还有”在文学史的编写范畴中，常常属于可有可无之列，属于边缘，属于后缀性质，总之，这样一个大师被遮蔽了。

汪曾祺为什么会被遮蔽？有其现实的合理性。纵观这些年被热捧的作家常常是踩到“点”上，引发了人们的关注和围观。那么这个“点”是什么，“点”又是如何形成的？

形成中国文学的“点”，大约由两个纵横价值标杆构成。纵坐标是沿袭已久的革命文学传统价值，横坐标则是外来的文学标准，在1978年前这个外来标准，是由苏联文学的传统构成，稍带一点俄罗斯文学的传统，比如列宁肯定过的“俄国革命的一面镜子”托尔斯泰；而1978年以后的外来标准则偏重欧美现代主义文学体系。而汪曾祺的作品，则恰恰在这两个价值标杆之外。

先说革命文学传统。这一传统在鲁迅时代已经形成，这就是“遵命文学”，鲁迅在《呐喊》的自序里明确提出要遵命，遵先驱的命。之后发展起来的新文学传统，将“遵命文学”的呐喊精神和战斗精神渐渐钝化，慢慢演化为配合文学，配合政治，配合政策，配合运动，到20世纪60年代开始发展到极致，最后变成了所谓的“阴谋文学”。改革开放以后的新时期文学，出现了“伤痕文学”“反思文学”“改革文学”，这些思潮在历史的进程中发挥着巨大的作用，而汪曾祺的创作自然无法配合这些重大的文学思潮，因而就有了“我的作品上不了头条”的感慨。汪曾祺对自己作品在当时价值系统里有一个清醒的认识。他说我的作品上不了头条。“头条”在中国文学期刊就是价值的核心所在。“我的作品和政治结合得不紧”，“不是也不可能成为主流”，“我的作品和我的某些意见大概不怎么招人喜欢”，“三十多年来，我和文学保持着若即若离的关系”，这些话正好说明汪曾祺在文坛被低估的原因。苏北在《汪曾祺二三事》一文中曾经记述了汪曾祺和林斤澜的一段往事：

> 晚上程鹰陪汪、林在新安江边的大排档吃龙虾。啤酒喝到一半，林忽然说：“小程，听说你一个小说要在《花城》发？”
>
> 程鹰说：“是的。”林说：“《花城》不错。”停一会儿

又说："你再认真写一个，我给你在《北京文学》发头条。"

汪丢下酒杯，望着林："你俗不俗？难道非要发头条？"林用发亮的眼睛望着汪，笑了。

汪说："我的小说就发不了头条，有时还是末条呢。"

叶兆言在谈到汪曾祺的作品时一段话很有意思："如果汪曾祺的小说一下子就火爆起来，结局完全会是另外一种模样。具有逆反心理的年轻人，不会轻易将一个年龄已不小的老作家引以为同志。好在一段时间里，汪曾祺并不属于主流文学，他显然是个另类，是个荡漾着青春气息的老顽童，虽然和年轻人的方式完全不一样，然而在不屑主流这一点上找到共鸣。文坛非常世故，一方面，它保守，霸道，排斥异己，甚至庸俗；另一方面，它也会见风使舵，随机应变，经常吸收一些新鲜血液，通过招安和改编重塑自己形象。毫无疑问，汪曾祺很快得到了年轻人的喜爱，而且这种喜爱可以用热爱来形容。"汪曾祺不屑于主流，主流自然也不屑于他，他被文学史置于不尴不尬的位置也就很自然了。

这也是目前的文学史对汪曾祺的评价过低的第一个原因。革命文学传统语境中的文学史评判规则所沿袭的苏联模式，简单地说就是政治标准第一，艺术标准第二。也就是说以革命的价值多寡来衡量作品的艺术价值。"上不了头条"的汪曾祺自然就难以占据文学史的重要位置，汪曾祺很容易被划入到休闲淡泊的范畴，容易和林语堂、梁实秋、周作人为伍，只能作为文学的二流。

长期以来新文学的评判标准依赖于海外标准。这个海外标准就是苏联的文学价值体系和西方文学尤其是以现代派文学的价值体系为主，外加派生出来的汉学家评价系统所秉持的标准。

汉学家的评价系统是通过翻译来了解中国的文学作品的。而汪曾祺正好是最难以翻译的中国作家之一，渗透在他作品中的中国气息和中华文化，却是通过他千锤百炼的语言精华来体现的。而翻译正好将这样的精华过滤殆尽，汪曾祺的小说如果换成另一种语言就难以传达出韵味来，而在故事的层面汪曾祺的小说是没有太多的竞争力的。因为汪曾祺奉承的就是“写小说就是写语言”。而翻译造成的语言的流失，无异于锅底抽薪。而汪曾祺在这两个标准中都没有地位，是游离的状态，以苏联的红色标准来看汪曾祺的作品，无疑是灰色。

1978 年新时期以来的西方现代主义热潮为何又将汪曾祺置于边缘呢?

这要从汪曾祺的美学趣味说起。汪曾祺无疑受到西方现代主义文学的巨大影响，但汪曾祺心仪的作家正好是国内现代主义热潮中不受追捧的阿索林，他写过一篇《阿索林是古怪的》，称“阿索林是我终生膜拜的作家”，在《谈风格》说到阿索林：“他是一个沉思的、回忆的、静观的作家。他特别擅长于描写安静，描写在安静的回忆中的人物的心理的潜微的变化。他的小说的戏剧性是觉察不出的戏剧性。他的‘意识流’是明澈的，覆盖着清凉的阴影，不是芜杂的，纷乱的。热情的恬淡，入世的隐逸。”而 20 世纪 80 年代一般人认为的现代派常常是喧嚣的、颓废的、疯狂的、不带标点符号的，叛逆而不羁，泥沙而俱下，我们从当时走红的两篇被称为“现代派”代表作的小说《你别无选择》《无主题变奏》的走红，就可以看出它恰恰是纷乱的、芜杂的、炎热的，宗旨是不安静的。之后出现的以《百年孤独》引发的拉美文学热，那种魔幻和神奇以及混合在魔幻神奇之间拉美土地的政治苦难和民族忧患，好像也是汪曾祺的作品难以达到的。

而汪曾祺所心仪膜拜的西班牙作家阿索林在中国的影响，就远远不能和那些现代主义的明星相比了。这位出生于1875年、卒于1966年的西班牙作家，在民国时期被译作“阿左林”，戴望舒和徐霞村合译过他的《塞万提斯的未婚妻》，卞之琳翻译过《阿左林小集》，何其芳自称写《画梦录》时曾经受到阿左林的影响。但即便如此，阿索林在中国翻译的外国作家里，还是算不上响亮的名字，很多研究现代文学的人也不见得了解多少，至今关于他的论文和随笔译成中文的也就20篇左右。阿索林在中国的冷遇，说明了汪曾祺在相当一段时间内偏安一隅的境地是可以理解的。设想如果没有泰戈尔在中国巨大影响，怎会有冰心在现代文学史的崇高地位呢？

汪曾祺游离于上述两种文学价值体系之外，不在文学思潮的兴奋“点”上，也就不难理解了。而今他在读者和作家的慢热，持久的热，正说明文坛在慢慢消退浮躁，夸张的现出原形，扭曲的回归常态，被遮蔽的放出光芒。当中国文学回归理性，民族文化的自信重新确立的时候，汪曾祺开始释放出迷人而不灼热的光芒来。

汪曾祺光芒来自于他无人能替代的独特价值。汪曾祺的价值首先在于连接了曾经断裂多时中国的现代文学和当代文学。现当代文学之间的断裂是历史造成的，现代文学史上的作家在新中国成立后鲜有优秀作品出现，原因很多，有的是失去了写作的权利，有的是为了配合而失去了写作个性和艺术的锋芒。郭沫若、茅盾、巴金、曹禺等大师虽然有写作的可能，但艺术上乏善可陈，而老舍唯一的经典之作《茶馆》，按照当时的标准是准备作为废品丢弃的，幸亏焦菊隐大师慧眼识珠，才免了一场经典流失的事故。而新中国成立后出现的作家，在文脉上是刻意要和“五四”文学划清界限的，因而当代文学与现代文学隔着一道鸿沟。汪曾祺是填平这道鸿沟的人，不仅是跨越了两个时代的写作，更重要的是汪曾祺将两个时代天衣无缝地衔接在一起，而不像其他作家在两个时代写出不同的文章来。早年的《鸡鸭名家》和晚年的《岁寒三友》放在一起，是同一个汪曾祺，而不像《女神》和《放歌集》，是两个截然不同的郭沫若。最有意味的是，汪曾祺还把他早年的作品修改后重新发表，比如《异秉》等，这一方面表现了他艺术上的精益求精，同时也看出他愿意把现代文学和当代文学进行有效的缝合。这种缝合，不是言论，而是他自身的写作。

现在人们发现汪曾祺在受到他尊重的沈从文先生的影响外，还受到了“五四”时期另一个比较边缘化作家——废名的影响。废名是一个文体家，不过他在现代文学史上的境遇不仅不如沈从文，连前面说到的二流也够不上。但废名在小说艺术上的追求、对汉语言潜能的探索不应该被忽略。而正因为汪曾祺优雅而持久的存在，才使得废名的“名”没有废，才使得废名的作品被人们重新拾起，才使得文学史有了对他重新估评、认识的可能。这是对现代文学史的最好传承和张扬。布鲁姆在《影响的焦虑》一书中，曾经说到这样一个观点：不是前人的作品照亮后人，而是后人的光芒照亮了前人。汪曾祺用他的作品重新照亮了沈从文，照亮了废名，也照亮了文学史上常常被遮蔽的角落。

人们常常说到汪曾祺受到沈从文的影响，而很少有人意识到“青出蓝而胜于蓝”。如果就作品的丰富性和成熟度而言，汪曾祺已经将沈从文的审美精神进行了拓展和延伸，发展到一个新的高峰。沈从文的价值在于对乡村的抒情性描写和摒弃意识形态的叙事态度，他从梅里美、屠格涅夫等古典主义作家那里汲取营养，开创了中国风俗小说的先河。汪曾祺成功地继承了老师淡化意识形态的叙事态度和诗化、风俗化、散文化的抒情精神，但汪曾祺将沈从文的视角从乡村扩展到市井，这是一个了不起的创举。一般来说，对乡村的描写容易产生抒情、诗化意味，在欧洲的文学传统和俄罗斯文学的巨星那里，对乡村的诗意描绘已经有着庞大的“数据库”，在中国文学传统里，虽然没有乡土的概念，但是中国的田园诗歌以及由此派生出来的山水游记、隐士散文，对乡村的诗意描绘和诗性想象也有着深厚的传统积淀。而对于市井来说，中国文学少有描写，更少诗意的观照。比如《水浒传》，作为中国第一部全方位的描写市井的长篇小说，取得了卓越的成就。但《水浒传》里的市井很难用诗意来描写，这是因为市井生活和乡村生活相比，有着太多的烟火气，有着太多的世俗味。但生活的诗意是无处不在的，人们常常说不是生活缺少诗意，而是缺少发现诗意的眼睛。汪曾祺长着这样一双能够发现诗意的眼睛，他在生活当中处处能够寻觅到诗意的存在。好多人写汪曾祺印象时，会提到他那双到了晚年依然充满着童趣和水灵的眼睛。眼睛是心灵的外化。汪曾祺那双明亮、童心的眼睛让他在生活中发现了一般人忽略或不以为然的诗意。像《大淖记事》《受戒》这类带着乡村生活的题材自然会诗意盎然，当然在汪曾祺的同类题材作品中，这两篇所达到的灵性程度和人性诗意也是同时代作家无人能及的。而在《岁寒三友》《徙》《故里三陈》等纯粹的市井题材的小说中，汪曾祺让诗意润物细无声地渗透到日常生活的每一个角落。当然，或许有人说，描写故乡生活的“朝花夕拾”，容易带着记忆和回忆的情感美化剂，容易让昔日的旧人旧事产生温馨乃至诗意的光芒，因为故乡是人的心灵出发点，也是归宿点。但当你打开汪曾祺的《安乐居》《星期天》《葡萄月令》等以北京、张家口、昆明、上海为背景的作品，还是感到那股掩抑不住的人间情怀、日常美感。汪曾祺能够获得不同文化层次、不同地域读者的喜爱，是有道理的。市井，在汪曾祺的笔下获得了诗意，获得在文学生活中的同等地位，而不再是世俗的代名词，而是人的价值的体现。汪曾祺自己意识到这种市井小说的价值在于“人”的价值，他说，“‘市井小说’没有史诗，所写的都是小人小事。‘市井小说’里没有‘英雄’，写的都是极其平凡的人。‘市井小说’嘛，都是‘芸芸众生’。芸芸众生，大量存在，中国有多少城市，有多少市民？他们也都是人。既然是人，就应该对他们注视，从‘人’的角度对他们的生活观察、思考、表现。”可惜这样的文学创造价值被人忽略太久。

就语言的层面而言，沈从文可谓达到了炉火纯青的地步，他的叙述语言和人物语言都是那么的精确和自然。但不难看出，沈从文的小说语言显然带着新文学以来的痕迹，这个痕迹就是西方小说的文体，当然这就造成新文学的文体与翻译的文体形成了某种“同构”。在白话文草创时期，新文学的写作自然会下意识地接受翻译文体的影响，像鲁迅的小说语言和他翻译《铁流》的文体是非常相像的。沈从文在同时代的作家中，是对翻译文体过滤得最为彻底的作家，但毋庸置疑，沈从文的小说语言虽然带着浓郁的中国乡土气息和民间风味，也带着“五四”新文学的革新气息，但读沈从文的作品，很少会去联想到中国的古典文化和中国的文人叙事传统。而汪曾祺比之沈从文，在语句上，平仄相间，短句见长，那种比较欧化的长句几乎没有，读汪曾祺的小说，很容易会想到唐诗、宋词、元曲、笔记小说、《聊斋》《红楼梦》，这是因为汪曾祺自幼受到中国古典文化的熏陶，对中国文化的传统有着切身的体验和感受，比沈从文的野性、原生态要多一些文气和典雅。作为中国小说的叙事，在汪曾祺这里，完成古今的对接，也完成了对翻译文体的终结。

翻译文体对中国文学的影响由来已久，也促进了中国新文学的诞生，但是翻译文体作为舶来品，最终要接上中国文化的地气。汪曾祺活在现代文学和当代文学之间，历史造就了这样的机会，让人明白什么是真正的“中国叙事”。尤其是1978年以后，中国文学面临着重新被欧化的危机，面临着翻译文体的第二潮，汪曾祺硕果仅存地提醒着意气风发一心崇外的年轻作家，“回到现实主义，回到民族传统”。汪曾祺作为“现代”文学的过来人，在当代文学时期仍然保持旺盛的创作力，他不是那种只说不练的以前辈自居的过来人，他的提醒虽然不能更正一时的风气，但他作品的存在让年轻人刮目相看，心服口服。

汪曾祺的另一个价值在于用他的作品激活了传统文学在今天的生命力，唤起人们对汉语言文字的美感。早在80年代现代主义文学风起云涌的时候，他在各种场合就反复强调“回到现实主义，回到民族传统”，当时看来好像有点不合时宜，而现在看来却是至理名言，说出了中国文学的正确路径。时过30多年，当我们在寻找呼唤“中国叙事”时，蓦然回首，发现汪曾祺已经为我们提供了经典的文本。汪曾祺通过他的创作唤醒了沉睡已久的汉语美感，激发了那些隐藏在唐诗、宋词、元曲之间的现代语词的光辉，证明了中华美文在白话文时代同样可以熠熠生辉。传统文化的影响和传承渗透在汪曾祺作品的每一个角落，他的触角在小说散文之余遍及戏剧、书画、美食、佛学、民歌、考据等诸多领域，他的国学造诣润物细无声地滋润着读者。对这方面的成就已经有很多人论述过，我不再赘述。

汪曾祺的价值还在于打通了文学创作与民间文学的内在联系，将知识分子精神、文人传统、民间情怀有机地融为一体。“五四”以来的新文学运动，是现代知识分子对旧的文化的一次成功改造。由于五四作家大多有着深厚的古典文学底蕴，他们的作品虽然都是拿来主义的色彩比较浓，但因国学融入血液之中，他们的作品并不是白开水式的无味。但毋庸置疑，“五四”以来的文学存在着过于浓重的文人创作痕迹，不接地气。汪曾祺早期的小说，也带着这样的痕迹。而建国之后的小说，则发生了巨大变化，他的小说文气依旧，但接地气，通民间，浑然天成。这种“天成”，或许被动的，因为新中国成立后的文艺政策以毛泽东《在延安文艺座谈会上的讲话》为准绳，讲话的一个核心内容，就是文艺家要向民间学习，向人民学习。这让汪曾祺和同时代的作家必须放下文人的身段，从民间汲取养分，改变文风。而汪曾祺得天独厚之处，他和著名农民作家赵树理在《说说唱唱》编辑部共事五年，赵树理是当时文学界的一面旗帜，又是汪曾祺的领导（赵树理是主编，汪曾祺是编辑部主任），汪曾祺很自然会受到赵树理的影响，汪曾祺后来曾著文回忆过赵对他的影响。而《说说唱唱》具体的编辑工作，又让他有机会阅读了大量来自全国各地的民间文学作品，据说有上万篇。时代的风气，同事的影响，阅读的熏陶，加之汪曾祺天生的民间情怀（早年的《异秉》就是市井民间的写照），让他对民间文学产生了浓厚的兴趣，并且融入自己的创作之中。而1957年在反右运动中被划成右派发配到远离城市的张家口乡村之后，更加体尝到民间文化的无穷魅力。

他的一些小说章节改写于民间故事，而在语言、结构的方面处处体现出民间文化的巨大影响。已经有一些研究者对汪曾祺所呈现出来的民间文化的特点进行了多方面的研究。也许汪曾祺的“民间性”不如赵树理、马烽、西戎等人鲜明，但汪曾祺身上那种传统文化的底蕴是山药蛋派作家难以想象和企及的，雅俗文野在汪曾祺身上得到高度和谐的统一，在这方面，汪曾祺可以说是当代文学第一人。

汪曾祺可以当之无愧地被称为20世纪中国的文学大师，他的“大”在于融汇古今、贯彻中西，将现代性和民族性成功融为一体，将中国的文人精神与民间的文化传统有机地结合，成为典型的中国叙事、中国腔调，他的价值是中国文学和文化的瑰宝，随着人们对他的深入认识，其价值越来越珍贵，其光泽将会被时间磨洗得越发明亮迷人。

追寻汪曾祺的足迹

——序徐强《汪曾祺年谱》

汪先生去世的时候，我从南京赶到北京八宝山向遗体作别。汪先生静躺在鲜花丛中，放的不是常见的哀乐，而是《天鹅之死》。我那天有点失去控制，哭成泪人似的。后来我看录像，有些奇怪自己为什么刹那间悲痛从内心涌出不能自已呢？后来想想，我们这些人都有些依恋、依赖老爷子。他是一代人的精神教父。他走了，自然会如丧考妣。

鲁迅曾经是一代人的精神教父，这在书上、文学史上和报纸上经常会得到确认。而汪曾祺作为新一代人的教父，很少有人提及，也很少有人去这么想。我在《被遮蔽的大师——汪曾祺的价值》一文中曾经写过："翻开当代的文学史，他的地位有些尴尬，在潮流之外，在专章论述之外，常常处于'还有'之列。'还有'在文学史的编写范畴中，常常属于可有可无之列，属于边缘，属于后缀性质，总之，这样一个大师被遮蔽了。"但是，随着时间的推延，随着文学本身大浪淘沙的洗礼，汪曾祺的价值在显现，尤其作为文学教父的身份在慢慢地凸显。

文学教父的价值不在于政治地位，不是因为占据了某个重要岗位就一定能够发挥精神领袖的作用。文学教父也不是博导之类的学术位置，并不是收了多少学生或者带了多少徒弟，就会对青年人产生影响，而是对年轻作家的精神熏陶和滋润。鲁迅当过大学老师，后来成为自由撰稿人，鲁迅在大学里无疑影响了很多的青年学生，另一方面柔石、萧红、萧军等并不是在鲁迅任教的学校读书，他们反而比那些在大学接受过鲁迅教诲的学生，更具鲁迅的文学精神。汪曾祺没有当过大学老师，虽然后来也间或收些“学生”，比如1980年全国短篇小说颁奖时，接受赵本夫的跪拜，算是当了师傅，收了弟子。但汪曾祺对青年一代的影响，更多地还是通过他的文字和作品。比如他对阿城《棋王》的评论，影响的不仅仅是阿城这样一代人，对其后的年轻作家影响更为深远。徐强在年谱中提到，1993年在海口、三亚召开的蓝星笔会，在一般的文学史和文学研究中很少提及，而当年汪曾祺和之后驰骋文坛的王朔、刘恒、苏童、格非以及评论家陈晓明、王彬彬等人交往，就是文学史上的一段佳话。因为当初参加会议的全是青年作家和评论家，唯一的老作家就是汪曾祺。作为蓝星笔会策划者之一，我目睹了青年作家们对汪曾祺先生的崇拜敬仰之情，只是我当时并没有意识到，老先生被簇拥和爱戴原是因为青年作家对文学教父的无意识的认同。

铁凝在汪曾祺去世十周年的会上说到汪曾祺对她的影响：“汪曾祺先生是当代中国文学界的一位大师，他的文学成就一直受到文学界的高度肯定，他的作品深受广大读者的喜爱。他的学养、人品和文品，更是我们学习的榜样。从20世纪80年代后期到汪老去世前，我曾有机会多次与汪老交谈，他幽默机智的谈吐，乐观爽朗的人生态度，贯通古今的学养，奖掖后人的热情，时时感染着我，‘与君一席话，胜读十年书’，从汪老那里我体验最深。他的音容笑貌，至今可以清晰浮现。今年新春之际，我和几位同事走访在京的一些老作家，那时我常常会想起，要是汪老还在世该多好，我又可以走到他的面前，和他聊天，听他富有感染力的教诲。”另一位女作家王安忆，在《汪老讲故事》一文中说到她和汪曾祺的一段交往，“曾有一次在上海金山开会，汪曾祺注意到我的发言稿中有‘聒噪’二字，便问我的‘聒’从何得来。我说并没有什么地方，就这样很平常。他让我再想想，我想了想，说：‘是从《约翰·克利斯朵夫》里得来。’他便说：‘这就对了，《约翰·克利斯朵夫》是谁译的？是傅雷。傅雷是什么人啊？’傅雷是学贯中西的译家，古文的底子非常厚实。汪曾祺是极重用字的，如今这一派天真纯朴，实已经是经历了二次否定的皈依。其间的奥妙，是大有文章可做的。”铁凝、王安忆对汪曾祺的理解，是从一个晚辈的视角看到前辈的精华，同时更多地也是看到了一个小说家的情怀。

徐强先生的《汪曾祺年谱》让我作序。我犹豫再三，不知如何下笔。前面说了那么多，无非是表明徐强的这个年谱有价值。因为现在有很多的当代作家都有年谱，但价值如何呢？不好说。汪曾祺的年谱，价值是多方面的，对中国现当代文学研究也是一件意义深远的事情，因为汪曾祺先生一生跨越了两个文学时代，他的写作发源于 1940 年代，这是现代文学重新认识发现现代性的时候，而汪曾祺的创作高峰是在 1980 年代后，也是中国当代文学重新回到新文学的起点上。他跨越这样的时代，连接着巴金、老舍、赵树理、曹禺这样一些现代文学大师，同时又是现代作家进入新时期文学创作并成绩卓著第一人。很多现代作家进入到当代之后依然写作，但基本上属于续貂型的，甚至影响颠覆了早期在人们心目中的形象。而汪曾祺在当代几十年的写作，尤其是新时期以来的写作，不仅超过了他自己早年的作品，也超过同时代人的作品，这种“逆生长”的原因何在？我们在《年谱》里或许能够找到答案。至少《年谱》提到一些鲜为人知的人和事，对于现代文学史也是一个补缺，而对以后的当代中国文学史写作更是一个提醒。

汪曾祺有句名言：“流动的水，是语言最好的形象。”在阅读这本年谱时，我意外地想起汪老这句话。也许我觉得，年谱又何尝不像语言一样，也是一种流水缓缓逝去的形象呢。一年一年过去，一生就像流水，而时间，是让静水流动起来的落差。作家的平凡肉身，如世间所有生命，根本无法摆脱或缓解时间巨大的推力。好在有文学，文学说到底，不过是一门对抗时间的艺术。好的文学作品总是能抵抗时间的落差，经久传世。这是全体人类的幸运。文学与时间，始终紧密相关。一位作家如何走过他的一生，也定然是后来的读者、研究者在阅读与品鉴其作品时无法忽略的问题。当然，还有空间——空间与时间构成一个人在世间活动的经纬刻度。汪曾祺的一生辗转多地，从南到北，从东到西，历经江阴、昆明、上海、江西、北京、张家口多地。这些迁徙之地，也以各种方式印迹在他的作品里，是我们无法忽略的。而年谱，简单些说，或许是勾画出一种时间、空间的经纬度，这种刻度与作品一起，让作家的形象与研究三维起来、立体起来。

年谱的编撰和研究，是一件非常枯燥也是非常艰难的工作，尤其像汪曾祺这样“不爱惜自己羽毛”的人，从来不记日记，也不留资料，率性自由，不刻意为自己留下什么痕迹。年谱的编撰就是一个近乎“无中生有”的探轶和解疑。徐强的认真和执着，让我钦佩。他经年累月地在报刊的缝隙和史料的边缘处搜索，通过蛛丝马迹找当事人核证、采访汪曾祺的事迹，寻觅汪曾祺渐渐模糊、淹没的足迹，努力还原出一个真实的汪曾祺，所成年谱居然有80万字之多，可赞可叹！我周围的朋友中，有一大帮“汪迷”和“汪粉”，他们对汪曾祺先生的热爱和寻觅，已经让我极为惊讶，而徐强的工作更为笨拙和愚憨，也是这种笨拙和愚憨让他的年谱成为一种历史性的文献。当然，我也隐隐感到徐强在探轶和考寻的过程中，又时常产生某种愉悦和快意——发现的愉悦、解惑的快意。

现在出版的虽是简本，但依然能够清晰地呈现出汪曾祺在人世间弯弯曲曲的足迹。常有人讲，人生最好的事，是这世界上还有人记得你是如何度过一生的。这句“鸡汤体”的话，却也阴差阳错道出身为写作者的一生旨归，不为留名、不为逐利，只是留下一些篇章文字，以及在世人心中留下一些美好回忆。雁渡寒潭，本就不是为在寒潭留影，但却是大雁飞翔的身姿与方向，为人间传递着季节更替的信息。

难得的暖意
——重读《岁寒三友》

汪曾祺的小说是讲究文眼的。

中国古人写文作画，讲究。讲究之一要有诗眼、文眼，所谓“画龙点睛”，其实是在文章的结穴点上做够文章。王安石的“春风又绿江南岸”的“绿”，宋祁的“红杏枝头春意闹”的“闹’”字，都是诗眼的范例。王国维《人间词话》第46条说：“红杏枝头春意闹，著一‘闹’字而境界全出。”《岁寒三友》的文眼在哪里？寒，在“寒”字上。

小说的结尾写道：

“这天正是腊月三十，这样的时候，是不会有人上酒馆喝酒的，如意楼空空荡荡的，就只有这三个人。

外面，正下着大雪。”

篇末点题，很巧妙，大年三十，是岁末，大雪纷飞，是背景，是“寒”的大自然形态，即使简短的结尾，也体现汪曾祺先生的文风所在，这是一个容易滥情的地方，一般作家会大段地写风雪的肆虐和天气的寒冷，然后说，屋里，温暖如春。但汪氏就用了一句最日常的口语：正下着大雪。没有一句形容词，没有修饰语，可谓“不著一字，境界全出”。

小说写了高邮城的三个小人物，王瘦吾、陶虎臣、靳彝甫。“王瘦吾原先开绒线店，陶虎臣开炮仗店，靳彝甫是个画画的。他们是从小一块长大的。这是三个说上不上，说下不下的人。既不是缙绅先生，也不是引车卖浆者流。他们的日子时好时坏。好的时候桌上有两个菜，一荤一素，还能烫二两酒；坏的时候，喝粥，甚至断炊。”两个小商人，一个小文人，他们的日子不是很稳定，时常为钱所困扰，但在金钱面前他们表现出来的人格和美好人性，是全篇的亮点。

小说写人物为钱所困。王瘦吾的“穷”，一个细节尽出，儿子上学，穿的是钉鞋，其他同学穿的是胶鞋。开运动会，女儿没有运动鞋，母亲就用白布仿做一双，王瘦吾看了心酸，读者看了更心酸。“因此，王瘦吾老是想发财”。陶虎臣的炮仗店开始还行，后来接近倒闭，起先是喝粥后来连粥也喝不起。画师靳彝甫的日子也结结巴巴地过，但手中有三块田黄石章，在朋友吃不上饭的时候，在陶虎臣上吊自杀的时候，他毅然卖掉三块珍爱的宝贝，为朋友全家的生计换来了钱。小说全篇写三个人命运的起伏，写三个人生存的困厄，但始终洋溢着一种暖意，这暖意是友情，也是中国文化济贫救难的慈悲情怀，也是视朋友的安危和冷暖为己事的一种君子风范。中国小说有重友情的传统，《三国》写桃园三结义，《水浒》写梁山兄弟的生死与共，但都侧重在侠义上，写的英雄的侠义。而汪曾祺笔下的这三位市井之人，一心为钱、为生存奔波的市井所体现出来的相濡以沫的暖意，在今天对那些重利轻义的市侩之风也是冷冷的批判。汪曾祺的小说始终充满了对人性温暖的表现，始终为善良的心灵礼赞。当然，也表现汪曾祺对生活的乐观主义态度，喝酒对岁寒，是御寒，取暖，也是人生的达观和乐观。

汪曾祺的小说是讲究结构的。

汪曾祺在谈到林斤澜的小说时，曾用“苦心经营的随便”来形容林斤澜的“矮凳桥”系列小说，其实也是夫子自道。清代文艺理论家刘熙载在《艺概·词曲概》中也说：“词中句与字，有似触著者，所谓极炼如不炼也。晏元献‘无可奈何花落去’二句，触著之句也。宋景文‘红杏枝头春意闹’，‘闹’字，触著之字也。”“极炼”就是苦心经营，“不炼”就是随便。在《岁寒三友》这篇小说里，体现在貌似随便的结构上，其实精心构思、巧妙运行，真可谓“极炼如不炼也”，简直是“不炼”到极致。

在《岁寒三友》这篇小说里，人物即结构。因为要写三个人物的命运，要写三个人物的性格，作家以人物作为天然的结构形态，三个人物，松竹梅的三种形态。王瘦吾的瘦，不仅是形态上，也是经济状况，也是内心的孤苦，似竹。陶虎臣开炮仗店，被炸瞎了一只眼，他是性格和炮仗一样，热烈，豪爽，像松。靳彝甫是个小文人，画师，沉静，如梅。小说先合后分，“这三个人是”，小说开头的平易近人的一句口语，恰如空谷来风，交代了三个人合传的原因。接着分别叙述每个人的生存状态和性格特征，中间有分别写了三人的好运和厄运，最后在大年三十的雪夜，三人聚集在如意楼喝酒，又合了起来。在结构形态上，起转承合，天然形成。

《岁寒三友》没有主要人物，三个人物平行发展，作家平均用力，分头叙述，最后命运交叉在一起。这种写法显然受到了司马迁《史记》叙事风格的影响，《史记》里有多人合传，像《孟子荀卿列传》《屈原贾谊列传》《仲尼弟子列传》《刺客列传》等都是把类型相同的人物合在一起，文章内在的联系是灰蛇草线，暗含其中。《岁寒三友》更像《刺客列传》，《刺客列传》写了五位刺客，《岁寒三友》写了三个做小生意的街坊，当然，《刺客列传》未能把五人最后合到一起，因为那是历史。《岁寒三友》是小说，是虚构。或许在作家脑海里最早出现的就是岁寒大雪松竹梅在喝酒的场景，才推出后来的小说框架。

汪曾祺在谈到小说的结构时，曾说好的小说像一棵树，《岁寒三友》分别写了三棵树，最后让三棵树融合到一起，结构浑然天成。《岁寒三友》还巧妙地运用了暗结构，那就是隐藏在阴城的侉子，这个人物貌似闲笔，却出现结构的节点上。当陶虎臣准备上吊自杀，正是他割开绳子，救了陶虎臣一命，也才有了后来的三友之温。这时你才发现，汪是怎样的结构高手。

汪曾祺的小说是讲究节奏的。

都说汪曾祺的小说语言好，语言好在哪里？好在节奏。汪曾祺的文字讲究平仄，讲究对称，深得中国语言文字的精髓。但好的语言必须依附在一个好的小说节奏上。如果节奏拖沓，节奏混乱，语言的美就会像不会打扮的女性身上的装饰物，多余而卖弄。汪曾祺的小说往往在开头就确定了小说的基调或韵律，《岁寒三友》的开头是“这三个人是”，点题，也确定了人物的身份，“这三个人”的称谓平常而自然，而在中间一转，“这一年，这三个人忽然转了好运”，想发财的王瘦吾发点小财了，陶虎臣的炮仗卖火了，而靳彝甫居然也在上海办画展，还卖出了几幅画，斗蟋蟀还赢了钱。节奏从开头的局促走向舒缓。然而，好景不长，“这三年啊”，节奏走向陡峭。王瘦吾的绳厂被欺行霸市的另一家大款收购了，陶虎臣的炮仗厂倒闭了，到了卖儿卖女的绝地，靳彝甫也远走他乡。最后，小说结束在“这天正是腊月三十”上，岁寒三友，人间友情温暖如火。

《岁寒三友》是一篇有温度的小说，作家一开始叙述三个人物的命运，用“不上不下、时好时坏”来概括，叙述的温度可以说是常温偏低，叙述的口吻偏低沉，中间三个人突然交了好运，叙述变得热烈起来，语言的节奏也趋向明快，尤其是那段写放焰火的场景，可谓余热触手可及，至于那句“人们摸摸板凳，才知道，呀，露水下来了”，露水是带着寒意和冷意的，但在此，你能感受到的温暖和热乎。从“这三年啊”开始，小说的节奏变得冷意横生，叙述的语气变得滞重而沉痛，写到陶虎臣被迫嫁女，上吊自杀时，寒意逼人，节奏停滞。之后，三人在小酒馆相聚，“醉一次”，节奏又舒缓荡开，人性的热度，友情的温暖，在叙述的语调中自然呈现。

1992 年初夏，汪曾祺夫妇应江苏电视台之邀，拍摄陆建华先生策划的专题片《梦故乡》，我参加了其中的一些活动。印象最深的是在南京太平南路的江苏饭店，汪曾祺和高晓声、叶至诚见面，三人的亲切劲儿，让我先想起了“岁寒三友”的场景。叶至诚先生生性随和，是老好人，而高晓声素来以清高、孤傲出名。他专程到饭店去看人，我印象中非常少。后来听汪先生讲，三人这么好是有典故的。高晓声复出之后，在南京没有地方住，叶至诚时接替顾尔镡任《雨花》主编，就让高晓声在编辑部落个脚，当然要找个理由，就让高晓声也看看稿。汪曾祺当时把《异秉》投给家乡的刊物，当时《雨花》的编辑说，这篇小说怪怪的，缺少剪裁。高晓声看了以后，说：你们不懂，这才是好小说。高晓声在他有限的编辑生涯中，破例为这篇小说写了编后记，而且小说作为头条发表，在当时的文学界引起了小小的震动。汪曾祺的自由来稿被高晓声、叶至诚看中推崇，可谓是知音难得，至此结下了深厚的友谊。2002 年春天，《北京文学》评奖，我和林斤澜先生都是评委，那天他和我喝了很多的酒，说了很多的话，最多的一句就是：他们都走了，就剩下我。林斤澜和汪曾祺、高晓声、叶至诚也是非常谈得来的朋友，当时汪曾祺、高晓声、叶至诚先后辞世，而我恰巧都参加了三个人的葬礼，说到动情处，林先生都哽咽了。如今斯人亦去，诸位同道之间的友情在天国里应该更加浓厚，像汪先生的《岁寒三友》一样，绵厚悠长。

有志者的困局

——重读汪曾祺的《徙》

一

《徙》写的是一场困局。

汪曾祺的小说冲淡，很少浓烈，《徙》似乎有点浓，但不烈。这种浓，表现在他反复写同一种命运和人生格局，高北冥、高雪两代人相似的命运，同样的人生格局，为展翅腾飞而身陷困局，终不能拔身而出。

有论者将汪曾祺归于乡土作家的行列，其实汪曾祺主要写的是市井人物，而且基本是县城的市井，他真正可归入乡土的小说大约有两篇，一篇是《受戒》，一篇是《大淖记事》，但《大淖记事》的大淖，并非是真正意义上的乡村大淖，而是县城边上的一个湖，用今天话说，是城乡结合部，而且有一半的篇幅比如关于锡匠的生活，也多半与市井文化有关，不是纯粹意义的乡村。将汪曾祺归纳于乡土，或许与他师从沈从文有关。

有趣的是，汪曾祺的两篇乡土小说，描写的都是爱情，因而，美丽飘逸，意境悠扬。而他在描写市井人物时，常常呈现的是市井人物的困惑、困顿、困厄。早期的《异秉》是汪曾祺非常喜爱和器重的一部作品，这部写于 1948 年的小说，应该是汪曾祺的少作，时过 32 年之后，他又将小说重新再写一遍。他为什么如此重视这样一部作品?《异秉》写的是市井底层人物的困局，几个小人物对自己前途的无望，在最后解手的细节可笑又悲凉。而《岁寒三友》里王瘦吾、陶虎臣、靳彝甫三个人物在“岁寒”面临的困境所表现出来的相濡以沫的古典人文情怀正是对困局的抗争。《陈小手》里的男性接生婆陈小手死于非命，正是市井小人物困之极致。

《徙》描写的人物不是市井人物，用我们的话说，是三个知识分子的命运，但这三个知识分子不是坐而论道的学者型或学究型的书生，而是热爱生活的普通市民。谈甓渔、高北溟、高雪，三个人是三个时代的知识分子典型，带着浓郁的日常生活气息，高雪甚至有时尚人物的气息。汪曾祺笔下的市井人物常常带着文人气，如《鉴赏家》里的叶三、《岁寒三友》的三友，都带着一股被推崇的文人气，而描写文人时，也离不开市井的氛围，充满了烟火气。或许这正是汪曾祺小说不同凡响、不拘一格的原因。汪曾祺笔下的人物被读者喜爱，不是他们的命运有多传奇，而在于人物身上的生活情趣和文化内涵。

《徙》写了一群有志者，他们都曾满怀理想，都曾心比天高，但最终在时代和社会的限制下酿成了悲剧，尤其是高北溟父女的悲剧更为典型。这悲剧来源于他们的志向远大，心高气盛。高北溟，名鹏，字北溟，姓名显然取自于庄子的《逍遥游》。高北溟勤奋好学，受教于当地名师谈甓渔，本望在来期科举中一展身手，没想到民国废除了科举，高北溟壮志难酬，又不善交际，只能读个“简师”（速成师范），然后在小学、中学教书勉强维生。高北溟壮志难酬，就把希望寄托在小女儿高雪身上。高雪继承了高北溟的清高，这三个知识分子生活的背景是市井社会，而且他们常常为生活所困顿。谈甓渔满怀诗人之梦，但死后文集难以出版，高北溟心气极高，但和市井之人相处而屡屡受挫，高雪更是心存高远，但家境贫寒，也同为时代或怀才不遇或壮志难酬，最终患了忧郁症，郁郁寡欢，年少病亡。

姐姐高冰面对死去的妹妹，说出了主题：“妹妹。你想飞，你没有飞出去呀!”。

飞不出去，是人生最大的困惑，也是最大的悲剧。

父女两人，一场困局，校歌依旧，悲情难去。

二

《徙》写了人物与时代的关系。

一般人看来，汪曾祺是闲云野鹤，琴棋书画，远离政治的漩涡，远离时代的风云。其实不然，汪曾祺深受儒教文化的影响，虽然没有修身治国平天下的雄心壮志，但也绝非远离时代不食人间烟火之人，他对时代的关注、对政治的关注其实一点也不淡漠，只不过是用灰蛇草线的方式来表达。《徙》是汪曾祺作品中难得表现时代的变幻、历史的沧桑之作，它是通过人物的命运来体现的。《徙》先后写了三个人物，这三个人物的命运，是三个片段，但却是不同历史时期的缩影。三个人物，有点像老舍《茶馆》里的三幕戏，暗示着时代的变迁、历史的动荡。

谈甓渔是个名士，但参加科举却累考不中，中过举人，后来就索性淡泊功名，做诗人，教学生，因为教学得法，倒也培养了不少学生，有的中了进士，因而在当地名声显赫，以致在当地盖起了院落，人称谈家门楼，在当地品望很高。小说里有一个细节，很能体现谈甓渔的性格。“他爱吃螃蟹，可是自己不会剥，得由家里人把蟹肉剥好，又装回蟹壳里，原样摆成一个完整的螃蟹。两个螃蟹能吃三四个小时，热了凉，凉了又热。他一边吃蟹，一边喝酒，一边看书。他没有架子，没大没小，无分贵贱，三教九流，贩夫走卒，都谈得来，是个很通达的人。”谈甓渔作为老一代文人在旧时代获得的尊重，显示了当时当地社会重文尚艺的传统，也写了一个旧文化格局下知识分子的社会地位。

而谈甓渔的学生高北溟就没有谈甓渔这么幸运了，虽然他勤奋用功，认真学习，而且在十六岁时就中了一名秀才，本希望有鲲鹏展翅之日，然而时不我待，高北溟中了秀才的第二年，朝廷废了科举。这对高北溟的打击可谓巨大，因为在封建时代，科举是年轻人唯一能够有前途的路径，也是知识分子的唯一的救命稻草，小说没有写科举对高北溟的重创，而是写县城里增添了几个疯子，“有人投河跳井，有人跑到明伦堂去痛哭”。最悲剧的就是“哭圣人”徐呆子，因为废除科举，参考多年未中的他“到大街上去背诵他的八股窗稿。穿着油腻的长衫，趿着破鞋，一边走，一边念。随着文气的起承转合，步履忽快忽慢；词句的抑扬顿挫，声音时高时低。念到曾经业师浓圈密点的得意之处，摇头晃脑，昂首向天，面带微笑，如醉如痴，仿佛大街上没有一个人，天地间只有他的字字珠玑的好文章。一直念到两颊绯红，双眼出火，口沫横飞，声嘶气竭。长歌当哭，其声冤苦。街上人给他这种举动起了一个名字，叫作‘哭圣人’”。

1905 年，清廷废除了科举，1911 年辛亥革命爆发。汪曾祺小说里没有出现辛亥革命二字，也没有写清朝的垮台，但高北溟的命运转折由此可见一斑。高北溟一心想建功立业的仕途被迫终止以后，只能当小学老师，之后当上了中学老师，有过短暂的好日子，但很快又被人取代，重新陷入困局。高北溟希望自己像庄子《逍遥游》的鲲鹏一样展翅自由飞翔的梦想破灭以后，并不心甘，他把自己的理想间接地传递给自己的女儿高雪。

高北溟有两个女儿，一个叫高冰，一个叫高雪。冰雪之高洁，无疑是高北溟不与世俗同流合污的宣言，他通过女儿的名字来传递他的人生境界。有趣的是，两个女儿宝黛式的差异，高雪懂事自律，高雪则任性而诗性。高雪可谓继承了父亲的鲲鹏之志，姐姐小学毕业之后考了女师（女子师范），她却要上高中，考大学，到北平上大学。但是，在她读完师范，准备继续考大学的时候，“第三年，七七事变，抗日战争爆发，她所向往的大学，都迁到四川、云南。日本人占领了江南，本县外出的交通断了。她想冒险通过敌占区，往云南、四川去。全家人都激烈反对。她只好在这个小城里困着。”

这一困，直至她生命的最后。和父亲一样，高雪最终也没有能够走出小城，没有像鲲鹏一跃千里，而是陷在小城，心在天外。虽然高雪结婚了，丈夫对她恩爱有加，但是高雪向往的不仅仅是夫妻恩恩爱爱的小日子，她要一飞冲天。但时代无形的牢笼折了她的羽翼，她最后只能因得忧郁症而死。

高北溟的困厄在于科举的废除，高雪的困惑则源于时代的乱局，日本侵华战争造成的动荡毁了高雪的腾飞之梦。在高雪忧郁死后，高北溟曾自责：“怪我！怪我！怪我！”，岂能怪哪个人，“心高命薄”，是姐姐高冰对高雪的评价，也是有志者常有的命运。

命是什么？时代也。

三

《徙》还写了师生情缘。

汪曾祺在审美观念上，带有鲜明的道家思想。他早期的《复仇》就是色空的思想，《徙》显然受到庄子《逍遥游》的影响，而那个神仙一样不会数钱只会喝酒写诗的谈甓渔，也是道家精神的化身。同时汪曾祺又深受儒家思想的影响，尤其尊师重教的精神在本篇小说里通过人物的命运得到了充分的体现。

在另一种意义上，《徙》还是一篇写教育的小说，小说里写得最多就是上学和教学的事情。小说开头就是一首校歌，五小的校歌，由校歌带出了作者高北溟，由高北溟带出了他的老师谈甓渔，由谈甓渔又带出了高北溟的教学故事，接着女学生高雪登场，高雪的故事核心就是梦想到北平上大学而未能如愿，婚姻也就耽搁下来，长期待字闺中，之后高北溟的学生汪厚基上门向高雪求婚，伴随高雪走完生命的最后旅程。小说里写得最感人的是师生情缘，高北溟幼时受到老师谈甓渔的厚爱，中了秀才，谈甓渔考虑到高家经济拮据不收高北溟的学费，给了高北溟巨大的支持。高北溟在老师谈甓渔去世之后，先是花一百大洋购下谈甓渔的诗稿，然后省吃俭用，准备将诗稿刻印出来，甚至女儿外出求学没有钱，他也不肯动用这一笔存款。

汪厚基则用另一种方式表达了对老师的感恩。和高北溟一样，汪厚基也是老师喜欢的学生。他天资聪明，成绩优秀，但因家庭实用主义，让他学了中医，汪厚基的理想不像高雪那样往外飞，他的理想是爱高雪。这是对师恩的另一种回报，也是爱戴老师的另一种方式。从小说里看得出来，汪厚基的爱是无私的爱，是不求回报的博爱，是近乎柏拉图的爱。迟迟不婚，终于等来高雪的婚姻，但高雪心不在小家庭，不在卿卿我我的儿女情长生活，但汪厚基无怨无悔，一直伺候高雪到临终。高雪去世以后，汪厚基如失了魂一样，整日坐在高雪的墓前。高雪临死前，对汪厚基说："厚基，你真好！"，这让人想起了《红楼梦》里的林黛玉临死前说的话，"宝玉，你好"，但林黛玉是爱怨交加，高雪在爱意中包含着愧意，她被汪厚基的爱情所融化、感动，同时为自己的心气高远连累汪厚基有所愧疚。汪厚基为爱所痴，高雪则为理想所痴，不同的理想，同样的困局。

汪曾祺小说一直以客观冷静著称，他始终与小说中的人物保持着足够的距离。描写人物的悲剧命运的时候，也保持着冷静的甚至保持着冷幽默。在《陈小手》的最后，团长挥枪打死了为他太太接生的陈小手，令人发指，但汪曾祺却不动声色，结尾写道："他感到挺委屈"。但在《徙》中，汪曾祺的文笔时有溢情之处，甚至在叙述语言上也带着某种倾向。一般说来，汪曾祺在小说中对人物的称呼总是直呼其名，这也是小说的一般常识，但在叙述到高北溟到五小教学这一段时候，他破例称高北溟为"高先生"，而且在后面直接称高北溟的太太为高师母，也就是说，作家完全站在人物的视角上进行叙述了，这对于老到的小说家来说是不可思议的。

为什么？

因为汪曾祺在县立"五小"念过书，"五小"是汪曾祺的母校，那首玻璃一样脆亮童音唱出来的校歌，是汪曾祺唱过无数遍的童年记忆。因而汪曾祺写这篇小说时，带着追忆缅怀的情绪来写的。汪曾祺的小说中的人物常常具有生活原型，尤其是那些以高邮作背景市井小说，人物的姓名也常常与生活中的一样。当然，小说是虚构的产物，不是纯粹的纪实。根据现在掌握的资料，高北溟、高冰、高雪是实有其人，连沈石君也确有其人。从小学到中学，教汪曾祺语文的有好几位老师，其中，高北溟先生是对汪曾祺影响最大的语文老师之一。汪曾祺自小学五年级至初中二年级，都是高先生教的国文。在高北溟任教的那几年，汪曾祺的作文几乎每次都是“甲上”。《徙》是在纪实基础上的叙述，是汪曾祺回望故乡、回望历史的感慨之作，也是汪曾祺的谢师之作。

小说中有一段写到高北溟在课本之外，还自选教材，这一段话，完全是非小说的叙述，在罗列一大段古今中外名著之后，汪曾祺的叙述居然是这样的：“这种做法，在当时的初中国文教员中极为少见。他选的文章看来有一个标准：有感慨，有性情，平易自然。这些文章有一个贯串性的思想倾向，这种倾向大体上可以归结为：人道主义。”如果这种笔法出现在王蒙的小说里，读者一点也不奇怪，而出现在汪曾祺的小说里，就颇为意外，按照汪曾祺自己的说法，该是“矫情”了。矫情是北京方言，含有自作多情、多愁善感、做作等多重含义。但不难看出，汪曾祺对这样一个虚构而又实际存在的高北溟倾注了怎样的感情。

汪曾祺在晚年曾称自己的创作是抒情的人道主义，那属于创作谈的范畴，而在小说里公然谈论人道主义的问题，在《徙》里是第一次，也是最后一次。在这篇小说里，汪曾祺不仅找到了文学的启蒙老师，还找到自己文学观念的源泉——人道主义。可以说，《徙》里高北溟的学生汪厚基聪明慧灵，其实是带着汪曾祺在五小的影子，当时汪曾祺在五小就是像汪曾祺一样优秀的人才。和高雪、汪厚基不同的是，汪曾祺飞了出去，从北溟奔赴到南溟，他一生多迁徙，从南到北，从东到西，历经江阴、昆明、上海、江西、北京、张家口等地。所以，他对迁徙、流动有着切身的感受。

小说里，高北溟感师恩，终身回报。汪曾祺也是一个知恩图报的人，除了家乡高北溟这样一些启蒙老师外，沈从文先生也是汪曾祺的恩师，因而汪曾祺写过沈从文的文章达十六篇之多，情真意切，赤子之心。汪曾祺对高北溟的最好回报，就是《徙》这篇小说。《徙》会流芳下去，高北溟也会流芳下去。

四

《徙》写出了小说的旋律美。

中国文章的传统是讲究韵律美、节奏美、旋律美，但由于中国的小说来自于话本，往往满足于讲故事，对文气不是很讲究。《徙》是一篇回肠荡气、旋律优美的小说。小说首先从一首校歌开始，花了很多的篇幅，完整地抄录了校歌，之后校歌反复出现小说的各个节点上，或高昂清脆，或低沉忧郁，强化了小说的情绪流动，也增强的小说的节奏感。小说一唱三叹，写出了有志者的困与郁。在语言的选择上，汪曾祺也是苦心营造出一种和人物和时代相适应的文体，这就是文白相间、古今兼备的民国文风，在小说的局部还出现骈体文。这在汪曾祺小说里也是少见，一方面显出了作者的国学功力，另一方面和人物的身份、命运也息息相关。

值得注意的是，小说在有限的篇幅里，还运用了复调的结构旋律，这复调是通过两段引文来体现的，这两段的文字皆出于高北溟之手，一是他为五小写的校歌：

> 西挹神山爽气，
> 东来邻寺疏钟……

一段是高北溟为自家书写的对联：

辛夸高岭桂
未徙北溟鹏

校歌由声音玻璃般脆亮的孩子们唱出，是有志者的宣言，是“无男无女教育同”的平等理想，是“乘风破浪”少年憧憬，而对联巧妙地嵌入高北溟的姓名和字，当然也嵌入了他的命运，“辛夸”和“未徙”是高北溟和高雪的现实写照。校歌和对联的交替出现，写出了理想和现实的巨大反差，前者有志，后者困局，暗喻，又是写实。好小说都会在写实中透出暗喻。

翰墨丹青　隔行通气
——汪曾祺的书画美学

如果不阅读汪曾祺的书画作品，是很难完整地理解汪曾祺的艺术世界的。汪曾祺被人们称之为“最后一个士大夫”，不仅是他的精神情怀，也包含他的身手和技艺。汪曾祺是杰出的小说家、散文家、戏剧家、美食家，同时还是优秀的书画家。中国书协副主席林岫先生在回忆与汪曾祺的交往时说道：“有次在军事博物馆书画院参加京城书画家公益笔会，会后席间书画家闲聊，笔者谈及汪先生的国画小品，又用了‘可亲可爱’四字，大画家汤文选先生问何以‘可亲可爱’，笔者遂略述数例，举座服之，汤先生笑道‘确实可亲可爱。只是汪先生低调不宣，画人大都不知……’”林岫先生说的是实情，甚至直到现今汪先生的书画作品的市价也不如一些二流的书画家高，甚至一些在世的作家的书画作品也超过他。虽然市价不是衡量艺术品的标准，但在某种程度上低调的汪曾祺确实也是被高调的社会文化遮蔽了。

林岫先生作为一位当代书画大师，对汪曾祺先生的书画作品有着深刻的体味和独到的理解："汪先生写书法作品，很随意，没这样那样烦琐的讲究，只要'词儿好'。逢着精彩的联语或诗文，情绪上来便手痒，说'这等美妙诗文，不写，简直就是浪费'。汪先生本有散仙风度，书擅行草，虽然走的是传统帖学路子，但师古习法从不肯规循一家。其书内敛外展，清气洋溢，纵笔走中锋，持正瘦劲，也潇洒不拘，毫无黏滞，颇有仙风道骨。问其学书来路，答'一路风景甚佳，目不暇接，何须追究'；见其大字，撇捺舒展如猗猗舞袖，问'可否得力山谷（黄庭坚）行草'，答'也不尽然'；问'何时写作，何时书画'，答'都是自由职业，各不相干，随遇而安，统属自愿'；问'如何创作易得书画佳作'，答'自家顺眼的，都是佳作。若有好酒助兴，情绪饱满，写美妙诗文，通常挥毫即得。若电话打扰，俗客叩门，扫兴败兴，纵古墨佳纸，也一幅不成。'"

林岫记录了当时交往的对谈，极为珍贵。汪曾祺关于文学的访谈较多，谈自己文学作品的文章也多，说自己书画作品却很少。现在作家喜爱书画创作的不少，但都是朝着文人书画或名人书画的方向努力，也就是说书画并不是他们少年的理想。汪曾祺的书画是有童子功的，不是成名之后才对书画感兴趣的。可以这样说，汪曾祺的最早创作是书画。根据一些相关资料记载，汪曾祺在很小的时候，祖父汪嘉勋就指导他练习书法，大字写《圭峰碑》，小字写《闲邪公家传》。父亲汪菊生热爱书画，汪曾祺从小就受到父亲的影响，喜欢画画，尤其喜欢看父亲画画。在高邮县立第五小学读书期间，汪曾祺遇上敬业精神强且功力深厚的周席儒先生，在他的严格要求和指导下，汪曾祺的基础打得很扎实。汪曾祺的文学天赋和书法才能，很快得到了祖父汪嘉勋与父亲汪菊生的器重，他们聘请本地两位名流指导汪曾祺。一位是张仲陶先生，指导汪曾祺学《史记》；另一位是韦子廉先生，指导汪曾祺学桐城派古文、学书法。如果不是后来在西南联大遇到沈从文先生，汪曾祺也许会成为沈鹏那样的书法大师。有意思的是，汪曾祺和沈鹏同样是江阴南菁中学的学生，而20世纪50年代后期，沈鹏作为文化部的干部下放到高邮一沟乡，来到了汪曾祺的故乡，或许为他后来的艺术生涯做了神秘的铺垫。这是另外一个话题，容笔者择机再述。

书画美学对汪曾祺的影响，首先体现在他创作的选材上。汪曾祺直接描写书画家生活的小说就有《金冬心》《鉴赏家》《岁寒三友》三篇。《金冬心》直接以扬州八怪的代表人物金农作为主人公，写出了他与袁子才等交往，并通过一场豪宴展示当时的文人文化和饮食文化。而《岁寒三友》写市民阶层的画师靳彝甫与另外两个朋友的生存状态和仁义友情，小说的题目也是中国书画最常见的主题，且汪曾祺以松竹梅三种中国文人最爱画的三种意象来暗示人物的性格和命运，小说一波三折，画意和文意达到了高度的融合。《鉴赏家》与其说汪曾祺塑造了一个独特的鉴赏家叶三的形象，还不如说是汪曾祺通过小说直接来表达自己的书画美学。这篇小说写水果贩子叶三和大画家季匋民的知音之遇，是草根与精英灵犀相通的故事，也是汪曾祺的书画美学宣言。从小说的文本来看，这篇小说可以说是汪曾祺的夫子自道，作家幻化成两个人物在对话，追求的艺术的理想境界。画家季匋民是汪曾祺的化身，鉴赏家叶三也是汪曾祺的化身。小说中的这样一段对话很有意思：

叶三只是从心里喜欢画，他从不瞎评论。季匋民画完了画，钉在壁上，自己负手远看，有时会问叶三：

“好不好？”

“好！”

“好在哪里？”

叶三大都能一句话说出好在何处。

季匋民画了一幅紫藤，问叶三。

叶三说："紫藤里有风。"

"唔！你怎么知道？"

"花是乱的。"

"对极了！"

季匋民提笔题了两句词：

深院悄无人，风拂紫藤花乱。

如果看过汪曾祺的书画集，不难看出，这里面带着他自己的影子。《红楼梦》最早以篇名"石头记"传世时，曾经有署名脂砚斋的人，为其作批注，迷倒了多少人，也迷惑了多少人。这里的叶三就是脂砚斋式的点评。熟悉汪曾祺先生的林岫说，汪曾祺画兰草，题"吴带当风"；画竹，题"胸无成竹"；画紫藤，题"有绦皆曲，无瓣不垂"；画凌霄花，题"凌霄不附树，独立自凌霄"；画秋荷，题"残荷不为雨声留"；画白牡丹两枝，题"玉茗堂前朝复暮，伤心谁续牡丹亭"；画青菜白蒜，题"南人不解食蒜"，皆画趣盎然，语堪深味。这种题款方式，明显是汪曾祺式的，或者是汪曾祺身体力行的理想方式。

《鉴赏家》同时还传达了汪曾祺的书画价值观，金钱有价，艺术无价。小人物叶三得到了季匋民赠送的不少精品，季匋民去世后，价格疯涨，尤其在海外、在日本拥有很大的市场，但叶三坚决不出手，多少钱也不出手。虽然作为果贩的叶三生活并不宽裕，但他至死也没有贩卖季匋民的作品，而叶三死后，他的儿子将季匋民的精品放进了叶三的棺材，一起埋了。知音，热爱，艺术，遂成绝唱。这对我们今天的收藏热、鉴赏热、拍卖热仿佛是一个提前的批判。

汪曾祺的书画创作受到中国传统文化的巨大影响，特别是中国文人书画传统的影响。由于出生在江苏高邮，晚清扬州八怪的艺术流韵在当地根深蒂固，源远流长。汪曾祺对扬州八怪的精神充满了向往，并潜心追随、诚心师化。在《鉴赏家》里，他通过季匋民的视角来书写自己的艺术理想：“季匋民最爱画荷花。他画的都是墨荷。他佩服李复堂，但是画风和复堂不似。李画多凝重，季匋民飘逸。李画多用中锋，季匋民微用侧笔，——他写字写的是章草。李复堂有时水墨淋漓，粗头乱服，意在笔先；季匋民没有那样的恣悍，他的画是大写意，但总是笔意俱到，收拾得很干净，而且笔致疏朗，善于利用空白。他的墨荷参用了张大千，但更为舒展。他画的荷叶不勾筋，荷梗不点刺，且喜作长幅，荷梗甚长，一笔到底。”汪曾祺对季匋民的荷花分析的如此细腻和准确，不仅体现了他高深的绘画修养，同时也是汪曾祺的绘画创作的内在追求。小说人物季匋民的原型取自高邮的画家王匋民，是和刘海粟同时代的大画家。笔者曾经见过王匋民的荷花作品，也见过汪曾祺创作的《荷塘月色》，这里说的境界，就是汪曾祺的绘画境界的自我写照。与其说季匋民佩服李复堂，不如说汪曾祺佩服李复堂，这也是汪曾祺没有使用王匋民原名的原因，因为王匋民的作品有不少是山水长幅，而李复堂则以花鸟胜。汪曾祺的绘画多花鸟小品，少山水泼墨，也和李复堂一样的。如果把汪曾祺和李复堂的画作进行比较，就会发现，汪画对李鱓的绘画精神一脉相承。甚至连题款也与李复堂多有相似，比如林岫提到的“南人不解食蒜”，也是从李复堂那里化出来的。

扬州八怪的创新精神也深刻地影响着汪曾祺的艺术品格。打破陈规，勇于创新，是扬州八怪在书画创作上的独立品格。汪曾祺的书法喜欢用“破体”，他的书法作品喜欢隶篆行楷，混为一体，也就是郑板桥的“乱石铺街”。“破体”，在书法上属于不拘一格又暗藏章法的创新书体，就是多种字体同时出现在一幅作品中。这与汪曾祺的文学理想密切相关，他说“年轻时曾想打破小说散文诗歌的界限”，这种跨文体的写作这其实也是一种“破体”。这种“破体”在绘画干脆打破了书与画的界限。例如他本欲写杨万里“小荷才露尖尖角，早有蜻蜓立上头”诗意，先突兀挥笔，画了一柄白荷初苞，正想下笔画蜻蜓，因午时腹饥，停笔去厨间烧水，炉火不急，水迟迟不开，便转身回来，画小蜻蜓方振翅离去，题“一九八四年三月十日午，煮面条，等水开作此”。汪先生说：“我在等水，小蜻蜓等我，等得不耐烦了，飞走了。”林岫评价说：“信非大作手不得有此雅趣，信非真性情人亦不得有此童心”。现在画家写画杨万里此句，几成模式，都画小蜻蜓站立荷苞，呆呆地，千画一律，毫无趣味，观者自然审美疲劳，汪曾祺的《蜻蜓小荷》，笔墨极简，趣味涵永，且寓文于画，破画之常规，可谓文中有画，画中有文。

中国书画美学对汪曾祺的影响还体现到艺术形式上。汪曾祺在《揉面》一文中说：“中国人写字，除了笔法，还讲究行气。包世臣说王羲之的字，看起来大大小小，单看一个字，也不见怎么好，放在一起，字的笔画之间，字与字之间，就如老翁携幼孙，顾盼有情，痛痒相关。安排语言也是这样。一个词，一个词，一句，一句，互相映带，才能姿势横生、气韵生动。”我在《论汪曾祺的意象美学》一文中曾说过汪曾祺小说中，“有一种类似套装或组合的特殊结构，这就是‘组’结构，组结构是以三篇为一个单元，形成似连还断、似断又连的组合体。三篇小说之间，情节自然没有联系，人物也没有勾连，有时候通过空间加以联系。有《故里杂记》（李三·榆树·鱼）、《晚饭花》（珠子灯·晚饭花·三姊妹出嫁）、《钓人的孩子》（钓人的孩子·拾金子·航空奖券）、《小说三篇》（求雨·迷路·卖蚯蚓的人）、《故里三陈》（陈小手·陈四·陈泥鳅）、《桥边小说三篇》（詹大胖子·幽冥钟·茶干），六组18篇，在汪曾祺的小说中占有相当高的比例。”

汪曾祺为什么对这种形式如此偏爱？或许源自他高深的书画修养。这些作品的组合方式，其实是中国书画最常见的一种摆布方式，就是“条屏”。单独放置的书画作品叫条幅，并置的几幅作品叫条屏，有四条屏八条屏等多形式。“条屏”的创作往往是异质同构的特点，内容上似断实连，汪曾祺的这些套装的组合小说实际是书法美学的融化和变通。落实到小说创作中，则是篇与篇之间的“篇气”，每一篇作品都有自己的气息，有些作品气息是相通的，像《故里三陈》里陈小手、陈四、陈泥鳅，表面是三个互不关联的姓陈的人物，三个人物连起来就是底层手艺人的悲惨命运，作家的悲悯之心油然而现。得注意的是，这种套装结构的方式是汪曾祺晚年的作品，在早期的创作中一篇也没有。他反复再三地实验这一小说形式，说明在他的心目中对这种形式的喜爱和器重。再者，这种小说的组合法在其他作家身上有过类似的实验，但如此多的组合，有达到如此高的成就，可以说独此一人。因为其他作家用的是形式，没有能够体会到中国书画艺术的博大精深。

汪曾祺性情冲淡，为人更是与人为善，在文学创作上更是喜欢奖掖后生，提拔新人，对作家同行很少议论，更不会撰文批评和质疑。有趣的是，在书法上他不止一次的发出强烈的批评之声，和他一贯的温良恭谦的风格反差巨大。在《字的灾难》一文中，他点名批评名家刘炳森、李铎的招牌字浮躁、霸悍，认为他们缺少社会责任，同时认为北京街上的招牌字上，就能看出现在“北京人的一种浮躁的文化心理”，“愤愤不平的大字，也许会使顾客望而却步”。汪曾祺认为招牌字写得美观很重要，希望“北京的字少一点，写得好一点，使人有安全感，从容感”，并认为这个问题的重要性不亚于加强绿化。汪曾祺的批评体现了一个文人的艺术情怀，但在一个逐渐商业化的文化产业年代，招牌字的霸悍已经成为老板们的共同趣味，

汪曾祺在1959年被打成右派下放张家口的时候，在沽源马铃薯研究站，曾经花了3年时间，画过一本《中国马铃薯图谱》。这是他一生画过最多的马铃薯，他先画花朵，再画果实，然后切开，再画剖面。这部耗了他多年心血的画作，最后却遗失了。如果能找到将对研究汪曾祺的书画美学和写实思想，都会有很大的帮助。因为马铃薯的画谱是带有科研性质的，因此笔法必然是写实的素描。那么汪曾祺如何在科研的著作中体现他的艺术禀赋，在写实的笔法中怎么体现他重意轻形的意趣？据汪曾祺自己说，当时条件极其艰难，没有印章，也没有印泥，他就自己找点红颜色画印章，画过“军台效力”和“塞外山药”等印。“塞外山药”容易理解，汪曾祺自比山药。而“军台效力”则是用典，沽源，原清代传递军书公文的驿站，又称军台。清代官员犯了罪，敕令“发往军台效力”。可惜的是汪曾祺花了3年心血的《中国马铃薯图谱》不知遗落何处，如果《中国马铃薯图谱》哪一天重见天日，将是一件重磅件的艺术作品和文物。

汪氏父子之美食

汪朗的书，让我写序，颇感意外。

汪朗是汪曾祺先生的大公子，资深媒体人，烧一勺子好菜，写一手好散文。

和汪朗的交往一直追叙到25年前。那时候汪曾祺老先生住在蒲黄榆，我被借调到《文艺报》工作，因为孤单，周末节假日隔三岔五地到老头家蹭饭。蹭饭是一个原因，更重要的是，汪曾祺先生是我们这一代人的偶像，当时没有粉丝这个词，我是汪先生的追随者、模仿者、研究者。能和自己的偶像一起进餐，是粉丝最幸福的事了，精神上的享受也是最高级别的。

汪曾祺在文坛的美食大名，跟他的厨艺有关。据汪朗统计，除了汪先生的家人，我是尝汪先生的厨艺最多的人。因为吃多了，总结老头的美食经，大约有三：一是量小，汪先生请人吃饭，菜的品种很少，但很精，不凑合。量也不多，基本够吃，或不够吃。这和他的作品相似，精炼，味儿却不一般。二是杂，这可能与汪先生的阅历有关，年轻时国家动荡四处漂流，口味自然杂了，不像很多的江浙作家只爱淮扬菜。我第一次吃鸡枞，就是1986年在他家里，炸酱面拌油鸡枞，味道仙绝。直到现在，我拿云南这种独特菌类招待人，很多北京人、很多作家不知鸡枞为何物。三爱尝试，他喜欢做一些新花样的菜，比如临终前十几天，他用剩余的羊油烧麻豆腐招待我，说：合（ge）味，下酒。

因为周末汪朗带媳妇孩子看老爷子，我们就认识了。汪朗一来，汪先生就不下厨了，说：汪朗会做。老头便和我海阔天空地聊天，当然我开始是聆听，时间长了，也话多起来。汪朗则在厨房里忙这忙那，到十二点就吆喝一声：开饭了。汪朗做的饭菜好像量要大一些，我也更敢下筷子些，味道更北京家常，不像老头那么爱尝试新鲜。

老头走了，我们都很难受。

之后看到了汪朗怀念父亲的文字，不禁惊喜，文字的美感也会遗传吗？又看到他谈美食的文章，就更加亲切了，因为我也写写关于吃喝的文章，但基本是借题发挥，和他的“食本主义”比起来，我像个外行，以致他发现我文章的常识错误，将麻豆腐误作豆汁儿，十几年前，我曾在文章写到汪先生用羊油做豆汁儿，去年汪朗忍不住说，因为豆汁儿从来不进他们家的门。至于对食的历史渊源和掌故，他更是如数家珍，信手拈来，当代文人，鲜有其格。

他也有不及的时候，有一次我说到汪先生送我朝鲜泡菜的事，他很惊讶，他不知道老头儿居然还会做泡菜，他自己都没有尝过，我就更加得意了，老头儿用的是当时流行的装果珍的瓶子，我至今记得很清楚。记得老头儿很得意，说泡菜可以这么做。不知道老头在泡菜里面加些什么，汪先生说了，我当时没记住，也没吃出来。

我到北京十余年，与汪朗的往来也慢慢勤了些，时不时地还在一起切磋下食经，他的嘴巴很刁，我推荐的饭店他总能品出其中的最好味道。我写的一些小文，他时不时鼓励一下。前不久，他电话邀我吃北京的爆肚儿，我说好啊，那家位于蒋宅口的老北京风味确实地道，我们几人咀嚼出爆肚儿的结实和韧劲。那一天他从家里拿来茅台酒，酒过半巡，他说出原委，我的书重版，你写个序吧。哈哈，原来是鸿门宴。我们都乐了，其实还是想找个理由在一起喝酒聊天。那天喝得很高兴，手拉手兄弟般的。

汪家的人厚道，实在。汪朗显得更为宽厚，我一直视他为兄长，但他的一次举动却让我意外。2011 年 5 月，我女儿结婚，汪朗自然要作为座上宾。宴毕，众人散去，发现汪朗还在电梯口，我说你还没走啊，他说，我帮你送客人呢。我说，都走了。他说，我得等他们都走了，我才走。我虽然比你大，但你和我父亲是一辈儿的，家里有事，晚辈我该最后走。

家风如此，文风自然。

此情可待成追忆
——推荐王蒙的《明年我将衰老》

好久没有读到这样淋漓尽致而语意丰富的小说了，在20世纪80年代王蒙曾经是一只潇洒飘逸的“蝴蝶”，他曾经引领过中国小说的变革潮。随着时间的流逝，王蒙也自然渐渐地像很多老的作家、学者一样淡化创作，侧重学问和研究，他说红楼，悟老庄，谈“天机”，也自然获得了分贝很高的喝彩，甚至在某些方面超过了专门的研究家。但说实在的，作为一个作家，真正生命的体现，还是在创作出新的文学作品来，感悟文学之道和总结文学之规当然重要，能够写出超越自己的创作高度的小说来，才是文学生命不衰的最大表征。

《明年我将衰老》可以说是王蒙创作的一个新的标尺。继去年的《悬疑的荒芜》等小说重返中短篇的创作之后，我们仿佛看到了20世纪那只风筝飘带一样的“蝴蝶”又回来了，而且是历经变故之后的凤凰涅槃，清新的沧桑，优美的丰富。

这是一篇让人感动而又沉思的小说。小说从生死入手，缘起于对一个消失生命的怀念追忆，一个最亲近最爱的人的离去，在心里留下了无数的空白和眷恋。作为爱的主题，小说选择第二人称的叙述也就自然而贴切，那些留存在历史墙幕上的往事，那些刻骨铭心的细节，那些无限忧伤的情愫，在小说中以一种非故事化的形态出现，但隐藏在这些看似碎片的桥段背后，都是人生的大悲悯。但王蒙不是一个沉湎往事的怀旧主义作家，他的目光在回望的同时，又环顾四周，又不忘对历史和现实的深思和洞穿。因而小说超越了爱情主题的一己之悲欢得失，阐释了对生命、情感、岁月以及人生的深切理解和犀利洞察，其中有睿智的审视，也有旷达的情怀，有对逝水年华的追忆与眷恋，亦有笑看沧海桑田、坐看云起云落的从容豁达。

这是一篇文气沛然、境界高远的美文。美文是中国文学一脉相承的传统，从屈原到曹雪芹，为我们留下了多少芬芳的美文华章。王蒙是美文的倡导者也是实践者，他最早的《春之声》《海的梦》以美文的优雅和高超让小说同时具备了小说和散文的美感，推进了当代小说观念的拓展和更新。在《明年我将衰老》这篇不长的小说里，他融合了多种现代主义的小说形式，甚至还将当下流行的穿越叙事手段也巧妙地化为小说的元素，浑然天成，不露痕迹。有一种天阔云闲的自在气象，激情饱满，文气丰沛。不同于传统的现实主义艺术手法，碎片化的故事，跳跃的时空，奔涌的情感激流，第二人称的叙事视角，内心独白或者深情对话，呈现出一种陌生化的审美品质。小说堪称汪洋恣肆，文采飞扬。

这是一篇格局别致、华彩挺拔的诗章。多年以前，莫言曾以一篇《爆炸》的中篇小说来展现自己峥嵘俏丽的艺术感受，被人们称之为“感觉的爆炸”。王蒙的这一篇小说的语言也不逊色那篇《爆炸》，而且不停留在感觉的回旋和显摆的层面上，而是以诗人热情和哲人的智慧来控制全篇的情绪，达到了感觉、意象、历史、人生、诗情、语感的完美结合。小说里充满可圈可点的桥段，比如写音乐：“我觉得我的牙周已经被架子鼓震得酥松，我的龋齿正在因小号而疼痛，我的好牙正在随着萨克斯风而动情地脱落，我的耳朵开始跟随着提琴的上天入地的追寻与躲藏而渗血，它在赌咒？它在起誓？它意欲奔逃背叛？它意欲变成一只飞奔的豹子。我的眼睛已经因打击乐而紧闭，我的眼球已经因放肆的疯狂而疼痛”，叹为观止。

王蒙当年在写作中篇小说《蝴蝶》的时候，憧憬的是物我两忘、庄蝶合一的境界，如今的王蒙又回到了见山还是山、见水还是水的新状态，而且在庄周的蝴蝶梦里有融进了李商隐式的感伤和难以言说的优美，“此情可待成追忆，只是当时已惘然”，优美丰富如沧海明月、蓝田玉暖，但笔力苍健，遗忘惘然。

不老叙事人的青春逆袭

——评王蒙的长篇小说《闷与狂》

一直关注这个智者的言说、书写和行为，和他同时代的共和国的作家们在远去、逝去、老去，王蒙依然在言说，在行走，在书写，他仿佛用他自己旺盛的生命在印证他年轻时写作的一部小说——“青春万岁”。青春对这位老人来说不仅仅是生理意义上的，而是精神上的，写作上的。七旬之后，写作的欲望比之以前更为旺盛，而数量更是惊人，几乎是以前的总和。这是奇迹，当然，人们以为他离小说领域渐行渐远的时候，最多偶尔在中短篇小说亮亮身手，而前两年发表在《中国作家》的《悬疑的荒芜》和《人民文学》上的《山中有历日》，却依然那么矫健，依然那么敏锐而深刻。这还不是最奇葩的事情，今年七月当我读到王蒙的新长篇小说《闷与狂》时，还是有些意外和惊喜，八旬老人的新长篇，已是奇迹，因为很多老人的长篇是旧时代未完稿的整理和续编，而王蒙的这一部长篇是全新的创作，除了个别章节外，全是近年写就。更为奇迹的是，《闷与狂》的写法太年轻了，太青春了，像疯狂的文字精灵在舞蹈，像张旭的书法在咆哮。而对一个80岁的“高龄少年”（铁凝语）来说，这时候的文字，往往言简意赅，往往微言大义，而王蒙，青春万岁的王蒙对岁月进行了逆袭，对自己的小说也进行了逆袭。他颠覆的不仅是时间的无情和年龄的冷酷，而是再次证明了李安的那句名言：“这世界上唯一经得住岁月摧残的就是才华”。

读《闷与狂》的第一感觉，就是作家已处于一种追逐的状态，他在追逐历史，历史也在追逐他，他在追逐现实，现实也在追逐他。“我常常陷入一种胡思乱想或者准梦境：我跑得上气不接下气，追逐一个影子。两个影子拼命地追赶我。或者是他们锲而不舍地追逐我，以为我是阴影。”这两个影子一个是历史，一个是现实，历史是现实的影子，而影子又是昨天的现实。在《闷与狂》中，历史和现实纠结着，像两个影子，也像太极图里的两条鱼互相拥抱又互相离异，朝着同一个方向，又向着不同的方向。历史与现实的无穷纠结，在王蒙小说里尴尬而又潇洒地首尾交接，剪不断理还乱，王蒙曾经试图整理过这样的纠结，但发现旧的纠结尚未了结，新的纠结又源源不断地涌来，这源于王蒙没有停下自己的脚步，他在伴随着时代的前行而前行，而不是一般老人脱离时代隔岸观火般的旁观，但历史的记忆又时时把他拉回到曾经的岁月。比如，宠物的出现是当下生活富裕之后的才会拥有的现象，而王蒙则联想到自己的苦难岁月的宠物，让人心酸，又让人叫绝，“我的宠物是贫穷，弥漫的、温柔的、切肤的与轻飘飘暖烘烘的贫穷。更正确地说，我从小就与贫穷互为宠爱。我的童年与贫穷心心相印。贫穷与童年的我同病相怜。爱就是被爱，宠就是被宠。我钟爱于贫穷的瘦弱。贫穷瘦弱怜惜于它培育出来的发育不良的、火焰燃烧的、心明如镜的我。”在谈到苦难的时候，王蒙又写道：“唯一的苦就是无所苦。无所苦的生活没了分量，周身轻飘飘，脚底下发软，胳臂也变成了面条，大脑平滑失去了折子。思考、期待、忘记与记忆都没有对象。无忧、无碍、无愿、无憾，如仙、如鬼、如魂、如灵，如水泡，如一股气儿，如早就驾鹤西去的云。没有重心，没有平衡，没有注意，永远不能聚焦。”苦与无所苦，谁更苦？历史和现实，谁更荒诞？这些都是王蒙作品里反复出现无解之题。

王蒙的小说里有一个永恒的主题，就是对青春的描写、讴歌、咏叹，在他关于《红楼梦》的研究文字里，他透过情痴的主题看到的林黛玉永远13岁的少女模样，一任岁月的磨洗。这可能与他的少年布尔什维克的经历有关，他的小说里始终洋溢着回荡着青春的主旋律。王蒙作品的青春主题或许要分为三个阶段，第一阶段就是50年代的创作，那是正面的写实的无可遮拦的，和今天的80后的青春小说不一样的是，王蒙的青春没有校园，他一开始的青春就是在社会的底色中呈现出来的，甚至《青春万岁》这样直接描写中学生的校园题材也是社会化的，因为当时的校园社会一体化，不停的运动让学校迅速卷入到社会的洪流之中。那个时代的青春是与共和国的青春同步的，每个人的青春也是共和国大合唱的一个音符而已。在《闷与狂》中，王蒙又一次写道：“青春点起了历史的烈火，青春天然地具有圣战的倾向。青春的五谷丰登是诗，爱它的人如醉如痴欲仙欲死感动莫名鼻涕眼泪灵感天才上天入地，对它不来电的人则认定它是纯粹的窝囊废物点心白吃饭浪费糟蹋装腔作势莫名其妙成事不足，坏事有余。”但王蒙还是感受到青春的易逝和永恒，他在《青春万岁》的序诗之后被反复流传，说明他内心有一颗感伤的心。

大概王蒙自己也没有想到，抒写青春的结果是青春流放，还成为他青春写作的第二阶段。王蒙 1957 年被打成右派，青春沉沦了，到 1978 年以后，王蒙和一群“重放的鲜花”再现在文坛的时候，已是中年，他们自然要在回顾历史的沧桑时，自然充满了对青春年华的顾盼和留恋。《布礼》《蝴蝶》都是反思历史也是反思青春的领衔之作，“是青春点燃了革命，是革命烧透了青春。是革命才华了教育了也纠正着青春，是青春升腾着忽悠着修饰着美丽着也歪扭着革命。青春拥有了革命，革命拥有了青春，于是革命有了强大的未来，有了动人的审美品质。有了多么感动的罗曼蒂克。于是有了躁动，有了狂想，有了威风，也有了那么多幼稚乃至胡作非为大呼小叫。”“呜呼，也有夸饰的、神经兮兮的、像青蛙一样地吹胀自己的肚皮的、泪眼迷蒙的，酸不溜秋的小资的或者浑横不讲道理却认为自己是所谓革命的、因愚蠢而自我拔高的该死的青春吗?”和其他作家不一样的是，王蒙没有对青春岁月的遭际进行简单的控诉或揭露，他在拨开历史的迷雾时更多的是对青春的礼赞和回望，在《季节》三部曲中，王蒙对自己的青春壮年进行了具象的近乎纪实的线性描写，对历史的沉思的同时展现了人性的沧桑。

第三阶段是超越青春，青春是美好的，青春是无可替代的，但青春又是不能挽留和定格的。青春不再是一个具象，或者是反思的材料，在《闷与狂》里，这些线性的纪实性的生活化为一个个片段，化为一个个不相关联的意象，跳跃着闪烁着，但这些意象本身又是作家的记忆甚至是实录。人生化为碎片，碎片本身也是历史。在这些碎片里，王蒙可以抒情言志，也可哲思禅悟，可以飞翔舞蹈。青春是一片浮云，也是沃土，它在叙事的缝隙，也在人生的缝隙，它在记忆的缝隙，也在遗忘的缝隙。从青春的记录到青春的反思到青春的羽化，王蒙完成了一个青春的回旋曲。

大约在30年前，王蒙的一些带有实验性小说《春之声》《风筝飘带》等曾被人诟病为“三无小说”，即“无主题”“无情节”“无人物”，按照传统的小说概念，这些小说的主题呈辐射性，情节碎片化，人物也非全头全尾，有悖于现实主义的规范。王蒙当时没有去和论者争论是非，他写了《在伊犁》系列小说，可以说全头全尾了，他通过这些全头全尾的小说，证明自己的写实能力和传统功力。虽然《在伊犁》至今仍获得人们的称赞，但王蒙内心其实更喜欢舞蹈一样的文字，更希望飞翔一样的叙述。过了30年，过了见山是山、见山不是山、又过了见山还是山的3个阶段之后，王蒙再一次重拾“三无”“伎俩”，仿佛蓄积的瀑布“飞流直下三千尺”，顺势而下，倾情歌唱。《闷与狂》是一部真正的“三无小说”，甚至是一部反小说，王蒙穿越纷繁的历史和曲折的现实的羁绊，完成了对人生的鸟瞰和俯冲，将青春与衰老的人生极致优美地放肆地呈现出来。

或许有些读者不能充分理解王蒙的写法，小说的主人公其实就是那个无所不在无所不能的“我”，这是一种后现代的“元小说”叙述，这就是打破小说的隔离效果，作者是王蒙，同时是王蒙的审视者、评论者。叙述者是作者，也是读者、编辑与论者。在小说里，王蒙描写王蒙，王蒙审视王蒙，王蒙解嘲王蒙，“小说退到了帷幕后边，故事隐藏进了黑影，逻辑谦逊地低下了头，悬念因为不好意思而躲闪瑟缩，连伟大的无所不能的生活表象也暂时熄了灯，它们保持住高度的沉默。作者不想全然告诉你，然而你终于会知道，你终于会喜爱。故事就像最喜爱的仪式，在阅兵广场群众集会上放飞和平的鸽子，你放飞多少就欣赏多少，你送走多少就收获多少，你隐藏多少就诱引多少，你期盼多少就牵挂多少，你挥舞多少就出现多少快乐的旗帜。”这种自我解读的小说，是放飞心灵，也是放飞文字，是心灵的自由舞蹈，也是小说的狂草境界。狂草的特征，就是以天地为法度，以性灵为动力，云驰鹤翔，山呼海鸣。王蒙在80岁的世界，又一次完成了语词的舞蹈和青春的飞翔。

评王蒙的《这边风景》

［王干］：今天参加王蒙先生《这边风景》的研讨会，我是有过多感慨。首先我就想对于王蒙先生的称呼，在20世纪80年代，那个时候王蒙先生是文化部长，但很少人说王部长的，私底下有一点调侃叫蒙爷，后来到90年代以后，2000年以后叫蒙公，德高望重啊。最近我本来想就王蒙最近中短篇小说的小说创作写一篇评论文章，文章还没有写好，他的长篇又出来了，王蒙先生的创作的生命力源源不断，超出了王蒙对老作家的一般判断。现在足球界有一个词，叫神，就是一些运动员能够完成一些不可思议的射门进球。比如说意甲有巴神，德甲有莱神，中超出了两个艾神，我觉得王蒙也成了神了，我们可以叫他蒙神，像足球场上的巴神一样，像中超的艾神一样，在不断地进球，在不断给我们展示良好柔软的球技和不可思议的进球。用刘谦的话，见证奇迹的时刻到了。王蒙先生在不断为我们创造奇迹，所以《这边风景》又是一个奇迹。

《这边风景》这部小说我看了以后，我觉得既熟悉又陌生。

熟悉是因为在他以前的小说里面，在伊犁那个系列里面也看到了类似的场景和类似的人物，那个里面都是片断。2011 年，我是带着朝圣的心理专门到了伊犁去寻找王蒙的足迹和记忆中的地名，我到巴彦代公社拍了一些照片，巴彦代公社现在变成了一个建材市场，跟小说里面有差异，我还到伊犁二中，拍了照，我觉得这个小说非常的熟悉，还有生疏。确实他写的巴彦代公社的生活对我来说是非常有陌生感的。

这部小说我觉得它的价值是三个“完整”的。第一，因为这部小说的出现，使我们当代的文学史更完整了，这个话前面有人已经讲了。当代文学史上，1966 年到 1976 年这个期间有一个词叫地下写作，比如地下诗歌写作。但是他们当时地下诗歌写作也好，地下写作也好，基本上开使用一种带有禁书性质的写作，写了不是发表。当时地下写作里面也出了一些作品，比较流行的是《一双绣花鞋》，我们今天小说叫作悬疑小说，地下诗歌有一些，我对很多诗歌没有办法见证，是当时写的还是事后写的，因为当时写是后面改革开放的伟大历史，因为诗歌这个东西很短，它不像长篇，很难保持这么一个原生态。从文学史来讲，这一段原来有一个空白。第二，这个小说有一个非常重要的对历史的填写，我们反映“文革”的作品很多，但是反映四清的小说，反映四清的作品非常少。因为我以前写过一篇文章，说王蒙是共和国文学的一面镜子，他基本上完整地记录了共和国每一步发展的进程，但是文革这一段期间，他又写了一些什么？我觉得这是一个对空白的填补。因为有了《这边风景》以后，整个新中国成立以来所有政治运动，所有历史场景在文学中都有表现。第三，我觉得，因为这部小说，王蒙的文学形象也变得完整了。我们说王蒙是一个神，但是在整个文学的创作史中，他应该是在场的，我以前曾经问过他。我说“文革”期间你在干什么？1960年以后他断断续续地写着，从1966年到1976年他在干什么呢？他这一部小说出版，让王蒙也变得完整了。他从1966年到1976年期间他也是在写作的，他用他文学特点和方式，表达了那个特殊时代的记忆和理解。

我觉得这部书的价值，第一让王蒙的文学形象变得完整；第二个让中国当代文学史变得完整；第三个让文学中的中国历史变得完整。

这个小说呢，最重要的艺术上的特点，我觉得就是隔离效果。隔离效果是王蒙先生一直喜欢的小说方式，这部书里的小说人语就是脂砚斋评点《红楼梦》的方式，脂砚斋和曹雪芹是一个人还是两个人？红学家们争论不休，我看可能是一个人，或者是同一个“写作小组”，同一个写作体。这个是他研究这些年研究红楼梦的结果。

在《这边风景》中隔离效果还通过叙事人的身份特点来体现，他是外来人，他跟一般外来人不一样，他是落魄失意的外来者，同时他是一个汉人，在维吾尔族、哈族的文化氛围中生活，所以这个隔离效果非常强烈，造成了叙事的多重空间。

最后有一个小小插曲，我跟阎总请示过，今年是王蒙从事文学创作60年，老先生今年又是80大寿，同时也是这部长篇小说《这边风景》的发表，我本来想送点鲜花，但是最近开会有规定，最后我自己就不拘简陋写了一幅字，毛泽东的词，《清平乐·会昌》“踏遍青山人未老”，“更加郁郁葱葱”。

我把这个赠送给王蒙先生，祝王蒙先生郁郁葱葱，青春万岁。

马上解读

80后作家的分化与渐熟

80后作家的出现，在文坛和社会上都是一件持久发酵的事情，或许他们多少有些异端的性质，到如今，80后作家似乎不那么刺眼、刺耳了，一方面80后作家基本到了而立之年，他们自身的群体也在发生变化，另一方面文坛和社会对他们也慢慢熟悉并接受。翻开最近的文学期刊，会发现80后作家渐渐占据文学期刊的一些重要版面。本人供职的《小说选刊》去年选载了5位80后作家（马金莲、宋小词、孙频、吕魁、文珍）的5篇小说，以及2位90后作家（朱雀、修新羽）的2篇小说，而仅今年上半年，《小说选刊》就选载了11位80后作家（马金莲、张怡微、蔡东、郭珊、孙频、不有、文珍、祁又一、孟小书、小昌、周李立）的11篇小说。这不是《小说选刊》有意而为，因而它能证实80后正在整体浮出水面，成为中国文学一个最新最具活力的创造性群体。80后的面貌发生变化，是自然分化的结果，是这个群体接近成熟的标志。一些文学刊物也抓住了这样一批创作的新生力量：湖南的《创作与评论》近两年来每期刊发一名80后作家的小说，同期配发两篇评论；《广西文学》今年5月推出80后作家专号；《芳草》近期推出周李立小辑；杭州的《西湖》杂志，标榜青年作家从他们那里出发，发了不少80后的作品。许多出版社为80后小说家出版小说集。云南人民出版社还推出了“80后批评家文丛”，为金理、杨庆祥、何同彬、黄平、周明全、徐刚、刘涛、傅逸尘等80后批评家出版专著，远远不同于我们印象中的80后写作群体悄然形成，且风格各异，格调不俗。一些80后作家的创作渐渐改变了人们对80后的印象，或者说新的80后让文学的版图发生了变化。

告别校园文学的胎记

80后在文坛最初亮相，是以韩寒、郭敬明等为代表的一群“青春文学”作家，“反叛”“都市”“时尚”等曾是他们的显著标签。韩寒、郭敬明近来投身电影事业，《后会无期》和《小时代》在短时间内成为人们议论的话题，这也让他们暂时离开了文学的领域。这种转变，是他们在反叛和商业的双重压力之下，改弦易张以适应时代和环境的必然。

时至今日，韩寒、郭敬明显然不能再代表80后作家的整体面貌。80后从当初的学生娃纷纷迈入而立之年，作家的数量从当初的十来人发展到数十人，同时这个群体的构成也越来越丰富：除了写城市的80后，还有乡村写作的80后，除了“青春文学”的80后，还有“纯文学”的80后，除了反叛的80后，还有回归传统的80后，除了国际化写作的80后，还有中国化写作的80后，除了用纯粹现代汉语写作的80后，还有用方言写作的80后。总之，80后作家的写作出现分化——可喜的分化，原先比较单调的旧格局被打破。当人们以为80后是所罗门瓶子里放出来的“魔鬼”，为其不可收拾而焦虑时，80后的后续作家却以新的面貌出现，这就要求我们必须重新审视80后。

80后作家的一个特征是带着强烈的校园背景，或许因为80后作家最初是通过“新概念”作文大赛进入文坛的，因而在80后的作品中始终难以摆脱校园的气息和格局，校园的生活仿佛胎记一样伴随着他们的写作。韩寒的《三重门》引起的争论姑且不论，但《三重门》确实是校园记忆的产物。80后的写作起步于校园，而他们的落笔也从校园开始，校园像一个温暖的摇篮也像青春的孵化器，培育了他们的人生基调。校园让80后叛逆，校园也让80后怀念。赵薇的电影《致我们终将逝去的青春》虽然是70后导演作品，但它在80后中引起反响甚至超过70后，因为80后对校园的依赖和在乎远比60年代、70年代出生的人要多。80后作家小昌的《我梦见了古小童》（《广西文学》2014年5期）便带有强烈的后校园文学色彩。“我”大学毕业后，又成为大学老师，“我”的情爱故事自然也与大学校园有关，古小童就是这个大学校园爱情的基因，而这个爱情基因始终萦绕在“我”的情感世界，相恋分手，分手相恋，当古小童最后出现在电视相亲节目中的时候，爱情也不再是两个人的私密世界，而是一道被看的风景。周李立发表在《芳草》2014年3期的《如何通过四元桥》《八道门》体现出从纯粹的个人情怀向社会更大层面的转化，尤其是《八道门》通过一个北漂的视角写出了城市的阶差和命运的无奈，虚实相映，有一种剪影的效果。起步于校园的80后，终于告别了校园的青涩和清新，在更丰富的更多样的社会生活中展现自己。

乡土80后的出现

80后小说有强烈的城市色彩，是有其历史原因的。他们成长的年代正是中国社会城市化进程高速发展的年代，他们感受着城市的气息。最初出现的80后作家基本上是一批城市里出生的孩子。近些年来一些乡村出生的孩子也陆陆续续加入到写作的行列之中，因而80后作家中出现了另一支队，这就是以马金莲为代表的“另一种80后”，如甫跃辉、郑小驴、宋小词等。他们来自乡村，来自生活的底层，他们不是韩寒、郭敬明、张悦然式的城市宠儿，而是从乡村走进城市的进城人。他们一旦开始正视生活的苦难，小说就有了苦难叙事和生活沧桑感。以马金莲为代表的这批80后作家，为读者呈现了80后写作的另一种面貌：清贫、沉静、洁净、淡定，也标志着80后乡土写作的异军突起。

他们小说的一个特色是在乡土题材作品中对方言的提炼，这也使方言写作不至成为在80后乃至90后写作中失传的秘技。方言是现代汉语的异质成分。80后作家普遍在高校接受长期教育，惯用纯粹现代汉语，用方言写作的凤毛麟角——但小说是语言艺术，所以，语言风貌也是成就作家风貌的重要原因。去年马金莲的《长河》、宋小词的《血盆经》，以及曹永的乡土小说，就是这样一类异质性的80后作品。马金莲小说中最底层的西海固，是“空巢”的乡土。郭敬明们小说中大都市的豪奢，与马金莲们乡土小说形成了巨大背景差。马金莲们小说中是最底层的西海固，是“空巢”的乡土。郭敬明的大都市和马金莲们的偏僻乡土构成分裂。今年《小说选刊》选载马金莲的两篇小说《绣鸳鸯》和《口唤》，延续的依旧是马金莲已然成熟的写作风格。《广西文学》5期推出的80后作家专号中，5位作家直接书写的也是乡土。另外，也有作家在城乡交叉叙述中凸显乡土本色。肖潇的《黄金船》写的是一个淘金的故事，淘金本身又像一出“皇帝的新衣”。乡村的发财梦，连着社会的拜金主义。小说最后揭开谜底，父亲惦记城里的儿子，编造了一个美丽的谎言，让在城里淘金的儿子回到乡村，回到自己身边，父亲的苦心可以理解，但这背后其实隐藏着心酸和无奈。而儿子最后死于乡村淘金梦的结局，更是让人心酸。《来自杨庄》的二保为躲避水灾来到县城，没想到县城也遭了水灾，小说具有某种象征意义。《美女来到我们村》用乡村孩童的视角写城市对女性的窥视，也写成长。

80后的方言、乡土写作，并非仅仅在80后同代作家中具备横向的比较意义，他们的方言运用也有承接前辈作家而来的纵向路径：如马金莲承接郭文斌、石舒清的方言提炼，宋小词承接陈应松的方言叙事。可是，同样是写乡土，80后眼中的乡土也不同于前辈作家。80后是传媒时代长大的一代人，开着网络和普世价值的“天眼”，他们看乡土的时候，带着国际视野；同时，他们又是纯然情感写作的群体，80后不像50后、60后作家有共同的历史记忆，80后缺少历史大记忆和感情共同体，这就不难理解马金莲笔下西海固的苍凉和温情——她不同于张爱玲，也不同于萧红和沈从文——文字面貌或有相似处，成因却大不一样。

毋庸置疑，方言和乡土是绝佳的匹配。方言中的乡土，能把读者运送到原生态的乡土世界。语言蕴藏着人类的情感、记忆还有当地土著的思维特征。乡土80后作家的出现，是80后写作分化完成的一个最重要标志。城市化进程让大都市成为“吸睛利器”，大都市是80后的写作前站；很快，偏离一线城市的城镇成了80后写作的第二站；稍后，乡土80后出现，穷乡僻壤的独异，似乎更能成就80后的文学风景。80后由此真正找到了各自为战的写作根据地。乡土80后的出现表明，80后作家结构发生了分化。

和当年“农村包围城市”不一样，也和中国文学由乡土向都市发展的主流不一样，相比较而言，80后写作，走了一条从城市向农村“逆流推进”的道路。

向经典文学传统致敬

80后作家随着主体的成熟和分化，逐渐走出了当年的“青春文学”主场，写法上也开始表现出对经典化和新文学传统的认同。韩寒的小说基本必须靠对传统的亵渎和嘲讽才能完成，而郭敬明的玄幻或悬疑则是畅销书理念的成功实践。韩寒、郭敬明的存在对经典文学传统是挑战，也是叛离。

新一代80后作家不再是传统的掘墓人。他们回望世界文坛，悉心研读中外名著，在经典文学和潮流文学中汲取养料，充实自己发展自己。笛安也许很能说明80后作家的这一特点。作为作家李锐、蒋韵的女儿，她无疑继承了他们的文学基因，加之在法国的留学，让她的视野更为开阔，在她的小说中，时常读到中外经典小说的韵味，长篇小说《西决》甚至有《红楼梦》家族小说的影子。

马金莲的中篇小说《长河》，延续的是萧红文脉，《长河》可以说是一部当代《呼兰河传》，和萧红一样写出了家乡父老乡亲在苦难中的人性美，写出了死亡的洁净和生命的尊严。作品在平淡叙述中蕴藏着一股力量，这种力量来自信仰，来自优美而质朴的语言，也来自对人性、对自然、对灵魂的无限关怀。今年马金莲的小说《绣鸳鸯》，从这个标题就不难感到传统气息扑面而来。此外，80后新人郭珊的小说《思旧赋》（《青年作家》2014年1期），那些古色古香的语词，构成了典雅的语句，小说在人际往来和细节中，传达人物之间的关系和情感，平静、含蓄，墨光四射。郭珊这篇小说，更像是致敬张爱玲，连语言都是张爱玲的民国腔。深圳的大学教师蔡东写了篇《出入》（《小说选刊》2014 年 1 期），“出入”如同佛语，带着禅意，写的现代都市，骨子里是传统人文的内核。蔡东还写过《净尘山》（《当代》2013 年 6 期），也是这样在都市生活中，寻找内心的安然和传统的作品。马金莲生活在偏僻的西海固，郭珊和蔡东则是广州、深圳的时尚女性，看来无论在哪里，80 后都开始有意识地向传统靠拢。

当年 80 后刚冒出的时候，表现出叛逆、反对传统、标榜非凡的个性。现在，80 后作家已经不是这样。大量的 80 后作家经历了长期的高校教育，张怡微是复旦硕士、台湾的博士，文珍、郭珊从北京大学毕业，蔡东、小昌是高校教师——他们早就不是那个带着“愤青”情绪的少年“韩寒”，气质完全不一样。80 后作家群中，已经出现了大量兼容中西、心态平和的作家。80 后作家与文坛的“意气之争”“针锋相对”在未来可能会越来越少。80 后作家成熟并分化后，回到了文学本位，诚实地从事着文学创作工作。

与此同时，之前的 80 后文学领袖的地位可能会被一些新的创作群取代。韩寒、郭敬明正在成为历史。兼容并蓄，甚至回归传统，正在成为 80 后作家的普遍意识，于是，80 后作家的排位，正待重新洗牌。

他们也开始反思和感伤

在人们的印象中，80 后意气风发挥斥方遒，像韩寒的赛车一样一直往前冲行，很少瞻前顾后，不会回首往事，更不会反思自己。然而时间无情，80 后作家也开始反思、伤感了，渐渐摆脱了“青春文学”的小情怀。于一爽的《每个混蛋都很悲伤》（《收获》2014 年 4 期）可能是一个意味着这种转折的标志。小说写的是一个人对一个人的怀念，怀念与怀念者都是带“混蛋”性质的玩世不恭者，但当对方生命消失了，“混蛋”对“混蛋”的怀念和追寻，居然带着悲伤和伤感，而悲伤和伤感以前在 80 后的字典里是寻不到，或者是被删除的。于一爽作为 80 后女作家具有强烈的叛逆性，她此前的小说颇具当年张辛欣的京味和锋芒，而她居然率先感受到悲伤和伤感。这是生命的内在力量使然，也是文学的力量使然。

80 后开始了“致青春”写作，这和苏童们成年后的“残酷青春”，和 70 后赵薇们“致青春”的回望、怀念不同，80 后的“致青春”现场感犹在，他们在青春中“致青春”。周李立是 80 后作家转型的一个代表，她的小说集《欢喜腾》艺术感觉敏锐，笔法细腻尖锐，充分体现了 80 后作家特有的特征。《更衣》（《都市》2014 年 2 期）虽然仍然叙述自身的故事，但已开始进行自我的反思，女主人公是一个剩女，因为健身不小心将钥匙锁进了更衣柜，又因为天色已晚，无人帮她打开更衣柜。在孤立无援的困境中，主人公开始反思自己的生活，反思个人与社会的关系，发现自己在生活中的处境就像被隔离的更衣室一样，“剩”得必然，小说没有写女主人公走出困境之后的改变，但反思本身就是改变的开始。

张怡微的短篇《不受欢迎的客人》（《上海文学》2014 年 3 期）表面上风轻云淡，作品中服务者与消费者的关系，家庭伦理的关系，随着情节变化，迅速转移，如飞机起飞一样，跑着跑着，迅速拉升，飞向对生命的反思：一个人该怎样对待他人，该怎样面对自己的个体生命。1985 年出生的青年作家不有，在《西湖》今年 3 期发表了短篇《人面鱼》，这是一篇和巴西作家若昂·吉马朗埃斯·罗萨的《河的第三条岸》味道有些近似的作品，都是反思性质的，但都不是那种“青春文学”小情怀的个人反思，而是对生命的反思，对人性的反思。《人面鱼》用第一人称叙事，“我”作为叙事者，我们信任了“我”的讲述，对“我”具有好感，但实际上只要脱离叙事者的控制，跳出来，客观看待“我”讲述的一切，就会发现“我”的性格和人性的弱点，正是促成旅游也是错过景观的缘由，“我”的紧张、猜疑等负面情绪，皆为心像，与外物他人无关。有用的是一种推迟批评的策略，先让读着感同身受，觉得自己可能也是这样，之后，再让读者发现，这是人性中的弱点。

80后在“致青春”中感伤和反思，也写青春的病痛。孙频的《假面》，下笔凌厉，前景黯淡，生存高压等种种因素，作用于底层青年不堪重负的稚嫩心灵和肩膀，处在应急状态下的人，做出了非常态的生活选择，试图缓解焦虑、困窘。他们无法改变不光彩的历史，而他们渴望被接纳、渴望洗刷耻辱、渴望新生活，内心保留着正确的价值判断。他们不愿与自己的历史会晤，但一个人无法摆脱自己的个人史。文珍的《我们究竟谁对不起谁》中，有一群年轻不羁的鲜活生命，在寻求幸福的生活，坚持自己的信念。小说中既有对社会现实的描摹，也有对年轻人都市生活现状的呈现，此外，就是“谁对不起谁”的叩问以及感受到的疑难，和在疑难中开始的对生活和情感的反思。

视界与境界

文学创作来自于生活，作家是生活的传感器，又是生活的记录者。对于80后作家来说，涉猎生活不久，进入生活较浅，而他们的写作又很自然须面对当下丰富的社会化生活。虽然不能说他们的生活苍白，但生活的相对单调和平淡是客观存在的。在他们成长的岁月里，社会没有发生太多的动荡，也没有产生巨大的社会变革，没有太多的苦难感和沉重感，和前辈作家经历的共和国大风大浪、大是大非相比，他们有时候感到的是失重和虚妄。而社会的动荡，理想的破灭，信仰的纠结，往往是一个作家写作的驱动力。

他们最容易描写的是外来者的陌生感、融入社会的艰难和困惑，带着校园的青春忧伤来面对社会的复杂和无奈。这也是他们在叙述上频频喜用第一人称的原因，虽然一些作家采用的是第三人称，但实际上的叙述视角还是出自那个潜在的“我”，以至于甫跃辉在创作谈中要声明小说的主人公只是他生活的影子，不是他本人。这样一种第一人称的叙述，让他们在自己的天地里自由驰骋，优点是少了虚伪和做作，“我”如果作为一个观察世界的视角是有独特性的，但同时个人的视角又会屏蔽掉一些社会生活内容。尤其是一个带着校园记忆和校园经验的作家，他的视角必然会屏蔽或丧失一些更为丰富的社会生活内容。全知全能的视角虽然有充当上帝的嫌疑，但比之第一人称又相对是一个广角。对文学来说，需要广角，也需要纵深。眼界决定视界，视界决定境界。我们不能笼统地说哪一种叙述人称好，也不能笼统地说哪一种人称不好，但如果都是同一种叙述人称，而且口气又容易接近，是不是艺术的个性和气质也难免给人单调和狭隘嫌疑？80后在走向成熟的时候，如何进一步扩展自己，丰富自己，是他们面临的考验。他们能够经历的事情和过程确实比不上前辈作家那般丰富多彩，他们成长的年代也是中国社会最平稳的历史时期，中国有句话叫“国家不幸诗人幸”，也就是说磨难容易产生创造力，对80后作家来说，超越前辈的动力何在？

青春与沧桑
——2013 年中短篇小说的一种解读

2013 年有一部引起热议的电影，叫《致我们终将消逝的青春》，是赵薇导演的处女作。赵薇作为 70 年代出生的人，开始怀念、凭吊渐渐消失的青春年华，说明新一代的人已经成长起来。文学艺术的一个重要功能，就是对过往岁月的阅读、记载和重新认识。

2013 年的中短篇小说创作似乎也在“致青春”的情绪中度过的，成熟的作家在回望消失的岁月，年轻的作家在经历了人生的风雨之后，也开始走向沉稳、大气，出现了 80 后作家马金莲的《长河》、老作家王蒙的《明年我将衰老》、李唯的《暗杀刘青山张子善》等一批在审美上和题材上都有创意的作品，颠覆了人们以往的一些曾经拥有的阅读经验，延续着“五四”以来的文学传统。

沧桑感和青春性相互交融是近期小说的一个特点，作家在现实和历史的长河中进行了双重的拓进，探寻历史沉淀的余韵和谜底，展现了当下现实的复杂的生存状态。李唯的中篇小说

《暗杀刘青山张子善》是一部钩沉历史的小说，好多读者肯定奇怪了，刘青山、张子善作为腐败分子不是被我们政府枪毙了的吗？怎么会暗杀呢？历史就是这么奇怪，作家李唯在尘封的档案里发现他俩当年居然是国民党特务暗杀的对象，因为他们位居天津地委书记，是中共的高官，便有了一连串“暗杀”的故事。当然，最后国民党的特务暗杀阴谋失败了。记得毛泽东有句非常经典的话，“在拿枪的敌人被消灭以后，不拿枪的敌人依然存在。”“拿枪的敌人”指国民党的有形的军队，而“不拿枪的敌人”当时是指国民党的特务以及隐藏的反对共和国新生政权的敌对势力。60 多年过去了，共和国的政权稳定了，当年那些“不拿枪的敌人”似乎已经烟消云散了，但是威胁共产党执政党地位的敌人依然存在。这个“不拿枪的敌人”就是腐败，小说《暗杀刘青山张子善》以诙谐冷幽默的叙述方式，清晰地展现了这个不拿枪的敌人比那个拿枪的国民党的特务要可怕得多，也要顽强得多。国民党特务费尽心机地要暗杀的天津地委的一号人物、二号人物，在灯红酒绿面前，在金钱女色面前，很快被暗杀了，不是死于国民党的枪下，而是无形的敌人——腐败。所以，现在有了那句著名的“把权力关进笼子”，如果不能正确地使用权力，自己就会被关进笼子。小说当然是一种虚构，但是在虚构的同时，又脱离不了现实生活，当年刘青山、张子善迅速腐败的根源在今天没有销声匿迹，反而随着经济水平的提高，这个“不拿枪的敌人”升级换代，变得更强大、更狡猾了，反腐防腐，任重道远。

方方的笔下的涂自强，是 80 后青年形象中少有的具备沧桑感的人物。小说《涂自强的个人悲伤》关照的是当下青年的生存状态，虽然写的是 80 后青年涂自强的个人故事，但小说写出了当下时代个人奋斗的艰难和困窘，已经有评论家将涂自强和路遥的《人生》里的高加林进行比较，20世纪80年代高加林的个人奋斗的成功与这个世纪涂自强的个人奋斗遭致的接二连三的挫败，形成的巨大反差的原因正是时代的变异和历史的沧桑。和方方早期的《风景》一样，小说氤氲着一股悲凉之雾，她对那些善良而正直的人们投注了更多的悲悯和同情，小说虽曰个人悲伤，但在那个无情捉弄人的命运之手，岂是一个人的悲伤承担得了。而《风景》写于1987年，距离2013年整整26个年头，真是沧桑中的沧桑。

如果说方方是对自己20多年前的小说基因的再繁殖和更新换代的话，那么70后作家刘永涛的《我们的秘密》则是向前辈的致敬之作。1986年著名作家朱苏进发表了中篇小说《第三只眼》，是写台湾海峡两军对垒，一解放军战士不小心被俘成了敌人的宣传工具，企图抓住人性的弱点来动摇军心。如今，两岸合作，火药味渐渐散开。但好小说能够超越题材的限制，成为跨越时空的经典之作。二十多年过去了，小说中主人公那犀利不免冷酷、敏感而又带着阴暗的目光依然让人感到一丝丝寒意。刘永涛作为70后的作家，算不上名声显赫，但这一篇《我们的秘密》显然是不可多得的好小说。和《第三只眼》写敌我对峙、明争暗战不一样，《我们的秘密》写的是日常生活，平常得不能再平常的普通人故事，一个小公务员因为无聊玩起猜谜游戏，因此洞悉了很多人的秘密，灾难开始降临，他被送进了精神病院，到了精神病院之后，他再度窥视到医院和病人的双重秘密，他面临杀身之祸，只能逃亡到荒僻的山村。这样的作品很容易写得特别阴暗、冷漠，但作家在诡异中依然看见“光”，依然不忘记这个世界上的善意、良知、纯真，《我们的秘密》将人性、神性、鬼性和诗性完美结合在一起。

刘明艳的中篇小说《红星粮店》也属于“致青春”之类的

“年代剧”，但它比之赵薇的大学生时代的青春校园要少很多的诗意，因而要现实得多、尘世得多，也残酷得多，当然也更有历史感。粮店的兴衰，是中国社会变迁、成长的一个微缩胶卷，同时也是一代人青春消失的一个载体。当小说的结尾，曾经的青年如今的老板将业已消失的红星粮店的牌子重新挂起来的时候，历史已经不是简单的重复，它是记忆，也是新的开始。王妹英的《一千个夜晚》则是残酷青春的乡土叙事，女性命运的难以言说的经验和粗粝的乡土体验让小说在一种返璞归真的书写中显得清新、自然。

小说贵在写人生经验，人生经验有来自自身的经历、体验和感受，也有来自他人的经历、体验和感受，也有通过阅读和想象的人生经验。在这些不成条理、相互交叉的人生经验里，有些被升华为哲学，有些被视为某种处世原则，还有更多的则不能浮现在海平面上，有些漂浮在生活的浅海，有些则沉淀在生活的底处。作家通过对人生经验的解密，或直接，或间接，写出了时代的悲伤。

50 后的作家虽然被称为过气的一代，但内部每个作家的创造力还是不一样的，方方不减当年的才华与深度，李佩甫、蒋韵、张伟等人小说保持着足够的意识水准，并且在某些方面有了新的尝试。李佩甫的中篇小说《寂寞许由》题目看上去有点古老，但小说写的是鲜活的原生态。在小说形态上，可以归为挂职小说，或外来者小说，李作家挂职下去成为一个不分工的副市长，倒也可以冷静旁观地观察到当今中国社会的种种复杂形态。小说写出了中国乡村经济发展的艰难，也写出来乡村官员的复杂性。当我们在反思中国经济发展过程中的种种过失时，李佩甫用小说呈现出他的思考和困惑。成功的企业和成功的官员的背后居然是如此令人啼笑皆非的荒唐，金钱的压迫导致了人性的扭曲，经济指标导致了官场的非常态竞争。李佩甫带着河南口音的叙述，用词生动令人叫绝。这篇小说地域色彩强烈而辐射面远远超过具象本身，正是写实作品的大境界。蒋韵的小说写的是历史的传奇，爱情的真诚和历史的错落也造成了人物命运的跌宕起伏，真爱在一个不正常的岁月里，是那么的可贵和稀少。蒋韵的小说《朗霞的西街》缓缓道来，写爱情传奇，写历史烟云在人物性格造成的悲剧。有评论者认为蒋韵的《朗霞的西街》是对《白毛女》人鬼错乱故事又一次解读，而不同的是人物的命运完全掉了个。张炜的《小爱物》也是关于爱、关于错乱的故事，在童话般的叙述中保持着对人、自然万物的理解与博爱。

50后作家在回望历史或回望人生的时候将沧桑感转化为叙述的沉静和老到，而青春飞扬的80后作家中也出现令人惊讶的冷静成熟之作。马金莲是“80后”女作家，现在人们一提起“80后”作家往往都与叛逆、时尚、都市联系到一起，似乎“80后”是所罗门瓶子里释放出来的魔鬼，而马金莲的小说为我们展示了“80后”作家的另一面：冷静、淡定、从容。到目前为止，中篇小说《长河》可以说是马金莲的代表作，这部小说从春夏秋冬四季写了四个葬礼，男女老少四个人或因为病灾、或因为贫穷、或因为自然老去走完了生命的最后一程。“我的父老乡亲，在泥土里劳作了一辈子然后到泥土下面安睡，睡得沉稳、内敛、静谧，一如他们生前所具有的品行和经历的生活。”在这部小说中，马金莲保持她冷静、从容叙事风格的同时，又愈发展现了她超常的艺术才情。在女性叙事价值上，可以说这是一部当代的《呼兰河传》，马金莲和萧红一样写出了家乡父老乡亲苦难中的人性美，写出了死亡的洁净和生命的尊严。鲁迅在为《生死场》作序时称赞萧红写出“北方人民对生的坚强，对于死的挣扎，却往往已经力透纸背”，马金莲写出了西海固人民的生的坚强，同时也写出了他们面向死的洁净和崇高，“村庄里的人，以一种宁静大美的心态迎接着死亡”，“死亡是洁净的，崇高的”，尤其写少女素福叶的短暂一生，灿若桃花，唯美之至。

中国有句老话说，人生的悲剧在有牙时没豆，有豆时没牙。对一个作家来说，也是存在这样的二律背反，年轻时才华横溢，但缺少底蕴，火气太旺，等人生积累丰富了，往往才情又丧失，言之无文了。马金莲的沧桑感和超越她这个年龄应有的冷静和淡定，因而在同代小说家中依然成为翘楚。而王蒙作为新时期文学的一面旗帜，年近八旬不仅耕耘不止，而且还保持了青春时期的喷发的热情和初出茅庐的清新，在《明年我将衰老》里，作家杂糅了多种现代主义手法，甚至还将当下流行的穿越叙事手段也巧妙地化为小说的元素，通过多重视角方位的叙事，阐释了对生命、情感、岁月以及人生的深切理解和犀利洞察，其中有睿智的审视，也有旷达的情怀，有对逝水年华的追忆与眷恋，亦有笑看沧海桑田、坐看云起云落的从容豁达。小说超越了爱情主题的一己之悲欢得失，有一种天阔云闲的自在气象，激情饱满，文气丰沛。在艺术上，碎片化的故事，跳跃的时空，奔涌的情感激流，第二人称的叙事视角，内心独白或者深情对话，呈现出一种陌生化的审美品质。小说汪洋恣肆，文采飞扬，成为他今年来创作的一个新高度。虽然宣告“我将衰老”，其实是“青春万岁”的另一种表现形态。

和王蒙那种青春洋溢的文风有点相似，艾伟的《整个宇宙在和我说话》是当年航鹰《明姑娘》之后再写盲人精神领域的作品，航鹰展现的身残心不残的心灵美，而艾伟展现的是心的空间巨大无垠，失去视觉的人反而获得更大的想象空间，与宇宙对话的路径更为奇妙。蒋一谈的《透明》写了一个离异男子的复杂情绪，对孩子难以割舍的亲情让他尴尬、局促，最后暖意重生。小说写得虚实一体，黑白融合，对人性的理解和描写入骨进髓。毕飞宇的《大雨如注》在直接描写的是中学生的教育问题，写出被压抑的青春最后释放的是丧失母语，颇有警世意味。

铁凝的《火锅子》直接写沧桑，写老人晚年的欢乐和烦恼，简约，隐藏，和《笨花》的质朴形成呼应。苏童的《她的名字》写了一个人姓名的沧桑，一如他过去的《人民的鱼》《白雪猪头》等优秀短篇一样，从一个小的切口去描写人物的命运、历史的变迁，在不经意中变来变去的名字居然成为时代的一个痕迹。曾剑的《穿军装的牧马人》，直接写战士的青春，本来参军充满了幻想，但当了牧马人，变成了另种青春之歌，人与动物，人与自然，也是诗意。欧阳黔森的《扬起你的笑脸》写青春消逝在乡村的教师，苦涩而温馨。

“李白斗酒诗百篇”，说的是青春飞扬，“庾信文章老更成”，说的是人情练达，文学是青春的，文学也是沧桑的，伟大的作品总是能够在青春中见沧桑的褶皱，在沧桑中浮现青春的流动，曹雪芹的《红楼梦》如是，托尔斯泰的《复活》如是，福楼拜的《包法利夫人》如是，在这个意义上，2013 年的中短篇小说可以说不苍白，甚至有点伟大。

土地·政权·青年
——2014年中短篇小说述评

2014年的中短篇小说创作在平稳中见变化，在有序中见发展。一些中青年作家展示了雄厚的创作实力和独特的艺术风格，方方的《惟妙惟肖的爱情》、徐贵祥的《对持》、弋舟的《所有路的尽头》、马原的《湾格花原历险记》、叶兆言的《白天不懂夜的黑》、鲁敏的《徐记鸭往事》，陈武的《支前》、王妹英的《十一种光》等中篇小说在题材上、风格上都有一些新的变化，提供了一些新的元素。总体看来，2014年的创作有以下特点值得关注。

土地：为百姓和乡亲们立传

土地曾经是中国作家安身立命之处，土地也曾经是中国作家的根。近年来，随着全球化的日益加速，城乡生活的差异在消减，中国与外国的日常生活也渐渐趋同，寻求差异谋求异质，有赖文学创作者发挥主体能动作用，这是作家的一个开拓性课题。在世界文学的版图上如何保留“中国文学”的特质，吁求于文学的中国化，已经是一个重要的话题。在今天，重提“土地”，是重申一方土地和那里的人紧密联系。土地里面有亲人的骨殖，有先辈的血液和汗水，镌刻着中国人的深沉记忆。在这个资讯发达、社会开放、价值观多元的时代，众声喧哗，知识分子心游八极并不难，而懂得归来并秉持对自然、故乡、人民充满热爱的创作情怀，更为难能可贵。独特的中国经验和中国情感，这是一方土地对作家的神奇赐予，而这样的小说也便具有保土护壤的功能。

满含“土地情结”的小说，根系深植于中国的厚壤，弥散着地方特色，在作品中灌注来自吾乡吾土的异质，表达中国人的喜怒哀乐、坚忍顽强、生生不息，其现代意识、生命意识也才真正是有根有韵，生机沛然。虽然中国的小说历史和农业国的历史不可分割，乡土小说对农业文明而言流风遗韵不息，但随着城市化进程的推进，再加上具有书写能力的知识分子渐渐远离了乡土，优秀乡土小说的数量在减少，以至于有学者感叹乡土小说的溃败乃至终结。但独特的中国经验和中国情感，这是一方土地对作家的神奇赐予，而这样的小说也便具有保土护壤的功能。

盘点2014年的小说创作，乡土小说虽然大致陷入对乡土的回忆，但依旧是“中国小说”版图中应引人注目的赫然风景。新秀马金莲和老作家叶广芩、曹乃谦的乡土作品，蓬勃如野草，高贵如雪莲，像棉花一样给人以温暖。他们塑造了可爱的中国妇女、儿童形象。无论是马金莲的《绣鸳鸯》《口唤》《1987年的浆水和酸菜》，还是叶广芩的《太阳宫》，抑或曹乃谦的《初小九题》，他们作品中的妇女和儿童无论是来自知识分子家庭还是底层农村的文盲群体，面对多年前的贫穷、苦难、困厄，风剑霜刀未改回忆性叙事中人物的可爱。作品中的故事，发生在生养他们的土地上，作家记录了地方性的风土人情，他们的叙述具有非常高的辨识度，依靠了平和、自然、质朴、客观、简练的风格，选用甘肃腔、京腔，以及山西“莜面味”的语调，吸引了大批拥趸。

现当代的作品内，让人觉得可爱的人物少，可爱的小说人物形象有一种清洁的品质，持守着本真本性，人们极容易通过作品获得情感和道德的认同感、心灵的安详。尤其困厄小说背景下可爱的人儿，则如同冰山上开出的雪莲花，涤荡心灵的污垢。作家内心柔软、细腻，所以在他们笔下，读者可以看见人心和情感的风吹草动。真善美隐藏在每一个平凡的人身上，如发暄的土地，是创作者写作的立足基础。选择近乎“细草”的作品风貌，书写凡人琐细，并非作家心中没有“大树”，这只是一种对美学原则的取舍。马金莲、叶广芩、曹乃谦选择细弱、平易、家常，没有选择伟岸、强健、宏大的风格。他们坚持书写平凡人物的善良，坚持书写人民生命中从未消失的美德，作品像棉花一样温暖。

季栋梁、李亚、曹永的乡土小说，像土地本身一样厚重。季栋梁的《黑夜长于白天》是乡村版的《风景》，也是其中的代表。作品在展现西北自然条件恶劣地区的原生态方面生动真切，体现了作家对生活的体味和熟稔，黄土地上的悲摧人生过往，既艰辛又粗粝，而妇女的昔日生活更加凄惨卑微。作家写出了两代女性的悲苦欢欣，他们抗争命运的坚韧和智慧。书写了两代女性的内心苦难和延绵浩荡的恩、情、义，乡村发出了中国传统文化正能量的强音。和以往的苦难叙事作品不同，这篇小说写外部的苦难是幌子，重视人物由深情厚谊产生的内心之难是实体。或许是因为面对宁夏的戈壁荒漠，季栋梁笔下生存的直接和粗暴代替了方方作品中的诗意和女性的伤感，但《黑夜长于白天》中人民朴素的情感让小说厚实沉稳、大有气象。

李亚的《自行车》通过演绎自行车在李庄的历史，恢复时代推进中的村庄，活现时光中的诸多面孔及少年的成长史。这部小说，没有专注于表现作家对世事变迁的态度，而是专注于还原人物和情感，塑造李庄群像，也为李庄建立秩序。这个虚构的李庄曾多次出现在李亚的小说创作之中，李亚的写作具有精神还乡的意义，他在《自行车》的创作中投入了浓烈如酒一样的乡愁，雄浑庄重，但饮下这杯乡情的酒，他是如此开怀，神气活现，叙事带着微醺的欢畅。

曹永的《捕蛇师》是一曲农耕文明的挽歌，也是物欲下人性异化的警钟。其歌徘徊、其声震荡，具有延宕不决的冲击力。《捕蛇师》中象征农业文明的神异方术，呼风唤雨、逢山开路，能招蛇救人，但其拥有者生活窘困。曹永笔下路不拾遗、插草标以指示野树、游鱼先到者先得的山中村庄，处在城市文明的冲击中。老父亲拥有神奇的捕蛇术，但他不以此营生，他相信蛇有灵性，而被城市文明熏陶出来却不被城市接纳的儿子，却将捕蛇作为敛财致富的方式，两代人的差异是两种文明的冲突，最终技毁人亡。

此外，孙家正的《老人与树》、吴克敬的《岁岁喜鹊》不约而同地写了“大树进城”现象，这一现象大约是我们这个农业国栽培史中的新页，他们对从农村、乡野移栽大树到城市进行了思考；冯俊科的《鸦雀无声》写的则是科技带来的土地污染、食品安全问题，他笔下的乡土发生了前所未有的变异；陈仓的《空麻雀》中的乡村失去了活力，而留守的女儿正为漂泊城市的父亲担忧；鲍十的《东北平原写生集》对乡土的描绘犹如一幅画，跃然纸上。独特的中国经验和中国情感，这是一方土地对作家的神奇赐予，而这样的小说也便具有保土护壤的功能。这些作家写出了具有“原产地保护”标识的作品，坚持美学判断、情感判断，对生养他们的土地、亲朋乡党充满感情，以写作答报大地的养育恩情，为可爱的人民立传。

政权：反腐风暴下的官场生态

文学“染乎世情”，与现实共振，2014 年的反腐风暴席卷神州大地，2014 年“反腐小说”比之以往更值得关注和研讨。“反腐小说”，一贯以现实主义传统、人道胸怀和批判精神为核心，为廉洁健康的政体鼓与呼。当然，以往的反腐小说常常停留在好人与坏人、好官与坏官的冲突，没有上升到复杂的人性拷问和心灵审视的高度。

“反腐”小说和官场小说的巨大区别在于，官场小说在较低层面展示职场的那些技巧性甚至厚黑面。“反腐小说”不一定和所谓的“官场生活”紧密联系，即便联系紧密，也需要摆脱“官场小说”写作的流弊，创作者要有严肃的写作态度，写作中还需要去类型化，比如：区别于“官场小说”以情节为叙事结构核心的主流套路，去除小说中的介绍性、说明性文字，不以宣扬所谓的“官场潜规则”为作品的卖点。总之，让小说回到小说本身。

凡一平的《非常审问》，写的是贪腐局长万一光害怕突然被纪委“双规”，于是，在家和妻子相互进行模拟审问，以期真正被“双规”时不因害怕交代问题。他发现在事实面前，他无法抵赖，便希望退掉那些和他称兄道弟的老总们送来的巨款，然而，老总们要么不承认送过他钱，要么表示“打死也不会说”，非但如此还继续送给他钱。万一光锒铛入狱，但之前并没有出现他臆想中的审问，铁证如山，不再需要他交代问题。万一光之前显然受到了“老虎”“苍蝇”纷纷被打的震慑，然而，他却继续收受贿赂，贪欲无边。小说告诫官员只有清正廉洁才会心安理得，万一光的模拟审问救不了自己，终是徒劳。这篇小说故事简单，但全部依靠生动传神的细节，塑造一个终日惶惶不安的贪官形象，凡一平把叙事艺术还给了小说。凡一平控诉、揭露贪腐之恶、弘扬正义，也在作品中灌注人文关怀。贪腐局长万一光能激起读者的痛恨，但作品同时能让读者同情欲望下扭曲的一个人。贪腐让万一光人格扭曲，惨不忍睹，他紧张、自虐，四处说谎、心存侥幸，十分可恨也十分可怜，唯有入狱他才能获救，重新拾回人格的健康。

杨少衡善于写当下的干部形象，也能写出官场生态的复杂性。2014 年的《酒精测试》中，“反腐”是“我”的一种内心愿望。腐败在《酒精测试》中首先表现为公款大吃大喝，“我”因“酒量不错”名声在外，不得不在接待中大量饮酒。“我”本不爱饮酒，这与“反腐”，在小说中达成了一致，由此可见，并不是所有的腐败都出于腐败者自己的意愿。从喝酒这事上看，腐败于党、于国、于腐败者，都不是好事。然而，喝酒这件近乎接受他虐的事，“我”却不得不做。小说题为“酒精测试”，“测试”中自然有考验，不仅考验酒量，不仅考验胃，而且考验“我”是否听一把手的话。在接待一把手的朋友时，省委暗访组正在当地查公务接待，如果被暗访组查获，政治生命马上结束，如果我临酒退缩，就会“被边缘化”。一把手对“我”这个市委副书记的测试，其实是测试他在市里是否有绝对权力，测试“我”是否肯提着乌纱帽听他的指挥。这篇小说布局精巧且极尽暗示职能，预示着一把手的绝对权力带来的绝对腐败，曲折别致。

尤凤伟的《金山寺》写腐败形成的深层原因之一种：信仰的位移。共产党人的信仰应该是共产主义，但某些官员却求神拜佛，希望神灵保佑升官发财。小说中被“双规”的市委书记尚增人上任后，大家都觉得是宋宝琦帮他“上位”——集体将一个领导干部的升迁当作宋宝琦私人对尚增人的某种成全，公私不分，私大过公，判断事物的立场大有问题。重感情本是值得肯定的，然而，人民公仆需要的却是大公无私的情怀。宋宝琦在尚增人被“双规”后十分紧张，马上清理尚增人送的礼物，发现没有现金，暗自庆幸未被牵连。然而，尚增人果然是送过宋宝琦一份“厚礼”：宋宝琦去金山寺烧香拜佛，一场法事的耗资竟然有10万元之巨，而且据说一场这样的法事收费可以达到更高的价格。宋宝琦在不知晓的情况下等同于收受了尚增人叫人买单的这10万元，这是宋宝琦始料未及的。宋宝琦提心吊胆，等待纪委的处理，然而，没有人敢得罪一方事主的佛，他的问题不了了之。尤凤伟的作品在行为和思想之间架设桥梁，在情节和人物之间寻求同构，小说暗含讽刺，透视人物的灵魂，

李治邦的《佛爷》仿佛取自现实生活的案例，将小偷反腐的故事进行艺术化处理，写出窃对人性的伤害和心灵毁灭。张一鸣的窃贼技巧可谓高超，但和贪官比起来还是小巫见大巫。张一鸣仗着自己手段高明，先后两次扒窃作为社会高级窃贼的贪腐常务副市长董强三。董强三知道是张一鸣扒窃了他，更要命的是，董强三行贿受贿的账本也被扒走。董强三必须抓住张一鸣，而没有立案便抓住张一鸣的公安局费局长也行贿过董强三，可是张一鸣已经将董强三行贿受贿的账本实名递交到了中纪委。借小偷来表现“反腐”，在小说界早就有先例，但在两个高级窃贼的争斗中所体现的意味则另有妙处。董强三将公权力

私有化——公安局局长是他的人，不立案就抓人，明显是公权私用地抓住了张一鸣；张一鸣不可能将公权力私有化，但他可以借用公权力，向中纪委举报——打倒董强三和费局长。《佛爷》的故事，不是一个“盗亦有道”的正义故事，张一鸣举报董强三并不纯粹出于正义的考虑，而是带有江湖争强斗狠的意绪。董强三和费局长抓住张一鸣也不具将盗贼绳之以法的正义性。

邵丽的《第四十圈》确切地说是一篇深刻的“世情小说”，作品没有描摹公务员的腐败，而是写人民的疾苦社会的病象，传达的则是另一种“反腐”，反对社会腐败。良善弱小得不到保护，公平正义便无法张扬，作品直指公权力得不到约束和社会风气恶化。小说中的事件关乎四条人命，诚如作家在小说中所言“事情的麻烦之处就在于，看起来谁都有责任，但是论到法律上，又都没有责任”。邵丽作品中的“反腐”，意味着全面净化社会风气。所谓“一人得道鸡犬升天”，公权力的家族化后，仿佛权力是可以流通的家族财产，作品中派出所所长的妻舅便依靠裙带关系横行。这些官场的生态的不健康不正常，更说明反腐廉政任重而道远。

青年：“80 后”的分化与不足

80 后作家在 2014 年重新引起关注，于一爽、甫跃辉、文珍、周李立、朱个、蔡东、宋小词、王威廉、陈崇正、孙频、马小淘、张怡微、七色堇、郑小驴、陈幻、小昌等作家陆陆续续出现一些刊物的头条或重要版面，一些以他们的身份设立的专辑也由刊物陆续推出。和十几年前不一样的是，这一次的 80 后新的写作群体悄然形成，且风格各异，格调不俗，新的“80

后”在悄悄改变中国文学的格局。

“80后”在文坛最初亮相，是以韩寒、郭敬明等为代表的一群“青春文学”作家，“反叛”“都市”“时尚”等曾是他们的标签。时至今日，韩寒、郭敬明显然不能再代表“80后”作家的整体面貌，他们俨然已是影视界的重要人物。“80后”作家的数量从当初的十来人发展到数十人，同时这个群体的构成也越来越丰富：除了写城市的“80后”，还有乡村写作的“80后”；除了“青春文学”的“80后”，还有“纯文学”的“80后”；除了反叛的“80后”，还有回归传统的“80后”；除了国际化写作的“80后”，还有中国化写作的“80后”；除了用纯粹现代汉语写作的“80后”，还有用方言写作的“80后”……总之，“80后”作家的写作出现了可喜的分化，原先比较单调的格局被打破了。

“80后”作家的一个特征是带着强烈的校园背景，如今终于慢慢摆脱校园的气息。2014年，“80后”作家小昌的《我梦见了古小童》带有强烈的后校园文学色彩。周李立的《如何通过四元桥》《八道门》体现出从纯粹的个人情怀向社会更大层面的转化。起步于校园的“80后”，终于告别了校园的青涩和清新，在更丰富、更多样的社会生活中展现自己。

最初出现的“80后”作家基本上都是城市里出生的，近些年来“80后”作家中出现了另一支队伍，这就是以马金莲为代表的另一种“80后”，如甫跃辉、郑小驴、孙频、宋小词等。他们来自乡村，来自生活的底层，他们不是韩寒、郭敬明、张悦然式的城市宠儿，而是从乡村走进城市的“进城”人。他们一旦开始正视生活的苦难，小说就有了苦难叙事和生活沧桑感。他们为读者呈现了“80后”写作的另一种面貌：清贫、沉静、洁净、淡定，也标志着“80后”乡土写作异军突起。

他们小说的一个特色是对方言的提炼。“80后”作家普遍长期在高校接受教育，惯用纯粹现代汉语，用方言写作的凤毛麟角。但小说是语言艺术，语言风貌也是成就作家风貌的重要原因。马金莲的《绣鸳鸯》《口唤》、宋小词的《呐喊与尘埃》、曹永的《捕蛇师》，就是这样一类异质性的“80后”作品。“80后”的方言、乡土写作承接前辈作家，同时，不像前辈作家那样有共同的历史记忆。方言和乡土是绝佳的匹配。方言中的乡土，能把读者运送到原生态的乡土世界。乡土“80后”作家的出现，是“80后”写作分化完成的一个最重要标志。和当年“农村包围城市”不一样，也和中国文学由乡土向都市发展的主流不一样，相比较而言，“80后”写作，走了一条从城市向农村“逆流推进”的道路。

随着主体的成熟和分化，“80后”作家逐渐走出了当年的“青春文学”主场，写法上也开始表现出对经典化和新文学传统的认同。韩寒的小说基本上需要依靠对传统的亵渎和嘲讽才能完成，而郭敬明的玄幻或悬疑则是畅销书意念的成功实践。韩寒、郭敬明的存在对经典文学传统是挑战，也是叛离。新一代“80后”作家不再是传统的掘墓人。他们回望世界文坛，悉心研读中外名著，在经典文学和潮流文学中汲取养料，充实、发展自己。

笛安的创作也许能说明“80后”作家的这一特点。作为作家李锐、蒋韵的女儿，她继承了他们的文学基因，加之在法国留学的经历，让她的视野更为开阔。在她的小说中，时常读到中外经典小说的韵味。马金莲的《绣鸳鸯》，从小说名字就不难感受到扑面而来的传统气息。郭珊的小说《思旧赋》中，那些古色古香的语词，构成了典雅的语句，有张爱玲的民国腔。蔡东的《出入》，带着禅意，写的是现代都市，骨子里是传统人文的内核。马金莲生活在贫困的西海固，郭珊和蔡东则是广州、深圳的时尚女性，看来无论在哪里，“80后”都开始有意识地向传统靠拢。张怡微是复旦硕士、台湾的博士，文珍、郭珊从北京大学毕业，蔡东、小昌是高校教师。他们早就不是那个带着“愤青”情绪的少年“韩寒”，而是兼容中西、心态平和。“80后”作家与文坛的“意气之争”“针锋相对”在未来可能会越来越少。“80后”作家成熟并分化后，回到了文学本位，诚实地从事着文学创作。

在人们的印象中，“80后”意气风发挥斥方遒，像韩寒的赛车一样一直往前冲行，很少瞻前顾后，不会回首往事，更不会反思自己。然而时间无情，“80后”作家也开始反思、伤感了，渐渐摆脱了“青春文学”的小情怀。于一爽的《每个混蛋都很悲伤》中，“混蛋”对“混蛋”的怀念和追寻，居然带着悲伤和伤感。于一爽此前的小说颇具当年张辛欣的京味和锋芒，而她居然率先感受到悲伤和伤感。这是生命也是文学的内在力量使然。周李立是“80后”作家转型的又一个代表，她的《更衣》中，主人公开始反思自己的生活，反思个人与社会的关系。张怡微的《不受欢迎的客人》发出对生命的反思：一个人该怎样对待他人，该怎样面对自己的个体生命。不有的《人面鱼》对人性的反思采用推迟批评的策略，先让读者感同身受，觉得自己可能也是这样，之后再让读者发现，这是人性中的弱点。孙频的《假面》、文珍的《我们究竟谁对不起谁》中的主人公在寻求幸福的生活，小说中既有对社会现实的描摹，也有对年轻人都市生活现状的呈现，让人感受到种种社会、历史、文化的疑难，在疑难中开始进行反思。

作家是生活的传感器，又是生活的记录者。由于“80后”作家涉猎生活不久，虽然不能说他们的生活苍白，但相对单调和平淡是客观存在。在他们成长的岁月里，社会没有发生太多的动荡，没有太多的苦难感和沉重感，与前辈作家经历的大风大浪、大是大非相比，他们有时候感到的是失重和虚妄。而社会的动荡、理想的破灭、信仰的纠结，往往是一个作家写作的驱动力。他们最容易描写的是外来者的陌生感、融入社会的艰难和困惑，带着校园的青春忧伤来面对社会的复杂和无奈，这也是他们在叙述上频频喜用第一人称的原因。“我”如果作为一个观察世界的视角是独特的，但同时个人的视角又会屏蔽掉一些社会生活内容。与第一人称相对而言，全知全能的视角是一个广角。对文学来说，需要广角，也需要纵深。眼界决定视界，视界决定境界。不能笼统地说哪一种叙述人称好与不好，但如果都是同一种叙述人称，而且口气又容易接近，是不是艺术的个性和气质也难免给人单调和狭隘的嫌疑？

当代小说发展到今天无疑在走向成熟，作家如何进一步向前扩展，是他们面临的考验。年轻的一代如此，已经成名的作家也面对更好地发展自己、丰富自己、超越自己的问题。土地是丰饶的，但我们要善待土地，热爱土地，不能污染土地、污染空气，文学的功能之一就是荡涤大地的污物，扫除心灵的雾霾，净化精神的空间。我们不能愧对土地和土地上的乡亲。

为什么是第一人称

——评《广西文学》“80后小说专号”并致80后作家

《广西文学》在今年第五期推出了“广西80后小说专号”，《广西文学》出这个专号的目的显然是为了展示广西文学创作的梯队队伍，也是为了更好扶持关心推动新一代作家的成长和发展。广西文联、作协的用心可谓良苦。作为一个小说的职业的阅读者和一个小说选刊的编辑，我很自然地关注这样的文学举动和期刊行为。在阅读完整本期刊之后，我惊异的发现，用第一人称来叙述小说的篇幅占了大多数，全看三个中篇五个短篇，三个中篇全采用了第一人称叙述，而五个短篇也有两个半采用了第一人称，《关于很多很多小孩的想法》运用的是对话体，其实也是一种第一人称。为什么那么偏爱运用第一人称？这引起了我的深思，联想到其他80后的作家也大多数喜爱第一人称的视角，这里面隐藏了什么？暗示了什么？

第一人称的意义

第一人称进入小说叙述是五四新文化运动的产物。在五四以前的中国小说基本是以第三人称来叙述的，《红楼梦》在开篇部分曾经出现了类似第一人称的口吻，所谓“满纸荒唐言，一把辛酸泪，都云作者痴，谁解其中味”，显然作者的第一人称“我”在叙述，但由于小说后面是完整的第三人称叙述，加之《红楼梦》版本的差异，有人怀疑这样一段话，是自序和他序，只不过因为抄传之误才造成的。真正以第一人称叙述的是刘鹗的《老残游记》，但《老残游记》是长篇游记的方式写就，而且游记的纪实成分很重，虽然后来的研究者可以作为散文化小说来看待，但至少作者是无意于进行小说创作的。

这是因为中国的小说由话本演变而来，话本是面对市场的，是面对听众的，说书者必须扮演一个全知全能的叙说者，上通天文，下通地理，是讲述者也是评判者，所以文以载道的理念在中国话本小说体现特别明显。五四新文学运动强调的是我手写我心，我手写我口，强调的人的自觉，更多地强调个人的自觉，于是有了鲁迅的《狂人日记》，《狂人日记》的伟大意义不仅在于首先运用了白话文写作，更重要的是在小说里还出现了第一人称的叙述，这是惊天动地的，因为在之前的中国小说都是第三人称的，鲁迅之所以选择日记这样一种文体，在于日记的叙述视角是天然的第一人称，而且也必须是第一人称。很显然，这是鲁迅刻意追求的，因为小说塑造的狂人，和鲁迅个人的现实身份是没有任何关系的。这和后来的《孔乙己》《故乡》《祝福》《在酒楼上》的“我”有着明显的区别，因为后来小说的“我”在不同程度上都有鲁迅的影子在其中，有的甚至和生活中的鲁迅重合。虽然是小小的人称变化，却是新旧两种文学的转折点。之后出现郁达夫的《春风沉醉的晚上》和丁玲的《莎菲女士的日记》更是第一人称的经典之作，是对个性解放和生命主体存在的呼唤。在重礼教轻个人的旧时代，“我”是被忽略的，甚至是被扼杀的，所谓“存天理灭人欲”灭的就是那个“我”。“我”在小说里出现并成为小说主人公是五四新文化的一个重要表征。

虽然不能说第一人称就是个性化的叙述，但第一人称大量而自由的出现，确实暗示着某种环境自由和宽松。“我”，作为哲学层面的寓意，它常常意味着自我、个人、个性、主体，因而我们在80后作家的作品里频繁地看到“我”也就很自然了。《广西文学》专号里的三个中篇全是“我”来叙述，和《祝福》《故乡》不同的是，“我”不是一个叙述者或者旁观者，这三个中篇里，叙述者也是主人公，也就是说“我”讲述的不是老百姓的故事，而是自己的故事。小昌的《我梦见了古小董》、候珏的《立地成佛》、吴了了的《住在二楼上的男人》，叙述的都是“我”的个人遭际，虽然大多低迷沉郁，但你能感觉到80后的一代生存是自我选择的结果，感觉到个人的存在，这些“我”基本是80后的同龄人，虽然不一定能和现实生活中的作家身份相对应，但显然是和作家的现实生活发生着某种密切的联系，是作家最近距离接触到的人和事。

校园胎记

专号里的八个中短篇除了《美女来到我们村》《赔偿金》两个短篇直接以乡村为正面背景外，其余六篇都是以城市生活作为背景。80后作家的最初出现是在城市的地平线上的，韩寒、郭敬明、张悦然等人的小说写的是生活在城市的人的感受，按照当下某种划分法，该叫城市文学。20 世纪 90 年代文学界呼唤城市文学的出现，但除了王朔等人以外，作家对城市的描述还是没有离开乡村的记忆和笼罩。80 后的一个特征是带着强烈的校园背景，或许因为 80 后是通过新概念作文大赛进入文坛的，因而在 80 后的作品中始终难以摆脱校园的气息和格局，校园的生活仿佛胎记一样伴随着他们的写作。韩寒的《三重门》引起的争论姑且不论，但《三重门》确实是校园记忆的产物。这是因为 80 后的写作起步于校园，而他们的笔触是从校园开始落笔，校园像一个温暖的摇篮也像青春的孵化器，培育了他们的人生基调。校园让 80 后叛逆，校园也让 80 后怀念。赵薇的电影《致我们终将逝去的青春》虽然是 70 后导演的电影作品，但它在 80 后引起反响甚至要超过 70 后，因为 80 后对校园的依赖和在乎远比 60 年代、70 年代出生的人要强。《我梦见了古小童》便带有强烈的后校园文学色彩，“我”从大学里毕业出来，后来又成为大学老师，发生的情爱故事自然也是与大学校园有关，古小童就是这个大学校园爱情的基因，而这个爱情基因始终萦绕着“我”的情感世界，相恋分手，分手相恋，当最后古小童出现在电视相亲节目里的时候，爱情不再是两个人私密世界，而是一个被看的风景。《立地成佛》写的是婚姻生活的困惑，但这个困惑的背后居然是校园生活的始作俑者，小说里有这样一段描写：

> “我们就这样往迷宫一样的校园交叉小径走去。一切看似多么美好。茂盛的亚热带植物散发着浓郁的阳光和花朵的气味。小叶榕掉在地上的金色果实如星星点点，木菠萝像古代长安城里波斯商人的钱袋沉甸甸地挂在树杈上。”

“那个夏天，社会学院的小师妹顺理成章变成了我的女朋友，陪我扮演了所有校园情侣该有的角色和情节。然而令我做梦也没有想到的是，她以后还会成为我的老婆，甚至成为我的死对头。”

在《我梦见了古小童》里，“我”和同学古小童没有成为夫妻，现在看来也许还是幸事。《立地成佛》的“我”和师妹成为了夫妻，不尽的烦恼随之而来，最后甚至拿起屠刀，方可解决这样的缠斗。与师妹师姐的情感纠葛从校园延续到社会，最后导致的是悲剧。

乡村的尾巴

80后的小说有着强烈的城市色彩，是有着历史的原因，他们成长的年代正是中国社会城市化进程高速发展的年代，他们感受到城市的气息。80后作家最初的写作基本上是一批城市出生的孩子，近些年来一些乡村产生的孩子也陆陆续续加入到写作的行列之中，因而80后的作家出现了另一支队，这就是以马金莲为代表的“另一种80后”，他们来自生活的底层，他们的生活不是韩寒、郭敬明、张悦然式的城市主人公的形象，他们开始正视生活的苦难，小说充满了沧桑感。

在肖潇的《黄金船》里写的是一个淘金的故事，淘金本身又像一出“皇帝的新衣”，乡村的发财梦，连着社会的拜金主义，小说最后揭开谜底，写的是父亲惦记城里的儿子，编造了一个美丽的谎言，让在城里淘金的儿子回到乡村，回到了身边，父亲的苦心可以理解，但这背后其实隐藏着心酸和无奈。而《来自杨庄》的二保则是躲避水灾来到县城，没想到县城也遭受了水灾，小说就具有某种象征意义。《美女来到我们村》则是用乡村的孩童视角来写城市对女性的窥视，写成长。

外来者也常常喜欢《二楼上的男人》写到的出租房。外来者的感受。

视界与境界

文学创作来自于生活，作家是生活的传感器，又是生活的记录者。对于80后来说，他们涉猎生活不久，进入生活较浅，他们的写作很自然面对一个丰富的社会化生活。虽然不能说他们的生活苍白，但生活的单调和平白是自然的。在他们成长的岁月里，社会没有发生太多的动荡，也没有巨大的社会变革，没有太多的苦难感和沉重感，有时候感到的是失重和虚妄。社会的动荡，理想的破灭，信仰的纠结，往往是一个作家写作的驱动力，

他们最容易描写的也就是外来者的陌生感，融入社会的艰难和困惑，带着校园的青春忧郁来面对社会的复杂和无奈。

火气褪尽方境界
——序曹乃谦长篇小说《流水四章》

前不久和施战军、刘醒龙等去香港参加文学交流，有一个展览叫《百年香港蜕变》，展览题字远远看去，施战军说，像是王干写的。我说我写不了，写的人至少比我大三十岁，因为没有火气了。香港同行的说，这是饶宗颐写的。之前没有见过饶宗颐先生的书法，但久闻其在国学方面深厚的造诣，高山仰止，心向往之。今日目睹其字，沧桑而遒劲，功力深厚，非岁月和学问同时熔铸方能兼得。

火气一词，属于中国民间术语，很难具体定义。用在艺术方面，大致与年轻、热情、奔放、繁缛、急切、飘逸有关。中国文人讲究琴棋书画皆通，而琴棋书画的高境界，是褪去火气，是见山还是山的境界。围棋的最高境界是流水不争先，古琴的境界是枯音，枯音者是褪尽火气，历经沧桑、

在文学界，大家都公认汪曾祺先生的文字最没有火气，他的作品行云流水，行于所当行，常止于不可不止。一代宗师逝去之后，时时让人怀念。曹乃谦与汪曾祺结下不解之缘，第一

次听说曹乃谦的名字就是在汪曾祺先生的家里，汪先生刚从山西回来很兴奋地说，发现了一个叫曹乃谦的作者。老头儿很少这么兴奋，我记住了曹乃谦的名字。之后又在《北京文学》上读到了曹乃谦的小说《到黑夜我想你没办法》，还有汪先生的推介文章。说实在的，我当时并没有觉得曹的作品特别打动我，只是觉得特别朴素，特别简洁。多年之后，传出了马悦然先生对曹乃谦的作品厚爱的新闻，也印证了汪曾祺先生眼光的独到。马悦然先生是因热爱汪曾祺而“传染”到曹乃谦，还是曹的作品本身打动了这位对中国当代文学情有独钟的汉学家？待解。

后来我和曹乃谦有了一些交道，2008 年的时候我们一起去河南的云台山参加《检察日报》的笔会，发现曹乃谦的爱好向着汪曾祺先生的方向发展，他随身带着一棋一箫。棋是围棋，箫是“玉人何处教吹箫”的箫。途中，我们还对弈了好几盘，他的棋好搏杀，颇有古风，但对当下围棋的了解不多。也听他吹过几首古曲，不是特别熟稔。他还向我们展示了他的书法作品，也给笔会的举办方写过好几幅字。当然，笔会上写得最多的是莫言，他一个晚上兴致来了，要写十几张，求字的不一定知道莫言很快就得了诺贝尔文学奖，但都知道他和曹乃谦被汉学家马悦然看好。之后，在瑞典驻华使馆，我和马悦然短暂交流过对曹乃谦的看法，马说，他要去山西大同看他。

在笔会期间，他有时候一个人在默默地吹箫。看得出来，曹乃谦有志于琴棋书画，当然，和汪曾祺不同的是，他是中年后才学习的，我说，你这种品格的人应该弹古琴啊，他说，没有老师啊。是的，古琴没有老师是很难自学好的，古琴常常需要现场演练，甚至需要手把手地传授，我说我认识古琴大师成公亮，等听说他远在南京生活时，他不免有些失望。

现在我们读到的长篇小说《流水四章》，如曹乃谦所言，

《流水四韵》篇篇都在写“我”，却又篇篇都写“母亲”。三十六题“母亲”，是作者沉淀一生的关于母亲的记忆。一位不识字的农妇的一生，本应是庞杂博大的一部书，但在曹乃谦笔下化为形式感十足的三十六则小品。篇篇都可独立阅读，却又相互勾连，最终显影出20世纪生活于中国北方农村的一位典型的母亲形象和其艰难波折的人生际遇。曹乃谦如此结构本书，固然有如他所言的身体病痛，以及因为对母亲的深沉爱恋而长时间无法落笔等现实原因，但或许，这里也有文学层面的因素。文学是关乎记忆的艺术，宽泛来讲，可以说文学就是对记忆的或虚或实地呈现。作者感受到要抒写母亲的强烈的创作冲动，却时常行文凝滞或无从落笔。这其实也是许多作家创作中常见的情形——越熟悉的人和事，越不知从何写起；感情越汹涌，也越无法将情绪凝注笔端。何况，在很多时候，情感温度过高，对写作只会带来伤害。曹乃谦这部书的写作过程，从其母亲去世算起，延宕了十余年。这十余年，于当下的文学创作来说，是一段相当漫长的距离。在看完整部书稿之后，我依稀感到，也正是这段为期十年的时间距离的存在，成就了这部书。在悠悠岁月中，是记忆，它自动帮助作者完成了打磨、淘洗、酝酿和沉淀的工作。它披沙拣金，将文学性最为深厚的那部分人生，自行呈现。如此，也就不难理解本书“三十六题”短文式的结构，它或可比为一种“珍珠项链”式的结构，每一颗珍珠，都是一段时期内的记忆痛点。同时，也是记忆，在为对写作有害的那些情感热浪降温去火。曹乃谦的叙述，才如其一贯的小说语言那般，归于冷静平淡。

在书中，作者写到常爱爱和郑老师的死亡。常爱爱是“我”的初小同学，是一名好学生，对同为好学生的“我”还有一种单纯的“好感”，但这种“好感”还未及发展为男女之爱，常爱爱便因“我”的一句话而误吃了有毒的东西，很快身亡。“我”喜欢也喜欢“我”的郑老师，是难产而死。这种年少时对“死亡”的体验，在作者从容风趣的叙述中，给读者留下足够的震撼与思考空间，让人唏嘘。在这些印象深刻的人物之外，《流水四韵》三十六题的主角，仍然是母亲。母亲是一位目不识丁、爽直泼辣又深明大义的农村女性。这种性格特点，是在母亲与“我”的日常生活细节中体现出来的，并不乏诸多有趣生动的细节，比如母亲一生气就让“我”写作业，“我”经常要写两遍作业；母亲偷偷帮“我”完成学校积肥的任务，因为认为学校不让学生学习，等等。

一生就像流水，读过此书，了悟于那些平凡的生命，其实都在时间长河里留下属于自己的命运浪花。流水是时间的隐喻——文学，或许是其间那些让我们怦然心动的朵朵落花。他的朴素的背后隐藏着一种痛和爱，这种痛和爱是需要时间的磨洗和沉淀才会慢慢品尝出来。

一个时代成了曹乃谦作品中隐藏着的主角，对时代，曹乃谦在作品内不予置评，这也是他始终坚持美学判断、情感判断，反对政治判断、道德判断等非文学判断的文学姿态——这是一个坚持做自己的人。更值得注意的是：贫穷、落后、苦难……所有风剑霜刀，未曾改变他作品中的人的可爱，当然，借这篇作品，我也看见了一个可爱的、成长中的曹乃谦：迷糊、聪慧、细腻、善良、顽皮，充满活力。现当代的作品内，让人觉得可爱的人物少，举着批判旗子的作家笔下没有多少可爱的人，闰土的可爱昙花一现，随即转为麻木。人们失掉了可爱，贾宝玉可爱却不适宜凡俗生活，家族破败后他是何其恓惶。可爱的人有一种清洁的品质，有着灵魂的活力，持守着本真本性。可爱的人越多说明社会越健康，极寒背景下可爱的人儿，则如同冰山上开出的雪莲花。

在作品中有两个曹乃谦，一个以少年懵懂清澈的目光打量世界，一个则隐忍悲伤，以深致的关怀、客观的判断为人物塑形。“脸让脏手抹得一道一道的黑”这不仅是“流泪”的证明，也是老曹乃谦在以制造笑点渲染悲情，是一个可爱的老头隔着几十年的光阴，在慈祥也有些狡黠地打量一个小于六岁的女童——他的表妹。“姨姨”去世后被人用小平车拉回来，少年曹乃谦则看见：“街门外，停着辆毛驴拉的小平车。一个我没见过的老头，正举着我家的那个日本军用水壶喝水。他那样子像是在吹军号。”这里面就是少年原初的视角，天真的少年以自己的趣味为所见的形象付型：“像是在吹军号”。这同样是以制造笑点渲染缓慢加深的悲情。书法以“隔行通气”为高境界，老少两个曹乃谦相差五十八岁，凭借字里行间不变的可爱，遥遥顾盼。

曹乃谦通过这篇作品找到了他失散五十八年的另一个自己，也找到了五十八年前那些可爱的人儿：表哥、常吃肉、常爱爱、郑老师……表哥背书的任务没有完成，被老师的戒尺打肿了，他还能笑着吃酱：“姥姥把黑酱给他抹在手掌上，说这样就不疼了。我问他疼不了，他笑着说不疼了。就说还就伸出舌头舔手掌上的酱。”常吃肉把“我”视为亲兄弟，学校发动学生“积肥”，常吃肉决定先帮我解决，他甚至没有考虑先给自己的妹妹常爱爱完成“积肥”任务。常爱爱是一个有雀斑的女孩，声称男的里面“就爱见一个人”，“我”问那人是谁，常爱爱说：“你知道。”本来她希望吃苍耳治雀斑，而我说菩萨也有雀斑，她就不吃苍耳了。郑老师穿着丈夫宽大的军装来上课：“我说郑老师你穿着真好看。她的脸‘唰’地红了。”她是一个会脸红的女教师，并且她“悄悄跟我说，‘你听了别嚷嚷。’我说噢，我不嚷嚷。她说，‘老师，肚里，有孩子啦。’”

曹乃谦的作品，在叙述语言上具有非常高的辨识度，平和、自然、质朴、客观、简练，以及汪曾祺称之为“莜面味”的语言吸引了大批拥趸。曹乃谦是一个内心柔软、细腻的人，是一个看重人情的作家，所以，在他的笔下，我们可以看见那么多人心和情感的风吹草动：“我姨妹在那些日一直没有放开声地哭过，要哭也只是流眼泪，脸让脏手抹得一道一道的黑，也没有人顾着管她。”曹乃谦作品的外部风格，是由他的内心生发出来的，细软的草有着茂密的根须，那些草的茎须汲取着曹乃谦内心的养源，他的心如平凡的发暄的土地，是作品安详的后盾。选择近乎“细草”的作品风貌，并非他心中没有树，容纳不下石，我以对美学原则的取舍观之，觉得是曹乃谦的一种选择：他选择细弱、平易、家常，没有选择伟岸、强健、宏大。这也是他，一个被人唤作“乡巴佬”，也自认为是乡巴佬——这样一个坚持做自己的作家的可爱之处。

在这里我想引用一下汪曾祺对曹乃谦的评价，其人已经仙逝17年，其言也过去27载，但至今尤不失其光辉，他夸赞曹的语言很好：“好处在用老百姓的话说老百姓的事”，同时也指出，曹乃谦的格局应该大一些，“写两年吧，以后得换换别样的题材，别样的写法”。两年早就过去了，20多年过去了，曹乃谦的写法好像还没换，当然坚守本身也是一种价值。曹乃谦前些年中过一次风，他的口齿已经不如文字流畅，他与世界的交流更多地依赖于文字，文字是他与这个世界的最重要的通道。或许年过花甲的他正在酝酿别样的写法，别样的题材。我们在期待，文坛在期待，世界也在期待。

余华的三个贡献

我和余华认识大概二十多年，余华的第一篇《十八岁出门远行》，好像由王蒙发到《文艺报》上。我对余华比较熟悉，最早认识他的时候，他在鲁院读研究生班，跟莫言、刘毅然住一个房间，那时候莫言基本上不住，所以余华基本是一个人住单间。去年我女儿从美国回来以后，她说她在《纽约时报》看了一个专栏，《关于中国的十个关键词》，她说你认识余华吗？我说我认识。她说他文章写得很好。我说什么文章？她就给我看了。她说余华写得很厉害，我说余华是朋友啊，跟苏童他们一拨的。我女儿对苏童最不待见，因为我住在单位的时候，苏童老跑我们家厨房偷吃东西，有时候他早晨肚子饿了把我们家中饭都吃了，后来苏童在一篇文章里还说他经常跑到王干家厨房去找东西吃。她就说余华《关于中国十个关键词》很有意思，我说这个爸爸也能写出来。但是她说他的小说呢？我说他的小说我是写不出来。余华在国际上的影响也很大，我女儿现在也是教授、博导了，她对余华的推崇，说明他在青年知识分子中很有号召力。

刚才老孟讲余华的先锋道路，我觉得非常好。当初我们跟余华、程永新一起到海口开南星笔会的时候，当时有余华、格非、刘恒、苏童、王朔，还有老先生汪曾祺，除了马原，被冠名的先锋作家基本都去了。先锋文学一开始，其实是作家、评论家，同时还是编辑家，共建的一个文学思潮。如果没有《收获》，没有后来的《钟山》，没有当时的《北京文学》，这个先锋文学也是很难成气候，它是文学期刊、小说家、评论家三方共建的一个文学思潮运动。除了晓明以外我还要说一下李陀，李陀对早期先锋文学的贡献也是非常大的。整个文学期刊对先锋文学的建设跟建构的作用是非常重要的，我看到永新写《一个人的文学史》，也是一部先锋文学发展的实录。我写过一篇文章，关于苏童《河岸》的那篇，题目是《先锋文学的终结》，其实先锋文学今天已经终结了，这个终结以余华的《兄弟》和苏童的《河岸》作为标志。任何一个文学运动、文学思潮它有起点，肯定有终点，它有出生的时候也有终结的时候，先锋文学现在已经是一个文学史的概念，所以今天起这个题目“先锋的道路”我觉得非常好，它已经是一个历史，是一个文学史的材料。

关于先锋我不想说太多，大家认为余华的创作成就都在先锋文学，其实余华的创作不仅仅是先锋文学。现在很多文学史上写“新写实小说”的概念，新写实小说的概念，很早的时候我写过一篇文章，当时叫后现实主义倾向。我当时把余华的《现实一种》《河边的错误》作为新写实的代表作。当时我想找写实的三个概念，当时有方方、有刘恒、有刘震云这样的一个新写实作家，但是他们的作家都是部分满足我的新写实概念。能够满足我的新写实全部概念是余华的作品，当时我设立的三个概念，第一还原，现在叫原生态；第二零度写作；第三是对话。这三点在余华的小说里面体现得最为完整。所以余华的创作不仅对先锋文学，对后来的新写实小说创作也是起了作用的。这是第一。

第二，余华的小说对类型小说创作也是起了开启性的作用。1988 年的时候余华写过《鲜血梅花》，其实余华还写过《古典爱情》，当时余华通过对这种类型小说的戏仿来创造一种先锋小说的形态。这种类型小说，我看到《兄弟》的时候一点不惊讶，一点不奇怪，因为《兄弟》是对一个通俗小说、畅销小说的戏仿，《古典爱情》是对聊斋的戏仿，当时写《鲜血梅花》的时候他说要写武侠小说，他通过对那种类型小说的全面的、系统的模仿，后来才有了《兄弟》。余华在八十年代就开启了这种类型小说的改造工程，因为类型小说是死的小说形态，为了把它激活，余华对类型小说进行了戏仿。所以我们今天看到大量的网络文学，大量的类型小说的出现，跟余华早期在八十年代通过对类型小说的戏仿，来促进先锋小说的创作有关系，这是余华在先锋文学以外的第二个贡献，就是在当代文学里面最早对类型小说进行重新的挖掘、重新的开启，来丰富当代小说的资源。

第三，余华对当代文学有一个非常重要的贡献，就是余华的理论建设，对当代文学的理论建设。余华在《上海文论》写过好多篇理论文章，而那些理论文章今天看来都是真知灼见。1988 年的时候我跟余华在鲁院食堂吃饭，余华说你们这些批评家干什么的，苏童小说写那么好，你们不写，我要写评论，我把题目都想好了，《苏童在 1988》《苏童在 1987》。他当时对先锋文学理论建设跟批评建设的能力非常强。所以我觉得余华除了对先锋文学的贡献以外，对新写实小说的贡献，对类型小说的贡献，对一些先锋文艺理论批评的建设也不要忽略。刚才说到余华没有任何职位，我想起汪曾祺，他也是连组长都没有当过的，我觉得这是个非常有意思的文学现象，刚才晓明说了，其实我们这些搞文学评论、搞文学史的，应该挺幸运的，为什么呢？我们又赶上了一个文学高峰的时代。前几年大家都说是文学高原，没有高峰。我们今天突然发现，我们处于一个文学高峰。而且他们的成就，就艺术成就上，可能都超过新文化运动的那些作家。北师大能把这些作家“一网打尽”，有点蛇吞象的意思。这话看起来不好听，其实是表扬北师大，因为五四新文化运动也不是一个北大能涵括的。清华说，蛇吞象不好，那就是恐龙吞象吧。

钢丝上的舞者

——于一爽和她的小说

认识于一爽的时候，还不知道她会写小说。只知道她在一家网站当编辑。印象深的是于一爽的好酒量、好酒品，有北京“酒鬼”杀手的江湖美誉。有一次和几个朋友吃饭，席间有人说，等会儿于一爽过来，一位素以酒量著名的评论家居然大惊失色，不能和她喝，不能和她喝。这位评论家是北京文人圈内酒量最好的，最好就是没“现”过象，“现象”就是当场有反应，或吐，或闹，或睡着了，或者像白蛇那样露出蛇尾巴来。但她见了于一爽都畏惧三分，我就拭目以待。果然，于一爽一来，就酒气逼人，她说，我迟到了，先罚五杯。众皆愕然，无语。然后，顺势敬过来，一位不落，一杯不少。很多酒量大的，往往逼人喝酒，于一爽没这个毛病，口头禅是：我喝了，你随意。那一天，我带的一瓶三斤装的酒，没过几巡就空了，我不相信这么快，就没了。几个人去摇瓶子，都说是空的。我又庆幸又遗憾，庆幸的是酒带少了，要不会有人倒下，遗憾的是酒才三斤，好像文章刚开头就结束了。

后来在《人民文学》上看到于一爽的小说，不敢相信是她写的。问了施战军，果然是。原来光知道她是做网站的，是电影学院的研究生，没想到还写一手好小说，让人刮目相看。于一爽说话特别逗，让我时时想起王朔来。王朔现在封山了，小爽出山了。喜欢于一爽的小说是因为她语感非常好，语感是个不容易修炼的才华。好多小说家硬是练不出语感来，语感背后隐藏的是情绪。情绪是不好操练和模仿的，所以好的小说家是有着一般人没有的独特情绪。北京人的语感好，是他们的情绪里有一种反讽的情绪。而反讽，是现代小说最不可缺少的情绪。

于一爽很容易让人想起张辛欣、刘索拉那些曾经在文坛桀骜不驯而又才情傲人的女作家。她们都不是正规学文学的，都是学艺术出身，张辛欣是中央戏剧学院导演系的，刘索拉则是音乐学院的高才生，于一爽学的是电影，她们身上的艺术气质带到小说里，常常会开辟一番新的天地。小说家大概分为两种，一种是艺术家型的小说家，一种是小说家型的小说家。小说家型的小说家常常是熟稔小说的历史、套路、程式、技巧，因而小说也中规中矩，表现在形态上，常常是创作生命长，能够写长篇。而艺术家型的小说家，常常出手不凡，一鸣惊人，不按常规出牌，才华在瞬间爆发，流星一样耀眼，但创作生命完成得快，也少长篇小说。

当然，于一爽与王朔更为亲近。这不仅时间上的近，而是精神内核的近。第二次世界大战结束后，西方社会出现了精神信仰的危机，工业生产、物质水平的高速发展，各种矛盾不断激化，人们对西方传统文化以人为中心的人道主义产生了怀疑。“怀疑的精灵已经降临”（司汤达）。无独有偶，本土 20 世纪 80 年代后，王朔等人开始了反抗传统话语形式的小说实践，从而也把“怀疑的精灵”传播到了读者的心里，而先锋文学则在中国延续“二战”后的西方小说革命的命脉，对宏大叙事的解构日益加深，与此同时是小叙事的崛起，小叙事是90年代以后中国小说一项重要成果。这一崛起像是多方力量的合谋。提出小说发生学理论的匈牙利理论家卢卡契说：“小说一定与一定历史的文化结构形式之间形成了某种同构关系，它以独特的形式力量来重建一个史诗般的世界。”同构就是小说与现实之间的一个重要联系。

年年岁岁花相似，代代辈辈人不同。和王朔不一样的是，于一爽的攻击目标不是那些宏大的叙事，不仅因为那些宏大的坚硬的玩意儿已经被王朔折腾得百孔千疮，而是作为王朔孩子辈的80后感受的压力已经不是外在，而是内在的存在感。他们的敌人是他们自己。于一爽小说中的年轻人处在怀疑主义盛行的新常态下，没有信仰，怀疑爱情但相信情感，物质并不匮乏但生活中缺少存在感，他们很难参与到推动社会发展中去因而没有都市主人翁感，他们需要“感觉到我的存在”（汪峰），一首叫《北京，北京》的流行歌曲居然有这样的歌词。这无疑是一种时代性的话题，“流行”已经暴露了一切，一代人的生命觉醒程度以方阵的形式到达了新的哲学高度，他们在找“我的存在”。“我的存在”其实不是可以向社会讨来的，更多的是一种自我的纠结，自我的战争。值得注意的是于一爽小说对女性主义的解构，女性主义曾经是女作家寻找存在感的利器，但过多的女性扩张和对男权的刻意攻击，反而让女性主义有更多的男权主义色彩。在女性主义作家那里，女性往往是爱情的受害方，或者牺牲品。而在于一爽那里，男女平等是骨子里的平等，不仅爱情，性爱也是如此。这和另一个80后女作家周李立有异曲同工之妙，我把她们称之为中性主义叙述。

食与色，是于一爽小说经常采用的噱头，这当然也是人类不可或缺的生活。食色是本能，二者分不开，但每一代人的食色，意义完全不一样。见面就问“吃了吗?”也是一个时代的显著特点，描绘饥荒的苦难叙事里面有公共记忆，而阮籍喝酒那是名士风度，他喝酒后写文章。鲁迅曾写过《魏晋风度及文章与药及酒之关系》，批评那些学名士皮毛的人：“许多人只会无端地空谈和饮酒”。可是，一个时代为什么有那么多人空谈和饮酒？空谈和饮酒为什么让那么多人觉得欣悦，让读着觉得有趣、有味？这就不只是空谈与饮酒的问题了，有人在空谈与饮酒中看到遗憾，就有人在空谈与酒中灌注对激情与活力的渴望，对存在的迷惘。

新作《三人食》中的“我”、杨天、王凡，《带零层的公寓》中的严田、刘海东、舞蹈演员、毛小静、齐玲玲都在找存在感。喝酒、做爱，他们通过这些参与性很强的活动，把自己和另一个生命联系起来，从而确定“我在”。《小马的左手》通过现实来回忆历史的结构，但你能感到生活中的每一点都能触及小马的痛，小马麻木的外表更能让人想起当年那场灾难的剧痛。痛定思痛，但创伤难以愈合，痛变成了小马家的空气，无处可见，又处处可触。

于一爽属于那种艺术家型的风格，个性凛然，才情突兀，语感奇妙，《每个混蛋都很悲伤》等小说把同时代的作家吓了一跳，而小说集《一切坚硬的都烟消云散》居然再版，可见她的小说风格征服了读者。于一爽天性里的对人性、对情感的敏锐把握和奇特表达，几乎是流出来的，但我隐隐担心这种自然流淌会曲终人散，因为艺术家型的小说拼的是才情，而才情不是可以无限挥霍的，没有其他支撑、其他资源辅助的才情是脆弱的。于一爽得天独厚，有着张辛昕、刘索拉、徐星一拨人的语言气势，但又是当下年轻人的情绪特征。再一个或许是学电影的缘故，她的小说的场景经常跳动，时不时好像有音乐穿插进来似的。这就让她的小说现代质地强烈，叙事是带着旋律和镜头摇曳的。北京青年作家往往一鸣惊人，但好像任性而不韧性，常常流光耀眼，转瞬又淡忘于江湖。张辛昕、刘索拉、徐星等当年的娇子们远离文学，留下一声叹息。

于一爽会不会呢？读了她最近的作品，发现我的担心有些多余。她不再是当年那种正面强攻的愤青做派，而喜欢在艺术上经营，尤其喜欢从侧面去展现时代和人的印记。这种从侧面落笔，从日常生活的场景去呈现内心的风暴和历史的记忆，是现代小说攻克的难题。理查德·耶茨、理查德 福特、门罗、卡佛等小说家对此都有深刻的体验，于一爽委身于这种技术型的行列，说明她不想做一颗耀眼的流星，她想写得长久些，不仅是为了写长篇。另一方面，于一爽的叙事技艺不仅融汇西方，也是对一些非主流作家成功进行了移栽。她自己在创作谈中就说过受到南京作家韩东、朱文的影响，她作品的京腔下有南方文体的特征，轻逸、轻灵，思绪如织，江南烟雾一般。京腔和北京，都不再是于一爽小说的单独符码。北京，是“北上广深”一线现代大都市之一，所以，南京和南方的文体，也不是于一爽这文体的唯一特征，她是承接南方作家的技艺，当然，叙事方式中也会带着看问题的方式。无可否认的是，于一爽小说实现了南北交融。她的叙事作品，是一种“北腔南调”的聚合物，是一个包容性极强的话语平台。如果不想到我们是在这样一个开放、包容的时代，我们几乎无法想象一个年轻的“80后”作家能完成这样的整合。

于一爽的写作采取的是一种近乎走钢丝的方式，优美，高蹈，但风险系数比一般作家也要大得多，因为她没有安全带，随时可能落地。另一个风险在于，才情与节制的关系如何把握，也是两难。

接地气的作家

健军在鲁迅文学院高研班的时候，我算作他的“导师”，文学创作找导师，实在是有点牵强，好多的行当需要承传，需要手把手的教导，但唯独文学不需要什么师傅，什么导师，文学创作的魅力就在于它的个人性、自学性和无师性。如果文学可以通过师徒的方式加以教授，那么李白的家族就会垄断诗歌的荣誉，曹雪芹的后代也会垄断小说的世界，而莎士比亚的子孙则终日可以躺在戏剧的舞台上吃不完。文学的魅力在于它的不可复制性，连大作家自己都很难写一部重复自己辉煌的作品，甭说去指导别人写作好作品了。

那些以导师自居的导师，多半是把文学当成手艺和工艺了，内心里是为了受人膜拜而已。文学有大师，文学无大师傅。以文学大师傅名噪文坛的人，很多是远离文学本质的门外汉。但文学不是封闭的产物，“宅”在家里一时可以，“宅”一辈子的作家很难成为大师。文学需要交流，文学需要碰撞，交流的方式可以多种多样的，碰撞的方式也是不一定要面对面的。阅读是一种交流，网络也是一种交流，对话是一种交流，倾听也是一种交流。文学本身就是心灵与心灵的交流，也是心灵与现实的交流，写作本身就是由对交流的渴望而为。

虽然对健军的创作提不出什么指导性的意见，但我始终关注他的创作，一是工作的原因，因为我长期在选刊类的刊物工作，对当下的小说创作必须进行工作性的阅读，二是健军的小说和我所喜好的那一路小说有着内在的链接。链接是网络上的一个词，但对文学来说，始终存在着某种链接，比如，你读苏东坡的诗歌，不能不联想到李白，这种联想其实是在思维里搭了个“链接”，网络上的链接是手动的，而脑子里的链接是全自动的，自动链接的。

健军的小说链接的是沈从文、汪曾祺这一路的作家，这一路的作家常常被文学史家们归结为乡土小说或市井小说，在我们共和国的文学话语里，乡土是有正能量的可能，而市井则有贬义的嫌疑。其实，乡土也好市井也好，在我看来，他们都是接地气的作家。好的作家是接地气的，好的文学是接地气的，好的小说必然是接地气的。接地气的说法来自老百姓，地气也是一个比喻性的说法，包含有根基、有人气、有积淀等多层喻义。

在文艺界有一个比较官方的说法，叫深入生活，引起人们的歧义，因为处处有生活，你干吗另外去找生活，而且每个人都是在生活之中，每个人的生活都是有价值的呀。但其实生活的状态是不一样的，有人生活在生活的高端，有人生活在生活的浅处，有的人生活平淡无奇，有的人生活波澜壮阔，不是所有的生活质量都是等值的。深入生活的说法其实就是接地气的意思，好的小说必然和当下的生活血脉相连，和老百姓的生存息息相关。不接地气的作家虽然看上去很美丽，但实际是空中楼阁、沙滩上的摩天大厦。

樊健军的小说很接地气，《水门世相》这本貌似系列小说的长篇，散发着浓重的生活气息，甚至是那股沤过的青草的重味道，所以书的介绍者把它称之为“草根”是恰切的。“这里有身体残缺的：高不过三尺的侏儒，石女罗锅，眼瞎的、腿瘸的、耳背的，长着两颗脑袋的女人；有下三烂的：赌徒酒鬼，骗子无赖，像种猪一样活着的英俊男人，成天追逐男人的花痴；有装神弄鬼的神汉巫婆，也有性格怪异的穴居者，有洁癖的盗贼，也有靠纸扎活着的手艺人……这些人聚居在一个叫水门的特殊村庄，构成了一个独特的世界。他们既有谋求生活的小智慧，也有玩弄生活的小聪明，既有男欢女爱的纯朴坚贞，也有遗世独立的悲怆孤独，既有简单得不能再简单的温暖幸福，也有复杂得无法再复杂的辛酸苍凉，既有顺世昌运的得意，也有流世苟活的失落。他们不论‘食草的’还是‘食肉的’，各有各的方式，各显各的能耐，三百六十行都能找到属于他们自己的生存空间，都有一套生存行规。”

健军不仅写出了他们的生存状态，还写出了独特的乡村生活智慧。中国乡村的生存是不像一些田园牧歌者想象得那么简单，尤其是那些自然条件困难地域的人们的生存更是困难而艰辛，有时候会失去尊严而活着。比如长相英俊的青玉，人见人爱，却沦为种猪一样的男人，靠给女人借种而苟且活着；兵痞比岁为了逃避杀身之祸，将自己的女人双眼刺瞎，靠了女人的掩护浪迹江湖。傻子阿三生就傻瓜相，谁也没想到他是个骗子，屡骗屡得手；文叔是个干净得有些洁癖的人，红白喜事都坐上房陪上客，一次酒醉后却泄露了自己，他是个盗贼；济堂老脚借了神鬼菩萨的嘴，骗吃骗喝，最终死在了贪吃的毛病上。

这种乡村生存智慧很难用道德评判，它时不时还会闪着欢乐的色彩。高不过三尺的绣云偏嫁给了牛高马大的满地，绣云骑在满地的脖子上看电影，过河，他们的爱情让人忍俊不禁；仿明是个瞎子，红绣又哑又聋，他们结合在一块就是一个完整的世界，再美的东西有眼睛看到，再动听的声音有耳朵听到。

作家虽然写的是世相，骨子里说的却是中国乡土社会的伦理文化，这伦理文化凝聚成乡村的生存智慧之后，又反过来影响中国的伦理文化，松动或者板结我们脚下的这块文化土壤。我们生于斯长于斯的土地因此生生不息，也因此根深蒂固，负载深重。

记得十多年前，也是与建国地域相邻的另一个江西作家叶绍荣出版小说集，让我写序，当时我的题目叫《野风浩荡》，他们有某种相似之处，那时我看中的是叶的“野性的思维”，而现在我则把建国的小说视为地气升腾出的野果。这是我写作此序的一个横向“链接”。

一种空间，几度回首
——评《黄雀记》

1987 年 1 月，苏童在《上海文学》第一期发表短篇小说《飞越我的枫杨树故乡》，引起评论界的极大关注，之后苏童的创作呈现出持续高质增长的态势，在很多先锋作家或多或少处于“停产”或者“减产”的时候，苏童始终以稳定的优美的创作姿态和实践为读者奉献着赏心悦目的小说。2009 年，标志着苏童小说的高峰同时又是先锋文学的集大成的《河岸》问世，一举获得该年度的曼布克亚洲文学大奖。2013 年，苏童又推出了新的长篇小说《黄雀记》，可以说开辟了新的空间，虽然小说的空间依然放在他熟悉、读者也熟悉的香椿树街道，但是已经不是那个童年视觉的香椿树街，也不是他成长轨迹的再度回叙，而是营造了一种新的空间。

在《飞越我的枫杨树故乡》里，苏童写过了一个美丽而弱智的疯女人穗子的一些故事。“枫杨树一带有不少男人在春天里把穗子挟入罂粟花丛，在野地里半夜媾欢，男人们拍拍穗子丰实的乳房后一溜烟跑回了家，留下穗子独自沉睡于罂粟花的波浪中。清晨下地的人们往往能撞见穗子赤身裸体的睡态。她面朝旭日，双唇微启，身心深处沁入无数晶莹清凉的露珠，远看晨卧罂粟地的穗子，仿佛是一艘无舵之舟在左岸的猩红花浪里漂泊”。疯子穗子用现代文明人的说法，叫精神病患者，而这种美丽而弱智的形象，在苏童的小说里始终挥之不去，中篇小说《罂粟之家》里的男主人公沉草也是一个弱智的青年，他是放大了的穗子。在其他的中长篇小说中，苏童在写这样一些类似的人物总有神来之笔。

在《黄雀记》里，苏童写了不只是一个精神病患者，而是一群精神病患者，小说描写了一个地方叫“井亭医院”，这是一家精神病院。这所医院如同小说中的心脏，而以往苏童小说中的地标“香椿树街”在小说中只是血管，源源不断向“井亭医院”输送着“血液”。苏童写道：“井亭医院在郊区，远离城市的繁华，离几个主要的公墓倒是很近。从香椿树街去那里，要穿过大半个城市和乡村的田野，理论上有公交车停靠井亭医院这一站，但需要经过五次换乘，极不方便。”

这所“井亭医院”，收容着各色精神病人：有因找不着祖宗的遗骨而“失魂”的祖父，有带着侍卫住进来的革命前辈，有暴富而心理失常的商界土豪，有因爱发狂的花痴。小说中的主要人物，也都和精神病人有着各种联系，保润的祖父是找不到祖宗的老人，柳生的姐姐是花痴，无父无母的仙女从小寄养在院内老园丁的家中。因“井亭医院”，小说中的三个人物和各式各样的精神危机紧密相连。虽然“井亭医院”如此远离都市和田野，但这里是一个“欲望病”患者的集中地。与“井亭医院”对应的是，中国经历了若干次社会转型，人们的生存方式、价值观、道德观发生了巨大的变化，伦理道德体系、信仰处在一种岌岌可危的边缘地带。“井亭医院”内的一座水塔，即是小说核心故事之一的“强奸罪案”的发生地，却也是日后富人设立佛坛之地，而且是专用佛坛，不准群众烧香。在精神失控人群聚集的地方，苏童笔下擅于捆绑病人的“执绳者”保润，却是那宗“强奸罪案”的无辜顶罪者。“井亭医院”是《黄雀记》中的心脏，也是苏童苦心磨亮的一面“魔镜”，站在镜子前的人，是《白雪公主》中怨毒的“皇后”。

茨维塔耶娃说：“维纳斯是一件艺术品，我谙熟手艺。”读苏童的小说，我们能明确地知道我们是在鉴赏艺术品，是在做审美工作。苏童是怀着制造艺术品态度的审慎作家。苏童、余华、马原等一代先锋作家都曾这样认领自己的创作使命，他们都曾是博尔赫斯等人的继承者。随着“先锋”作为一种文体自身革命（而非创作精神）的终结，他们在“谙熟手艺”后，作品面貌发生了“先锋作家的现实主义转向”。苏童作品的面貌因持续坚持先锋美学立场，较少改变他自己的创作面貌，在一代作家中显得比较稳定，这是因为苏童的写作从一开始进入先锋写作时，就注意到了现实观照，他一开始就注意吸引普通读者参与阅读。他不像余华很早就写过《活着》这样的现实主义作品，也不像马原近期的写作面貌如洗心革面一般。苏童的小说结构考究，细节精致，无穷的意蕴产生于语言的交织，人物生命与现实和历史的摩擦让人浮想联翩，在人物的伦理关系和家族谱系中暗藏了民族变迁的精神图谱。苏童严守着自己一以贯之的意象化写作，因而他的写作非纯粹的现实主义，又绝对不是魔幻主义，更不是魔幻现实主义。他的创作在现实主义与魔幻主义之间开拓了一块空间。

苏童自称：“我无意再现人们眼中的现实，写实的外套下或许有一件‘表现主义’的毛衣，夸张，变形，隐喻，这些手法并不新鲜，只要符合我的叙述利益，我都用了。”此言不虚，苏童写作兼收并蓄。他杂取各种手法，创造出来了“井亭医院”。他写作中的那件“毛衣”或许已经为人们注意到了，在“井亭医院”中发生的许多荒诞的事情，有悖于现实的精神病医院。譬如：“井亭医院”中的病人，以前的老革命者康司令可以随身带着枪，病人郑老板可以在医院里召妓等。艺术在表现主义者那里，呈现的不是现实，而是精神；不是再现，而是表现。这种手法在某个点上，为作品赢得片面深刻——因没有人能实现所谓的“全面深刻”，所以在相对论中选取“片面深刻”，形成作品中锋利的芒刺。苏童的小说之前时常给人以精致、圆润有余的印象，《黄雀记》行文依旧是这样，但其中包含着许多这样泥沙俱下的片面深刻。

在现实与魔幻之间，本来也应该和有一块空地，起着衔接的作用。这样的地方本来在现实生活中就有，苏童只不过是在小说中呈现了这样的空间——这和现实主义有关，但和魔幻主义没有丝毫的关系。现实与魔幻之间的空间，来自心灵的活力和张力也来自社会人心的失衡。小说中的保润，少年时期类似“通灵者”，他是贾宝玉一样的天使。少年保润能够感受到现实与魔幻之间的那块空地，之后进入青春期，“天使有了欲望”，他成为了一个秩序的维护者。他进入“井亭医院”用绳子捆缚那些精神失常的人，原本那块现实与魔幻之间的空地消失了，但“井亭医院”又是一块新的现实与魔幻之间的空地，而这个地方的魔幻远非少年纯净的魔幻世界所能及，也非他的绳索可以捆缚。如果说少年的魔幻世界是天授，那“井亭医院”的魔幻乃是社会和人心的失衡。在一个又一个诡异的空间转换，最终，保润变成了一个在报复和原谅这个世界之间犹疑不定的人，“执绳者”没有制服任何人，自己反而因绳索间接获罪。小说中所有的人物身后，都站着一个时代，都拥有着深厚的社会文化背景，这块空地将带给读者无限遐想。

去往“井亭医院”的道路是曲折的“需要经过五次换乘”，但一如保润第一次去“井亭医院”，苏童在小说中写道：“两个家庭为了不同的目标，爬上了同一辆东风牌卡车。”所有人都有可能，为了不同的目标，爬上同一辆卡车。在小说的结构上，苏童则是为了共同的目标，爬上了不同的卡车，用不同的人物视角来叙述故事。全书分为三章，“保润的春天”，“柳生的秋天”，“白小姐的夏天”，这三个人物的视角其实也是当年香椿树街人物的再度叙述，三个少年的成长，是时代的巨大变迁。变换叙述视角曾经是先锋小说的标志性手段之一，但能够坚持到现在并能够赋予新意的，好像只有苏童在不停地尝试和实践，在《黄雀记》里面，这些不同的卡车所承载的内涵，让小说更为丰富，做到了恩格斯所说的巨大的历史内容和深刻的人性内涵的高度融合。

苏童写作长篇小说已有20多年的历史，从《米》开始到现在的《黄雀记》，可谓一丝不苟，艰难探索，部部都有新的面貌，都有新的起色，而这部看似平淡和内敛的新作品，有点“庾信文章老更成”的味道，才华不像以往那么热情洋溢了，但同时火气也不见了，在平淡中显出了对生活更为真切的了解。在叙述上，作家擅长的独白几乎不见了，而是转入人物的视角里，因而更加贴近人物了，小说显得更完整、更成熟了。一个收敛锋芒的剑手，宝剑的表面不见得光彩照人，但更锋利了，更有力量了。

记忆中生命与生命的对话
——电影《狼图腾》观感

由姜戎的同名长篇小说改编的电影《狼图腾》是近年来银幕上少见的关于人与自然、人与动物、人与文化的反思之作。小说《狼图腾》的成功来自多方面，有文化的积淀，有历史的传承，有生命的博爱，还有时代的精神认同，等等，而电影的篇幅不可能将小说的内容全部涵括进去，电影侧重表现的是反思的力量。

电影的反思首先体现在叙述的视角，叙述者是当年插队的知情陈阵，由他来讲述当年在内蒙古插队的一段传奇，一段与狼有着不解之缘的生命交响曲。作为新时期文学重要思潮的“知情文学”，一个显著的特征就是反思当时的政治文化，反思当时的政治环境，电影《狼图腾》再现了这种反思，写出了“文革”期间的种种荒诞不经，也反映了普通百姓的善良和真诚，尤其展现了牧民们的淳朴、厚道和友善。在表达牧民们的古道心肠的同时，着重对地域文化尤其是对流传已久的狼图腾文化进行了形象生动的展示和呈现。笼罩在草原上空的腾格里是一种文化的传袭，也是牧民精神的化身。腾格里作为一种宗教文化，在电影里是对上苍、天空、大地、河流等大自然的膜拜和尊崇。这种尊崇生发出来到对草原的生物无边的热爱和包容，草原狼在这样的语境下便是和草原共生，和人共生的一种图腾符号。

电影采用的是一种外来者叙事的模式，这也是小说原有的格局所决定的。一般的知情文学，往往把知青当作一个被流放的对象，在流放地受苦受难，而电影《狼图腾》里知青陈阵和杨克不单是一个被流放的形象，还是一个入侵者的形象。当然，陈阵和杨克的背后是当时的政治和主流意识形态，他们来到了草原，来到了蒙古包世界，打破了原有平静，也打破了原有的平衡，他们的貌似文明和牧民的貌似愚昧之间建立了一种新的文化交际，这种交际带来的爱恨情仇最后体现在对狼的认识上。牧民文化对狼的认识是共存，而所谓的现代文明则是对狼的斩尽杀绝。这样的文化差异，逼出了狼的生动形象。对于群狼来说，人类也是入侵者，游牧的蒙古族本是候鸟一样的生存方式，但电影里那些农民的到来，对草原进行农业化的改造，不仅侵犯狼的领地，也改变了牧民的生存结构。

电影里最为感人的是陈阵和小狼崽的故事，这是生命与生命的对话，也人与大自然的对话。无辜的小狼被一群群地厮杀，生命被抛向天空，是一种祭奠，也是一种屠戮。陈阵出于内心里对生命和大自然的热爱，收留了小狼，甚至自己勒紧腰带也要省下钱来喂狼，这种举动在当时显然是怪异的，我们可以说陈阵内心里的童心犹未泯灭，但童心正是生命最可贵的。人与狼仇杀的环境里，许多天理和天伦被践踏，而生命与生命本是可以对话的，人与动物、人与自然也是可以对话的。除了对抗、战争、杀戮、仇恨外，人类与世界是可以对话的。

在电影中那些生动而可爱的群狼形象，是银幕上最为独特的艺术形象，他们是一群游走者，又是一群旁观者，同时还是一群思考者。他们冷眼观察草原上发生的怪异事件，充满了不解，他们面对自己家族的被杀戮充满了仇恨，他们报复人类，他们让人类付出了生命的代价，同时对人类自杀式的毁坏天地规律又充满了悲悯。贯穿电影始终的狼嚎，是哀怜，也是警示，是愤怒，也是挽歌。在陈阵回城之后的几十年内，大规模的城市化建设和高速的工业化进程，不仅草原沙漠化，耕地也被侵蚀，空气被污染，水土流失，河流被污染，萦绕在城市上空那些挥之不去的雾霾，仿佛使电影里的狼嚎成为一种咒语，腾格里再次显灵，侮辱大自然的受到大自然的无情污辱和抛弃。

桃花灿烂
——《画家心中的桃花源》前言

桃花，是艺术之花，古今中外的诗人无数咏叹，古今中外的画家反复书写，咏不够，画不够。

每个人心中都有一个桃花源，每个人心中都有一个桃花梦。桃花如人面，桃花如春雾，桃花如时光，桃花如流星一样穿过你的生活，划过一道迷人的光亮，照亮你的青春，照亮你的岁月，装饰你的梦想。

我在写这篇短文时，家乡的凤城河正举办一年一度的桃花节，同时展出这些不同时代、不同国度的画家关于桃花的美妙之作，可谓虚实俱佳，真幻迷离，现实的美艺术般灿烂，而艺术的桃花交融汇聚于生活中。

此时，北京的桃花还没开，我只能借助这些作品遥想桃园盛开的桃花盛景，因为最美的桃花源就是永远魂萦梦牵的故乡。

草蛇灰线

一刊一潮一小说

——编辑生涯三乐事

当编辑年20余年，为他人做嫁衣裳，甘苦寸心自知。苦是为别人做“背景”，当幕后的无名人氏。无名是不会有英雄的，英雄都是大名鼎鼎的。所谓人过留名，雁过留声，说的大约是英雄的举动。但做编辑亦有甘，这种甘，是嘴巴说不出，心里品尝出来的。我在人民文学出版社工作12年，2011年出版社60年大庆做纪念册，每人要写一句话，我说，编辑是度人，度人亦是度己。度人是苦，度己是甘。

回想我的编辑生涯，大半时间平平庸庸，随波逐流，偶尔也不甘平庸，扎扎实实为文学干过几件有意义的事情，归纳起来就是一个刊物，一个思潮，一部小说。一是参与策划了一个全新的文学刊物，并在短短时间里，这本新刊一跃成为能代表和影响中国文学的大刊名刊。二是介入一种文学思潮的命名和阐释，并和刊物一起推广了这一文学思潮，为当代文学史留下不可忽略的一笔。三是发现、推介、研讨了一部长篇小说，令这部长篇小说得到广泛关注，并成为了文学经典之作，为明珠不遭暗投尽了一名做编辑的本分与责任。

《大家》的策划

1994 年在文学界有一件大事，那就是《大家》杂志的横空出世，这个杂志是我介入策划的一个无中生有的刊物。无中生有是因为原先没有《大家》这个刊物。当时这个刊物的发起人李巍找到我，想让我帮他们办杂志。我当时是《钟山》杂志的普通编辑，工作不是很忙。我问李巍，你们办的这本杂志定位是什么？这个问题让他们很茫然，他们表示对《钟山》杂志的创刊思路感兴趣。我说如果你们要办的杂志是克隆一个《钟山》，出来那就没什么意思，全国这么多家文学刊物，多你不多，少你不少，应该策划出一个跟《钟山》不一样的刊物。在这之前，《花城》的主编田瑛曾经来到南京，他当时比较客气，说是要来取经，其实是来组稿。后来《花城》在田主编期间委实改变了风格，成为当代文学的不可或缺的一块重要园地。

办刊物就跟烹饪一桌菜一样，要做什么样的风味、形成什么样的口感，做成什么样的菜式、是要以所拥有的食材来决定的。一般来说云南的文学资源并不丰富全面，要在一个文学资源不充足的地方办一个文学刊物，是很难的。首先组稿就是一个难题，全国这么多家文学刊物，人家凭什么把稿件给你。把《大家》办成一个像《钟山》一样的文学刊物，最初人家看人情面子，也许会给一些稿件，但是人家不会给一流的稿件，即使给也会拖上很久。办一个刊物不是为了昙花一现，要考虑刊物的长远发展，就要独树一帜，与众不同。

策划一个刊物就跟谋划一场晚会甚至一场战争一样，方方面面都要考虑，要思虑周全。在筹划办这个刊物之前，李巍经常给我打电话，他是军人出身，精力非常旺盛，早上六点多钟他就开始给我打电话了，当时电话资源很紧张，申请号码很难，他跟我打电话，都是打别人家的号码，而且那时电话一般都装在卧室的床头柜上，我每天大清早就到人家夫妻俩的卧室里去接李巍的电话，而且他又特别能聊，有时候一聊能聊一个多小时，人家都要上班去了，这样时间长了，都影响到了人家的生活了，后来就换一户人家打，几乎是把我们那栋楼凡是装了电话的人家都骚扰了个遍。我想这样打电话也不是个办法，后来就找人帮忙申请了一个号码装上了电话，这下好了，李巍早上打完电话，晚上打，一天到晚给我打电话。我说我们干脆见面谈吧，很多事情在电话里是说不清楚的。李巍便邀请我到昆明去。我当时到昆明就带了三本刊物，一本《钟山》，一本《21世纪》，还有一个《东方明星》，我去的时候，脑子里对于《大家》这个刊物怎么办已经有了一个大致的构架。

《大家》的成功，现在想起来，也是出乎意料的。我后来总结了一下，《大家》之所以产生了那么大的影响力，成为文学转型时期最具代表的杂志之一，主要融合了以下几个方面的因素：一、综合了《钟山》的内容，两者虽然都是纯文学刊物，但“烹饪”文学的手法截然不同，《钟山》趋于传统，而《大家》更开放，眼光与胸襟也更开阔。二、《大家》的版式采用了《21世纪》这个刊物的设计灵感，以前我们的文学刊物登作家的照片都是小照片，像证件照似的，《大家》登作家的照片就跟画报登明星的照片一样，大尺寸的，作家从某种意义上说也是明星，只是这种明星有别于影视明星，作家是文化人，是知识分子，照片不可能像其他明星那样浓墨重彩，所以就采用黑白色，黑白照片给人的感觉是厚重、沉淀、永恒、纯净，符合知识分子的气质，就这样《大家》首开先河把明星要素和知识分子要素融合起来，既有趣味又有品味。三、率先引进主持人，我们传统的观点，主持人向来都是出现在动态媒体上，比方电台、电视台的一档节目、一台晚会需要主持人，《大家》把主持人引到了静态媒体上，这是一个创新之举，王蒙、汪曾祺、谢冕、刘恒、苏童和我率先出任《大家》的栏目主持。当时汪曾祺对主持散文还有些情绪，我说您的短篇肯定是大师级的，但散文没有比您更合适的了，老头也欣然同意了。其他的主持人也是由我推荐落实的。四、与红河卷烟厂联合设立中国文学第一大奖大家·红河文学奖，奖额高达10万元人民币。10万元的重奖在当时震动了文坛，而且第一届大奖是在人民大会堂颁发的，设这样一个大奖就是为了激励中国作家向世界文学颠峰发起冲击。当时《大家》的口号，就是走向诺贝尔，恰巧第一个大奖是评给了莫言的《丰乳肥臀》。

后来别人说《大家》是花钱炒作，其实不是，现在想来应该是说花了很少的钱但办了件大事。《大家》的成功，是很多人的心血，李巍、海男、潘灵、韩旭、小项等都有贡献，我只是策划而已。《大家》最后办到停刊，我是很难受的，因为《大家》这本杂志确实投入了我的热情和智力，这个期刊当时是国家核心中文期刊，全国“百佳社科期刊”，在全国的文学期刊中是排第五，作为一本横空出世的杂志能做到这一步非常不容易，真是创业难守业更难。但前年莫言获了诺贝尔文学奖，很多人又在说，莫言还是我们《大家》的第一个大奖获得者，干脆现在再把《大家》办起来吧，但是收拾破旧的河山比新建一个王国还要难，要想把《大家》恢复起来，让枯木再逢春，谈何容易，因为属于文学的那场季候风已经过去了。

"新写实"的影响

做文学期刊，除了要发现培养作家外，还应具有适应文学潮流、推动文学潮流、介入文学潮流的责任与魄力。我在《钟山》做编辑的时候，当时编辑部很有眼光，1989 年在《钟山》杂志第 3 期上就推出了"新写实小说大联展"，10 月《钟山》与《文学自由谈》联合召开了"新写实小说"讨论会，当时我们在策划的时候，没有想到新写实会有如此影响，会在当代文学史上留下浓墨重彩的一笔。

现在回过头来看，当代文学各种主义林立，流派纷呈，但真正开花结果的好像只有新写实主义。后来文学界许多人把新写实归功于我，我不能贪功，这一文学思潮是很多人一起做起来的。但为什么新写实会与我发生联系呢？人们说起新写实小说时总要提到我呢？可能是因为我阐释了对新写实小说言说有些特点，对新写实小说做了比较客观的理论上的界定。在 80 年代，文坛出现了刘恒、刘震云、方方、池莉等这些作家的作品，这些文学作品与先前的脱离现实的先锋文学大不一样，因为这些作品都是现实主义的作品，可是与传统的现实主义也不一样，传统的现实主义总强调典型化，而且也总是一副居高临下的面孔，这个时期出现的一系列小说既有现实主义小说直面惨淡人生的态度又有某些现代、后现代因素的写实手段。像方方的《风景》，以一个死去的亡灵的视角来叙述，这有了现代派的东西，但又不完全是现代派，像池莉的《烦恼人生》，描写了武汉普通工人印家厚一天的日常琐碎生活，对于这种普通人的日子，作品既没有美化也没有丑化，只是真实而破碎的全盘拖出。这又与传统的现实主义相背离，因为传统的现实主义受政治权力的干扰，有为政治服务的倾向，传统的现实主义作品里情节是需要提炼的，而这些小说却是一种原生态的描写。那么用什么的名称来概括这种写法呢。我在1988年，写了一篇《近期小说的后现实主义倾向》，我当时以为这是一种后现实主义，有现实主义的元素，但又突破了现实主义。我后来把这篇文章给了范小天看，他说中国人都喜新厌后，建议不要“后”字，也不要主义，因为主义含有一种政治色彩，其实主义在英文里面只是个后缀。后来就叫“新写实”，新写实也可以是一种方法，也可以是一种现象。此后，很多研究生、教授都开始研究新写实小说，而且研究新写实小说大抵都绕不开《钟山》。

我总结出新写实这类写法有三个特征：

1. 写原生态，写生活的本相。我在理论概括时，用现象学“还原”来表述。80年代末期，人们处于一种理想破灭的状态，曾经过热关注政治的热情降低，人们对自身生存的艰难有了深刻的体验。传统的现实主义有太多虚伪的东西，处在这个时代的作家以一种遭受洗礼的心态重新面对人生，面对现实，描写原汁原味的生活，以琐碎的、庸常的，“一地鸡毛”的生活细节来展现一种本色的原生态的“烦恼人生”。

2. 零度写作。是作家与作品保持着冷静客观的距离，不褒不贬，不丑化、不美化、将自己完全隐藏在作品后面，尊重作品里面的人物，不以叙述者的身份对人物横加干预。要尊重读者，当一个作家在写作时，如果带着自身过多的情感，一则对文本中的人物会有所牵制，二则也会影响读者的判断与思考。很多作家在写作时都不注重读者的感受，笔下人物全是那种命运型的，强制性的。

3. 对话。这就是要求作家在叙述时，不要太满，要留给读者想象的空间。这有点受后现代主义和新小说派的影响，强调与读者对话的可能，留下读者创造的空间。

新写实小说虽然最先是由《钟山》发起的，可后来它的影响力大大超过了刊物的影响力，这股文学思潮影响了很多其他门类的艺术。当时有一部电影，是著名导演张艺谋拍的《秋菊打官司》，这部电影是根据陈源斌的《万家诉讼》改编的，陈源斌的小说算不上新写实的代表作，他的感情表达比较直白，那么后来由于刘恒的介入，因为刘恒是新写实的代表作家，张艺谋也受到了影响，后来我看《秋菊打官司》，我说这不是新写实吗。后来第六代导演的作品也非常重视原生态。可见从文学出发整合出来一个美学思潮，不仅影响了作家的创作，还辐射到了艺术的方方面面，到现在新写实都还有很强的生命力。

《长恨歌》的“炒作”

做编辑一定要有文学敏感和策划能力。我以为在我多年的编辑生涯中最成功的一部作品当属王安忆的《长恨歌》，作为这篇小说的责任编辑，这也是我非常喜欢的一篇小说。

1993 年 11 月份，我到上海参加中国文艺理论学会年会，当时我在《钟山》编辑部担任理论编辑，但编辑部委托我找王安忆、陈村、李晓、格非等人约小说稿。见到王安忆跟她说了约稿之事，她答应了。到 1994 年 7、8 月份，我打电话给王安忆，问她小说写得怎么样，她说才有 10 万字左右，我说去年年底不就有了 10 万字吗？她说不满意，我重新写了。我一听，不禁有些感动。像王安忆这么认真的作家，虽然不是绝无仅有，但把 10 万字推倒重来，只能用对艺术的执着和对自己的负责来理解。

直到 1994 年底，《长恨歌》第一部才寄来，她当时还没有用电脑作，娟秀的字迹清清爽爽，近乎一丝不苟，编这样的稿件特别舒服，而小说的内容更是让人惊叹，我读完之后，连连称道：经典，经典！小说一共三部，我们便分三期载完，她也是一部一部寄来的。当时，王安忆曾经和《收获》谈过这部小说，《收获》说可能要删除一部分发表，王安忆坚持原稿发出，我说，可能要分三期发表，她同意了。

奇怪的是《长恨歌》发出之后，并没有引起太多的注意，也没有产生强烈的影响，评论界当时正忙着讨论人文精神这样重要的、关系到中国文学何去何从的大问题，小说已经没有作家的言论重要，没有那些危言耸听的宣言引人注目。我问过好多的评论家，他们居然都没有读过，尤其是上海的评论家居然也有不少的人不知道这部重要的作品。我有些着急，怕这部作品被埋没，那就太对不起王安忆，也对不起文学史，向主持编辑部工作的领导赵本夫、徐兆淮建议，到上海开《长恨歌》的作品讨论会。说实在的，讨论会本身是有些蹊跷的。你打开现在的报刊，发现几乎所有的讨论会都在北京举行，上海的作品讨论会是凤毛麟角，这是一；讨论会当时是三家名义举办的，另外两家是挂名的，费用是由《钟山》编辑部出，据我所知，在我在《钟山》工作期间，《钟山》为作家的一部作品开讨论会好像绝无仅有，而《钟山》是江苏作家协会的刊物，王安忆是上海作家协会的专业作家，这是二；《长恨歌》由作家出版社出版，出版社是最直接的受益者，但出版社缺席，这是三。到了上海以后，曾有一位上海的作家朋友跟我开玩笑说，你们编辑部的钱还不少哩，我说，《长恨歌》确实写得好。1995 年 10 月 10 日下午，《长恨歌》讨论会在上海作协的会议室举行。这可能是我参加的最朴素的作品讨论会，会场上没有拉横幅标语，也没有现在讨论会上常见的官员，更没有官员的套话，发言者也没有麦克风扩音。没有电视台摄像机的强光，没有纪念品，也没有“审读费”，奇怪的是会后居然没有安排“工作餐”，我们事先曾做了便餐的准备，但上海的朋友谢绝了。虽然会议极为简朴，但上海评论界的大腕们一个也没落下，这说明上海评论界当时的风气没受污染，更主要的还是王安忆的号召力，她的人缘，她的人格魅力。

会议开得比较热烈，女作家陆星儿、王周生由衷地感慨，读了《长恨歌》，觉得没法写作，更没法写上海了。当然，会议也有缺憾，就是好几位评论家没有看《长恨歌》，影响了讨论的深入。我在会议结束时，开玩笑说，如果我们的讨论会能让大家去看《长恨歌》就完成了任务。虽然会上没有轰轰烈烈，但会后还是产生了一些小小的“轰动效应”。一是由张爱玲引起的，因为讨论会前夕，海外传来消息，一代才女张爱玲悄然离世，这自然引起了人们诸多的议论，而《长恨歌》与张有着暗暗的承续关系，也自然成为有趣的话题。有人说，《长恨歌》是一部比张爱玲还要张爱玲的小说，在读《长恨歌》的过程中，听到张爱玲去世的消息，也觉得张爱玲可以去了，因为有了比张爱玲还要张爱玲的传人。

我在会上说王安忆的《长恨歌》是“三重挑战”，一是对题材的挑战，因为《长恨歌》的生活内容不是新的领域，过去有人写过（比如张爱玲），现在也有人写，还有人在拍电影，张艺谋、陈凯歌、陈逸飞都拍过，可以说是时髦的老题材，王安忆不怕“崔颢题诗在上头”，既表明她的自信，也表明她强烈的挑战意识。二是对自己的挑战，张爱玲的小说基本上是在写自己，或与自己相关的人与事，而《长恨歌》脱离了“自己”，王琦瑶是王安忆生活中未曾有过的记忆，但王安忆写得很精彩，从40年代写到90年代，时间跨度很大，对当下的把握甚至比40年代还要精妙。三是对文体的挑战，写长篇而放弃描写的客观叙事法，以带有阐释性质的叙述贯串始终，是自我设里障碍，这种写法很难把握叙述者和人物的关系，《长恨歌》写得清爽，功力非凡。

一部好的小说是多少年才能产生一部的，尤其是写一个地方、代表一种城市精神的作品更不是轻易能产生。2000 年年底，茅盾文学奖在浙江颁奖，我因为离开编辑部没有能去参加，感到很遗憾。不过，又感到很欣慰，就是当初的努力得到证明，“炒作”《长恨歌》是有预见性的。当然，这多少有自作多情、或者沽名钓誉的成分，或许王安忆的作品根本就不需要什么讨论会来证明价值，《长恨歌》生来就是天生丽质，任何涂脂抹粉都是多余的

作为编辑，有时候。喜悦是别人是难以分享的。那喜悦，就是无名的无形的勋章挂在你心头。

再论朦胧诗的价值

二十世纪七十年代末，朦胧诗在十年动乱这样一个特殊的历史时期应运而生，北岛、舒婷、顾城、江河、杨炼等诗人以《今天》为阵地掀起了朦胧诗潮，激起了文学界不小的地震。这场持续多年的地震催生了当时围绕朦胧诗的“崛起”论，谢冕的《在新的崛起面前》、孙绍振的《新的美学原则在崛起》、徐敬亚的《崛起的诗群》，促进了朦胧诗迅速走向全方位发展。这股80年代的朦胧诗“旋风”同时引起了国际诗坛的浓厚兴趣与关注，美国康奈尔大学出版了北岛的诗集《太阳城礼战》，瑞典好书出版社出版了北岛和顾城的合集《北岛顾城诗选》。时至今日，朦胧诗潮早已画上句号，但朦胧诗在中国当代文学史上的价值是独特的，在历史的纵向河流中其意义是深远的。多年之后，我们重新回顾、审视朦胧诗，以更加冷静客观的角度呈现朦胧诗的价值和意义。

一、人的发现，人性的诉求和人的呼唤

朦胧诗的旗帜上写着：人。

在那个人没有自由、没有自我、人性被兽性吞没、人的尊严丧失的动乱时代，“人”实质是缺席的，朦胧诗人的旗帜向非人的动乱时代发出抗争和呐喊——“我是人!”“人啊，理解我吧!”诗中鲜明地流露出人道主义的倾向。他们正是通过这种对人性的诉求，对人的尊严、人的价值的呼唤展开一段“人”的发现之旅，构成了朦胧诗的主旋律。

由于他们的诗和情绪生长在那个动乱的时代，他们的诗表现出不正常的社会对人的种种折射、抽象、异变，宣泄被戕害、被窒息、被变形的苦痛与愤懑，“河水涂改着天空的颜色/也涂改着我/我在流动/我的影子站在岸边/像一棵被雷电烧焦的树”。北岛们是力图恢复人的尊严与价值，因为那个不正常的岁月把人不当作人，以兽道对待人道，以法西斯对待人性，人失落了。北岛们就是要拯救这种失落，呼唤人性的复归与再生。

面对这个非正义非人性的世界，朦胧诗人不能顺从，他们“举起叛逆者的剑/又一次/风托起头发/像托起旗帜/迎风招展”（北岛《岛》）。在这种叛逆精神的驱使之下，朦胧诗人反复选择张志新、遇罗克这些叛逆者的形象作为自己的抒情主人公。杨炼初期诗中也常常出现战斗者的姿态：

就让我最终把这些铸造噩梦的牢笼摧毁吧
把历史的阴影、战争的姿势
像夜晚和黎明那样连接在一起
像一分钟一分钟增长的树木、绿荫、森林

我的青春将这样重新发芽

杨炼把“历史的阴影”与“战斗者的姿势”联系在一起的思考，表现出一种崇高的历史使命感与责任感，而且，在这种“战斗者的姿势”中枯萎的青春将会“重新发芽”，失去的时光将会得到补偿，可见诗人是深明“战斗”的意义与价值的。

最能代表朦胧诗的叛逆意识与战斗精神的诗章，是北岛的《回答》。十年动乱的世界里，“卑鄙是卑鄙者的通行证/高尚是高尚者的墓声铭”，诗人激烈地呐喊:“告诉你吧，世界，我——不——相——信！如果你脚下有一千名挑战者，就把我算作第一千零一名。”“我不相信”四字，表达了诗人对缺乏人性的世界的叛逆和怀疑。虽然“你”已将一千名叛逆者踏在脚下，但是“我”愿意做“第一千零一名”，这种勇敢战斗的精神建筑于为真理勇于牺牲勇于献身无所畏惧的基础上。“即使明天早上/枪口和血淋淋的太阳/让我交出自由、青春、笔/我也绝不会交出你/让墙壁堵住我的嘴唇吧/让铁条分割我的天空吧”（北岛《雨夜》)，诗人那种大无畏战斗精神的具体描述，不仅是诗人勇于承担苦难的英雄主义“小我”的体现，更是一种为正义、为真理、为主义不屈的信念，一种有意义的人生价值观的体现。

激烈战斗的本质是诗人对人道主义的呼唤，对美好人性的诉求，是“人”缺席之后的回归，这便构成了他们诗中肯定性的主题意象。舒婷说：“我从未想我是个诗人，我只是为人写诗而已”，“我通过我自己深深地意识到：今天，人们迫切需要尊重、信任和温暖。我愿意尽可能用诗来表现我对‘人’的一种关切”。并急切呼唤：“人啊，理解我吧。”杨炼则热情地讴歌道：

我的兄弟们呵，让代表死亡的沉默永远消失吧
像覆盖大地的雪——我的歌声
将和排成“人”字的大雁并肩飞回
和所有的人一起，走向光明

——杨炼《大雁塔》

朦胧诗人力图用“人”作为制高点来建造他们的理想世界，在这个理想的世界里，“心灵不再躲到幕布后面/书打开窗户，让群鸟自由地飞翔/老树不再打鼾，不再用枯藤/缠住孩子那灵活的小腿/少女们从沐浴中归来/拖曳着星星和辽阔的月亮/每个人都有自己的名字/自己的声音、爱情和愿望”（北岛《我们每天早晨的太阳》），这不是一种乌托邦式的空想，是一种对人解放的要求和期望，这是一个自由、活泼、个性充分解放、人与人之间不需要戴面罩生活的世界，这种“合乎自然”“合乎人性”的境地实际呈现出人文主义和启蒙思想的一般理想特征。这种泛人道主义的理想追求在江河那里覆盖面更为广阔：

让光划出影子和光明的界线
让影子渐渐透明在中午消失
我的那些苦闷沉默艰难的年代
消失在欢笑中
我，金黄皮肤的人
和世界上所有不同肤色的人连成一片
把光的颜色铺遍生活

祈求苦难消失、世界大同、人类共同富裕、幸福的良好愿望，虽然未必源于诗人内心的共产主义理想目标，但诗人已经

不仅仅为了解救自我和表现自我，不仅仅为了一个“人”，而是从“我”出发，把“我”的命运、灾难、幸福与全人类联系在一起，显示出诗人那颗宽阔的人道的深沉的爱的大心。

然而，这种呼唤人、尊重人的主体意向，并不能如期实现，有时现实的距离要大大超过他们的预料，朦胧诗人又必须在渴望建立理想世界时对异化人、遏制人的发展的外在环境进行理性的感情的批判。因此在朦胧诗人创作的晚期，人与环境的对立，人被异化的悲剧感表现得尤为突出。顾城的组诗一扫初期那种人与自然和谐共鸣的浪漫天真气息，而表现出现实是冷酷的，只有人的内心才是高尚美好的存在主义倾向，也表现出诗人一种独善其身、自我完善的宗教品格。这依然是对人呼唤的一种方式。

杨炼把这种人的自觉推向了生命的自觉，把人的呼唤思考推进到另一个广阔的境界，开始从不确定性和抽象性中解脱出来。杨炼这一“推进”，既强化诗的生命意识，启迪、开拓了新一代的思维空间和艺术视野，也从本质上背叛了朦胧诗的内在精气、血质，将朦胧诗度入了一个最终解体的阶段，宣告朦胧诗群体的瓦解。

二、对历史的深刻反思

七十年代末期，朦胧诗人肩负着沉重的历史使命感和社会责任感步展坚韧地走上诗坛，他们把诗作为一种手段，一种桥梁，直接秉承“五四”的开放风度与创新意识，使得诗歌具有历史的厚度，大大拓展了诗歌的内在空间与外在空间。

朦胧诗人们在反思十年动乱这一独特的历史现象时，已不满足于起初简单的控诉、痛斥、悔恨、愤激之情，自审意识的出现，表明他们在沉思，动乱历史的构成不能归结于单方面的作用力，应从历史双向运动观念去剖析这一灾难出现的多重原因。诗人们的思考伴随着思想解放运动的深入，他们不再孤立地考察这一段奇异的历史表象，而是在一个广阔的历史文化背景之中去显示动乱产生的必然性。从而更深沉地揭示积沉已久的民族文化心理结构，在更高的层次上认识历史表象的实质。当然这样的反思是艰难的痛苦的，不仅反思者自身痛苦而艰难，读者也难以理解。

当江河这样写长城时，人们是多么惊恐：

我把长城庄严地放在北方的山峦
像晃动着几千年沉重的锁链

——《祖国啊祖国》

当顾城这样写长江时，又遭到多少斥责：

戴孝的帆船，
缓缓走过，
展开了暗黄的尸布。

——《结束》

是的，长城、长江一直是被人们当作中华民族历史悠久和文化昌盛的象征，它几乎像图腾一样深深地烙印在人们的心里，而朦胧诗人违背常理地把它写成“锁链”“尸布”这罪恶和死亡的象征物，岂不是亵渎了中华民族的神圣与庄严？

但是，长城、长江毕竟都是符号，可以使它们成为民族光荣自尊的象征，也可从使它们成为封建文化、陈腐意识的载体，关键在于人们赋以它怎样的情感经验。在很长的一段时间内，人们已经习于固定地静态地单一地理解生活现象，把自己的意识活动限制在固定不变的模式中，稍稍悖于既有的框式便会视为异端，这正是一种封闭性文化心理的反映。其实只要读一读下列的诗句，就会发现这种“亵渎”的意义：

以太阳的名义
黑暗在公开地掠夺
沉默依然是东方的故事
人民在古老的壁画上
默默地永生
默默地死去

——北岛《结局或开始》

这土地，仿佛疲倦了，睡了几千年
石头在噩梦中辗转，堆积
缓慢地长成石阶、墙壁、飞檐
像香座、像一枝枝镀金的花朵
幽幽的钟声在枝头颤栗
抖落了一年一度的希望
葬送了一个又一个早晨

——江河《祖国啊祖国》

北岛把几千年来的封建社会的漫长历史比作“古老的壁画”，江河比作“睡了几千年”的“土地”，虽然譬取的物象不同，但他们共同意识的漫长的封建历史所培育出来的文化正是一个摧残生命、扼杀自由的“死亡文化”，在这种“死亡文化”

的窒息下，人民在“禁锢”中“默默地死去”，“希望”和“早晨”被一次又一次地葬送。这种“死亡文化”造就了一种封闭性的文化心理，人民只有沉默，只能沉默。在这样的历史文化和文化心理之下，出现动乱、浩劫，也就不奇怪了。

杨炼的《大雁塔》将大雁塔作为传统文化的象征物，并进行人格化的处理，通过“我”这样一个历经沧桑的“老人”对中国封建社会的历史文化进行沉痛的反思，对这种封建时代文化的死亡气息做了较为深刻的揭露，“我的动作被剥夺了/我的声音被剥夺了/浓重的乌云，从天空落下/写满一道道不容反抗的旨意/写满代替思考的许诺，空空洞洞的/希望，当死亡走过时，捐税般/勒索着明天/我的命运呵，你哭泣吧！你流血吧/我像一个人那样站立着/却不能像一个人那样生活/连影子都不属于自己”。这种对“人的尊严”“人的价值”的呼唤，对自己、对思考的渴望，都表现启蒙时期人本主义的理想。

北岛在反思历史反思文化时常常交换使用两套武器，一是以充满善良愿望的人道主义理想为参照物，去抨击那些非人性、非人道的生活现象和文化心理，另一种武器是萨特存在主义哲学。如果说人道主义哲学侧重从理性的善的方面去进行文化批判，那么北岛在运用存在主义武器时更多的是从非理性的恶的方面去进行文化的否定。在一些诗篇中，着重抒写人生的荒诞感，现实的可恶的一面，以宣泄动乱淤积心中的愤懑和孤独，“对于世界/我永远是个陌生人/我不懂它的语言/它不懂我的沉默”“对于自己/我永远是个陌生人/我畏惧黑暗/都用身体挡住了/那盏唯一的灯/我的影子是我的情人/心是仇敌”（《无题》），这种对现实的恶心感，对客观世界的不可知感，对环境的无以名状的恐惧感、迷惘感，对生活的陌生感以及在人与人关系中的孤独感，与萨特小说《恶心》中的主人公安东纳·洛根丁的心态极为相似，这种对人的状况和人与社会关系状况的批判性认识，是对动乱时代以及产生这种动乱的历史文化心理因素的一种否定。“世界小得像一条街的布景”“那从蝇眼中分裂的世界”等意象也很容易使人想起萨特的《苍蝇》《墙》《引司隔》等作品。

在人类历史前进过程中，人们永远需要对历史进行回首和反思。朦胧诗对历史的反思精神，激发起来的人们的反思意识，也是朦胧诗宝贵的资源。

三、悲剧美学价值

朦胧诗产生于一个悲剧的时代，它笼罩着无可名状而又无法回避的悲剧性气氛。朦胧诗人揭示了那个时代人们的痛苦与不幸，展示了人类在信仰缺失、精神荒芜的世界中追求与幻灭、抗争与死亡的悲剧历程，因此诗中流溢着雄伟壮美的悲剧精神和激昂奋发的理想主义热情，这两股动力构成了朦胧诗的悲剧美学价值。

他们经常选择重大历史题材或历史人物作为诗的主体，将这种悲壮的英雄主义气质表现其中。朦胧诗中，总有一个坚强的或沉思的“战士”的身影，“他”不盲从，甚至有些桀骜不驯，充满悲剧色彩，使我们看到了为美好理想和崇高目的不向命运屈服，勇于向命运抗争的善美人性和顽强抗争的生命力，无不透射出一种崇高美。

舒婷在《遗产》中以“母亲”张志新的名义叮嘱孩子“爱给你肤色和语言的国土”“爱给你信念使你向上的阶级”，要孩子继承她“空出来的岗位”“让所有冲击过我的波涛，也冲击你的身体吧。我不后悔，你不要回避！”另一个气质较为纤细文弱的童话诗人顾城也有着刚强坚毅热爱真理的不屈精神，“虽然，我需要自由/就像一棵草/要移动身上的石块/就像向日葵/索取自己的王冠/我需要天空/一片被微风冲淡的蓝色/让诗句渐渐散开/像波浪/传递着果实”。面对敌人死亡的威胁，“我”坚定地宣告：“不要说了/我不会屈服。”（顾城《不要说了，我不会屈服》）江河在《没有写完的诗》中则冷静地将“自我”置于那种“死亡”的情境上去思索、去表现英雄主义献身的无畏精神与悲壮气概。在体味张志新那股面对死亡的复杂情感时实际已超越烈士自身的实体，体现出作为江河个体的那种坚毅的孤独感与悲哀感。当我第一次读到“我也站在这群人中/看着自己被处决/看着我的血一涌一涌的流尽”时，我的灵魂颤栗了，仿佛看见自己的灵魂在示众，血在流淌，它使我想起了鲁迅《药》中夏瑜牺牲的场景，虽然这“黑压压”是被“驱赶来的”，但这深重的悲哀与孤独使英雄的亡灵难以安宁，也使“所有的苟活者失去了重量”（韩瀚诗句）。

北岛悼念遇罗克的《结局或开始》《宣告》两首诗与江河的《没有写完的诗》互相补充，构成悲壮的英雄主义的完整篇章。北岛在“我”“牺牲”前刹那的勇敢无畏与江河一样充满了角斗士的气质，但“我”似乎更坚信未来，“我，站在这里/代替另一个被杀害的人没有别的选择/在我倒下的地方/将会有另一个站起/我的肩上是风/风上是闪烁的星群，也许有一天/太阳变成了萎缩的花环/垂放在/每个不屈的战士/森林般生长的墓碑前/乌鸦，这夜的碎片/纷纷扬扬”（《结局或开始》），这种为真理献身的行为便显示着庄严的理想主义光辉和一个战士的崇高感。

朦胧诗人通过悲壮、雄浑的英雄主义气质，那种愿为真理、为光明、为自由、为理想而献身的热情来体现使命感、责任感、道德感、正义感。共和国初期健康而质朴的教育培养了他们这种单纯的理想主义精神和坚强的英雄主义气质，他们的诗总是闪烁着理想主义的光晕，奏着理想的悲歌、颂歌与挽歌。舒婷歌吟理想不能实现的忧伤，北岛在贬斥动乱景况时总以一种古典的人道的理想进行观照，而顾城那些透明的诗章总将人性的净化与脉脉的田园风光当作最高境界，江河、杨炼则全心倾注于历史与生命的共同实现。

他们在诗中表现理想世界的信心，抒发理想不能实现的痛苦与悲哀，这种情绪互相补充互相撞击，一阴一阳构成诗的悲剧意蕴。较为典型地体现在北岛的《一切》和舒婷的《这也是一切》中。这本是不可分割的整体，由于理解的差异，人们往往称赞舒婷的《这也是一切》，而批评北岛的《一切》是“怀疑、迷惘、苦闷、颓丧”。

就诗的整体情绪而言，舒婷高昂明朗充满激情，北岛的深沉忧郁充满感伤；北岛是以一种否定性的态度来发泄昨天的理想破灭的愤懑，而舒婷则以一种肯定性的情绪来盛赞并预言明天理想一定能实现，“损失”可以补偿，“呼吁”能够得到回响。北岛并不是一个悲观主义者，而是顽强的理想主义战士，他有过“信仰”“希望”“欢乐”，但由于热爱理想到极致，而理想又在动乱的岁月被人愚弄、践踏、蹂躏，他忍受不了理想毁灭的痛苦，便产生“一切都是命运”“烟云”的偏激之语，实际《一切》是理想主义的悲歌和挽歌。一个真正颓唐、衰退、丧失理想的人根本不会如此忧郁、愤激的，就像不可自拔的情人才会写出“我恨你”这样极端的句子一样，只有理想主义者才会写出《一切》这种独特的诗篇来。舒婷的《这也是一切》中的“一切”并不是北岛过去所曾经相信过的“一切”的重复，这种“肯定”不是对北岛的《一切》简单的纠正，而是在更高的意义上，在承认北岛“一切”的合理性的基础上，重新升扬起理想的风帆。它比之北岛所否定的那一切（过去时）更有力量、更有深度，也许更经得起风暴的摧折，因为“一切的现在都孕育着未来/未来的一切都生长于它的昨天”。当然“未来”也可能出现新的失望，但他们仍然会进行新的否定和新的肯定，这正是理想主义者的循环轨迹，他们无法摆脱那种悲剧性“情绪结”的巨大引力，他们注定要承受痛苦和失望的煎熬。然而“理想使痛苦光辉”，人类的生存本身便是与痛苦做斗争的过程，虽然人生结局最后是悲剧性的，但一生过程却必须是光辉的有生气的，生命的意义也许全在于此。

朦胧诗中这种抗争与超越才是悲剧真正的动情之处，也正是这种对命运的抗争才展示出对人的生存尊严和人格理想崇高追求的悲剧意蕴。

后记

对很多事物的认识需要时间，时间最公正，时间能抹平很多的东西，时间也能让很多的事物显现出来。多年之后，我们再来看待朦胧诗的价值和意义，或许会客观些、准确些。关注、研究朦胧诗，是我多年来的一个兴趣和课题，这课题缠绕了我近三十年。从1979年第一次在《诗刊》读到北岛的《回答》开始，我就悄悄地抄写朦胧诗，抄了满满一大本，1985年秋天，我对抄写在笔记本上的北岛诗歌进行研究，写出诗人论《历史·瞬间·人——论北岛的诗》，没想到在《文学评论》上发表。这首先要感谢《文学评论》的编辑刑少涛先生，当时王中忱（现清华大学中文系教授）任《中国》杂志的编辑部主任，想组一篇关于北岛的评论。他正在扬州开现代文学年会，丁帆先生主动向王中枕推荐我的《历史·瞬间·人——论北岛的诗》，要我从高邮赶到扬州将稿件交给王中忱。《中国》当时以新锐和泼辣著称，我赶到扬州后，没想到王中忱不在房间，和他同住一屋的《文学评论》的编辑刑少涛，和我聊了一会儿，很感兴趣，就开始看我的稿子。看完之后悄悄跟我说，王干，你把这篇文章给我们吧。说实在的，我当时感到很惊讶，因为当时的《中国》思想比较解放，而《文学评论》学术性更强些，加之我是无名之辈，压根儿就没想到把这篇文章投给《文学评论》。刑少涛鼓励我说，他觉得很好，回去推荐给老杨，如果《文学评论》用了，他和王中忱打招呼。刑少涛在《文学评论》分管现代文学，老杨是《文学评论》分管当代文学的杨世伟，也是一位学识好、敬业精神强的优秀编辑。

稿件寄出之后，很快收到了杨世伟先生的信，他说稿件要用，这让我欣喜若狂。很快又收到了邢少涛寄来的一套《今天》。那天聊天时，我说到研究朦胧诗资料匮乏，连《今天》什么样子都没见过，就拐弯抹角地研究朦胧诗。邢少涛说他的同学那边有一套《今天》，看看能不能借给你用一用。收到那套《今天》，我如获至宝，研究的热情高涨。从北岛出发，对整个朦胧诗进行阐释和解读。《文学评论》也在 1986 年、1987 年、1988 年先后发表我的《历史·瞬间·人——论北岛的诗》《辉煌的生命空间——论杨炼的组诗》《时空的切合：意象的蒙太奇和瞬间隐寓》三篇诗歌论文。而《文学评论》之前很少发表诗歌评论，连续三年发表一个人的诗歌评论还是第一次。当时我集中精力对朦胧诗进行系列研究，想出一本专著。在写好十二篇综述性的评论之后，准备对北岛、舒婷、顾城、江河、杨炼五个代表诗人进行个案分析。但后来我被借调到《文艺报》工作，研究计划中断，“诗人论”只写了北岛、顾城、杨炼三人，舒婷和江河的提纲也拟好。之后我又从《文艺报》调到南京《钟山》杂志工作，我的兴趣也转到对当时风起云涌的先锋派小说的跟踪与研究上去了。诗歌评论和研究被放在一边了，直到去年四川汶川“512”地震，我又重新写诗评。《在废墟上矗立的诗歌纪念碑——论512诗潮》一文发表后，被近十家报刊转载。当时很多人奇怪，你怎么在这么短的时间内写出这样好的文章？其实我调用的资源全是我研究朦胧诗的成果。只不过地震面对的是物质的废墟，而朦胧诗面对的是“文革”十年造成的精神废墟。但诗中，人的呼唤和人道的力量是一脉相通的。也就在写作《在废墟上矗立的诗歌纪念碑——论512诗潮》一文时，我重新认识到朦胧诗的价值，也意识到当时中断研究的遗憾。现在将它们重新集结，不仅是回顾历史，也是为了呈现朦胧诗固有的和有待发现的价值。

原本想撰文从今天的角度来重新审视或确认朦胧诗的价值和意义，因为当时囿于历史的局限和资料的局限，有些地方难免稚嫩，有时热情强于分析，再一个就是没有能够在更广阔的领域来认识这样独特的废墟之花。因为出书在即，不容我从容道来，这篇原本当作绪论或前言的文字就用后记的方式出现了，我先将我的主要观点罗列如下，容时间充足，详细论说。

一、朦胧诗作为20世纪中国独特的精神文化现象，它折射出来的不仅是一代青年的迷惘、思考、觉醒和反抗，还深刻地昭示未来中国文学的精神路径。朦胧诗当时在价值形态上和“伤痕文学”有某种相似之处，但它所揭示的“伤痕”不是那些具体的表面的伤痕，而是精神的创伤和灵魂的损毁。精神的创伤和灵魂的损毁不像表面的伤痕那么具象那么完好，它是抽象的，又是碎片化的，因而朦胧诗和传统的诗歌相比，显得晦涩，显得不完整。读者喜欢它的原因，是因为它契合了读者内心的某种情绪和思想指向。读者认为读不懂的原因，也在于它欲说又止。这个“止”不是诗人故意的，而是诗人自然而然的“止”。因为诗人可能意识到、想象到，但不能也不需清晰地表达出来。当然，这里也因为环境的局限。比如当时潘晓是和朦胧诗人密切接触的，她的那篇《人生的路为什么越走越窄?》是“文革”后期很多年轻人的一种心声。但诗歌不能这么直白，诗歌需要很多的意象来诉说、来表达。朦胧诗后期失去魅力，就在于很多的情绪不需要掩饰着表达，很多的思考不需要象征化地转述。思想大解放，情绪自由表达，再“朦胧”也没意思了，就有些作秀了。所以，崔健、王朔开始取代朦胧诗人的位置。崔健的歌在精神上是朦胧诗反抗精神的延续，但直白得多，也口语得多。朦胧诗的一个特点，就是高度的书面化。这是意象的需要，也是造成“朦胧”的根本原因。而崔健的嚎叫，也意味着精神生态的好转，年轻一代可以自由地、直接地发出心声。到王朔，迷惘已经不是时尚，嘲笑迷惘成为时尚。王朔大量的口语，是对朦胧诗极大的消解。这种消解，比于坚、韩东、伊沙等人的口语派诗歌要有杀伤力得多。朦胧诗的语境和启蒙、知识、文化、民主、真理这些80年代的“大词”联系在一起，它本身也起过非常重要的作用。作为20世纪80年代初的文学启蒙和文学反思，它起过的作用超过当时的“伤痕文学”和“反思文学”，它对年轻人的影响直至“新时期文学”终结。

二、朦胧诗影响深远，不仅在诗歌界，而且影响了后来的“现代派”思潮和“先锋文学”思潮。都说诗歌觉醒得最早，朦胧诗对新时期文学的影响是带有某种先知性的。当“伤痕文学”仍在计较“文革”对人民的具体伤害时，朦胧诗将“文革”对人的精神磨难用非常唯美的方式进行了呈现和解剖，在语言上它也与“十七年”的诗风隔膜深远。朦胧诗是中国当代文学现代派的排头兵，也是先锋派文学的先行者。1982 年，当高行健、李陀、王蒙等人在热切讨论“现代派”时，朦胧诗的诗人已经完成了对现代派的转化，并创造出中国特色的现代诗歌。其中一些篇章甚至带有后现代的浓重色彩。比如顾城的《一代人》“黑暗给了我黑色的眼睛，我却用它寻找光明”，而北岛最早的中篇小说《波动》也尝试小说的新写法。当然朦胧诗的美学成果后来被先锋派小说家大量用到了先锋小说的创作之中，苏童、格非、孙甘露、北村等就是写诗歌出身的。在他们的小说之中涌动那股汹涌的意象之流，虽然不能说直接发源于朦胧诗，但至少朦胧诗为读者对这种新的小说美学的接受，做了铺垫工作。王蒙的《杂色》、莫言的《红高粱》、苏童的《罂粟之家》、格非的《青黄》、孙甘露的《访问梦境》都是可以当作朦胧诗来欣赏把玩的。当“诗化”小说成为 20 世纪 80 年代的一支异趣横生的小说溪流之时，也不难看到朦胧诗的影子在晃动。朦胧诗的影响不仅在文学界，对整个艺术界都发生过作用。由于《今天》本是一本诗画合刊的民间刊物，对美术界的新潮运动也直接产生影响。第五代导演陈凯歌、张艺谋等的早期作品《一个和八个》《黄土地》《红高粱》中，那种对视觉冲击力的狂热追求，也可以看作是意象美学的电影尝试。而先锋话剧、先锋音乐也和朦胧诗息息相关。

三、朦胧诗在拓展汉语的写作空间、推动中国当代文学走向世界方面，也有不可替代的作用。朦胧诗的一个巨大贡献就是拓展了现代汉语写作的空间，挖掘了现代汉语写作的潜力。朦胧诗虽然受到西方现代派文学的巨大影响，但它也在 20 世纪 80 年代纵向连接了五四以来的现代主义诗歌运动，同时也为戴望舒、李金发、穆旦、绿原等诗人作品的重新传播提供了好的河床。20 世纪 80 年代的诗歌热，让大量现代诗重新“问世”。

比如《九叶集》的出版，使尘封多年的诗人在新的时代重新获得生命力。朦胧诗的贡献还在于让中国诗歌引起了世界的刮目相看，瑞典皇家学院评委马悦然对朦胧诗歌的热情推介、和朦胧诗人的密切接触，让诺贝尔文学奖开始关注中国诗歌。以前瑞典皇家学院只对中国的小说家鲁迅、老舍、沈从文等表示过兴趣，对中国诗歌的热情是从朦胧诗人开始的。我们不排除这中间可能含有意识形态的元素。随着中国的国门不断对世界敞开，中国的政治越来越趋向对世界认同，北岛等人也被诺奖反复提名，这不仅是对朦胧诗人的尊重，也是对中国汉语的尊重，同时也是对中国这个新兴国家的尊重。虽然朦胧诗不见得是当下中国最好的文学，但至少他们开始让世界了解中国诗歌，了解中国文学。事实上，继朦胧诗人之后，莫言、李锐、王蒙等多次引起瑞典皇家学院评委们的关注，说明中国文学在世界地位的提高。诺贝尔文学奖未必完全理解中国当代文学，但借助诺贝尔文学奖让世界更快捷地了解中国、了解中国文学可能是现在最好的选择。

四、朦胧诗自身的缺点也非常明显。前面我也说过，“朦胧诗后期失去魅力，就在于很多的情绪不需要掩饰着表达，很多的思考不需要象征化地转述，思想大解放，情绪自由的表达，再朦胧也没有意思，就有些作秀了”。朦胧诗在追求象征、在营造意象群时，强化了语言的密度和抽象性，但当诗人内心的冲动淡化时，当诗人情绪被稀释，当诗人的迷惘被理性完全控制住，朦胧诗的朦胧可能就是为了朦胧而朦胧，为了抽象而抽象，为了象征而象征。语言也好，意象也好，象征也好，都因内心深处的那股泉涌而具有生命力。如果泉枯了，所有外在的装饰和技艺都显得苍白和做作。朦胧诗后期常常为这种装饰的苍白而困扰。至于有意向西方展示中国的“特色”就更让诗歌陷入某种形式的框架。在这样的意义上，朦胧诗在20世纪80年代后期的终结，是自然的，也是艺术运动的规律所致。

文学评论要走心

习总书记在讲话中要求文学要“让人动心”，语重心长。文学评论在当代中国文学曾经占非常显赫的地位，在今天依然发挥着巨大的作用，和创作并称为鸟之双翼、车之双轮，在联系作家和读者方面发挥着巨大的作用，推动着文学事业的发展。但是，不可回避的是，文学评论随着整个文学格局的改变，它的影响力在下降，它的权威性在削弱。它的读者面在变得更窄。

影响文学评论发展的原因很多，文学作品传播有原先的大众传播效应转向文学自身的内在传播，20 世纪 90 年代的影视的快速发展遮蔽了文学的光芒，而新世纪以来的网络的出现和繁荣并逐渐占据了主流媒体地位，对文学的冲击也是日渐强烈。而以文学作为研究对象的文学评论自然很快会淡出了大众的视野，它在 80 年代那种呼风唤雨的功能自然难以再现辉煌。也就是说，在文学评论辉煌、甚至被人们认为“评论的时代”的年代里，文学评论家的评论几乎是评价文学作品的唯一参照物。而今天，对一部文学作品的评价，来自多方面的，除了评论家的评价外，比如市场的评价，比如网络的评价，比如学院的评价，博客、微博、微信等新媒体、自媒体的出现，也成为文学评论的新载体、新手段。

要改变当前文学评论相对平淡相对边缘的状态，我觉得要在以下方面取得进展，才可能让文学评论从圈子里走到圈外，从个人化走到社会化。

一、强化文学评论思想的力量、精神的力量。文学评论的力量在于思想的力量，思想的力量在于对心灵的震撼，文学作品如果不能“走心”，不能进入人的灵魂，只是对作品的简单复述和皮毛化的点评，是很难打动作家，也是很难打动读者的。文学评论缺乏应有的思想力量，停留在文本或迷恋在文本的分析上，在语言的迷宫里转圈子，自然很难产生巨大的精神力量。

二、提升文学评论的人格力量。文学是人学，文学是人类灵魂的底片，文学在塑造人格、展示人性方面具有其他学科不可替代的功能。因而文学的人格化，是所有载体中最鲜明最无可遮拦的，在这样的情景下，文学评论要通过对文学作品的分析、研究、探讨，来提升作品的人性内涵，铸造健康的人格品格。文学评论的人格力量是通过对作家作品的正能量的挖掘来充分体现的，是评论家主体的巨大人格投射。

三、文学评论要善于寻找新的载体，在多媒体时代重新找到传播的途径和弥散的空间。长期以来，文学评论的方式是最传统的“纸媒”，几乎很难借助于大众传媒、影视传播服务于人民，而现在纸媒的黄金时代正在消失，新的媒体蒸蒸日上，文学评论可以借助这些新的媒体传播好的文学思想和美学精神。已经有一些学者和评论家借助博客、微博、微信来承载文学评论的功能，在交互的平台上和读者沟通。法国著名的文学理论家和评论家罗兰·巴特一生渴望的“对话”理论，在网络时代可以畅通无阻地实现。罗兰·巴特在20世纪试图通过开放文本来获取作者和读者的平等交流，但当时缺少网络这个交互的平台，罗兰·巴特的理想只能通过实验室的方式完成，他让他的学生对话完成的《恋人絮语——一个解构主义的文本》就是追求众声喧哗的泛文本。而今天在网络里要完成与读者沟通的效果，天然形成。所以文学评论通过新媒体来承载新的思想、新的艺术，才能走出革新之路，实现凤凰涅槃，更好地为人民服务。

不拿枪的敌人

因为工作的关系，最近读了天津作家李唯的中篇小说《暗杀刘青山张子善》，产生一些感慨。刚看到题目挺奇怪的，刘青山、张子善不是被我们政府作为腐败分子枪毙了的吗？怎么会被暗杀呢？历史就是这么奇怪，作家李唯在尘封的档案里发现他俩当年居然是国民党特务暗杀的对象，因为他们位居天津地委书记，是中共的高官，便有了一连串“暗杀”的故事。当然，最后国民党的特务暗杀阴谋失败了，失去民心的国民党很难在大陆建立他们的群众基础。记得毛泽东有句非常经典的话，“在拿枪的敌人被消灭以后，不拿枪的敌人依然存在”。“拿枪的敌人”指国民党的有形飞军队，而“不拿枪的敌人”当时是指国民党的特务以及隐藏的反对共和国新生政权的敌对势力，因而毛泽东高举阶级斗争的大旗，时时要和不拿枪的阶级敌人做斗争。毛泽东可谓高瞻远瞩，他说这话时，还没建国。

60 多年过去了，共和国的政权稳定了，当年那些“不拿枪的敌人”似乎已经烟消云散了，但是威胁共产党作为执政党的敌人依然存在。这个“不拿枪的敌人”就是腐败，小说《暗杀刘青山张子善》以诙谐冷冷幽默的叙述方式，清晰地展现了这个不拿枪的敌人比那个拿枪的国民党的特务要可怕得多，也要顽强得多。国民党特务费尽心机地要暗杀的天津地委的一号人物、二号人物，在灯红酒绿面前，在金钱女色面前，很快缴枪了，不是死于国民党的枪下，而是无形的敌人——腐败。乃至刘张二人觉得自己死得冤，死得不可思议，就是这种无形的腐蚀和难以抵御的享受本能。所以，现在有了那句著名的“把权力关进笼子”，如果不能正确地使用权力，自己就会被关进笼子。

小说当然是一种虚构，但是在虚构的同时，又是脱离不了现实生活，当年刘青山张子善没有倒在敌人抢下，而是死于自己组织的执法。从某种程度说，他们变成了共产党的敌人，因为他们的存在，共产党才意识到不拿枪的危险一点也不小于拿枪的危险。刘青山张子善腐败的基础在今天没有垮了，反而随着经济水平的提高，这些个不拿枪的敌人升级换代，变得更强大、更狡猾了，反腐防腐，任重道远。

大到一个政党，小到一个人或一个公司，在奋斗的路途中，必须经历这样几个阶段。首先必须有朋友才能从小到大，从弱到强，所谓一个好汉三个帮，说的是草创阶段，你不可能拥有很多的资源和人脉，要借用人家的资源和力量来发展自己、壮大自己，才能获得成功。等你成功以后，你的敌人自然会出现，因为你的出现，可能占了人家的资源，分了人家的蛋糕，或者挤缩别人原本宽敞或者独自拥有的空间，让人家感到了某种威胁或者不舒适、不自在。总之，你成了占人地盘的入侵者，你成了敌人。甚至你当年的朋友也成为你的敌人，因为你的成功、成长慢慢超过了他们，你的优秀让他们面子上挂不住、不自在，也同样影响他们的生存。

另一方面，在你的身后还有一些奋斗者，他们的明天就是要坐上你现在的位置，他们视你为偶像的同时，也视你为假想敌。这样你就面临挑战，超越、击溃、打败或避掉这些敌人，你就会拥有更大的空间，意味着总值的提升和地盘的扩大。当然，你也可能被敌人击溃、收编、吞没，你也因此丧失了自己。

一个奋斗者，一个不敢落后的人，一个愿意向前走的人，总会遇到障碍，都会遭遇到敌人。出现敌人是必然的，敌人也是必须的，乡村社会比之城市文明为什么相对稳定和谐，就在于乡村的上升空间小，面临的敌人要少。走出乡村，其实是为了寻找自己的敌人，有了要超越的对象，他就会刺激你的力比多，唤起你的潜能，释放出所有的战斗力。所谓鲶鱼效应就是敌人效应。那些移民城市的生命力，就在于不断涌进异乡的鲶鱼，那些饥饿的鲶鱼。

强大的敌人毁灭对手的同时也会造就强大的成功者，你的敌人越来越强大说明你的力量越来越大，你的理想也越来越近。

当然最大的敌人，是你自己，这个不拿枪的敌人如影相随，隐藏在你体内，时时诱发你的惰性、你的贪婪、你的颓废、你的腐败、你的恶劣、你的疯狂、你的反人性甚至反人类，把你带向病态、死亡和肮脏。所谓“生于忧患，死于安乐”，其实是说在没有敌人、没有对手、没有牵制、没有制约的情况下，容易自我陶醉、自我丧失导致自我戕杀。

忧患是拿枪的敌人，安乐和腐败是不拿枪的敌人。

现在还回忆

2001年我在《青年文学》开过一个专栏，叫《现在就回忆》，时间过去13年，如今又逢刊庆，很自然地要回忆一下与《青年文学》的旧年往事。

可能一般人没有想到，我不是因为评论和《青年文学》结缘，而是小说。我在《我的小说家之梦》一文中说过我年轻时有过当小说家的巨大理想，而《青年文学》差点完成我的巨大理想，或者说，《青年文学》已经为我铺好了路，我自己不才，没走下去。因为我的两篇小说都是在《青年文学》发表的，一篇是《退稿：第99次》，发表于1986年，一篇是《成昆之死》，发表于1990年。第一篇小说《退稿：第99次》是责任编辑黑孩从自由来稿中淘出来的，现在想来是非常幸运。黑孩是耿仁秋的笔名，她当时和我联系的时候，用的是耿仁秋的本名，看着这老气横秋的名字，我以为一定是一个资深的老编辑，那篇小说，我自以为用了结构现实主义的手法，在小说中套了小说，能看中这样作品的非眼光独到的老编辑。可是现实和我开了个玩笑，1986 年 10 月，我到北京参加新时期文学十年研讨会，有空就去《青年文学》编辑部看望耿仁秋。去之前，我打个电话到编辑部，接电话的说，老耿还没到（现在想来听错了，因为后来我知道编辑部都叫她小耿），但今天肯定过来，我就去了，等我到了编辑部，看到一个漂亮的小女孩接待我，我就傻了。我说你是老耿吗，黑孩说：我是耿仁秋。我还是愣住了，不知说什么好，她与我的期待中的老编辑距离太大，我们的谈话断断续续，磕磕巴巴。因为在之前，我拜访过的《文学评论》的杨世伟先生、《读书》的沈昌文先生，都是长辈级的，而发我的小说的编辑比我还年轻！我本来是想请教的，一时无语了，我一直梦寐以寻的小说导师的形象破灭了。当然我后来主要是被青年评论家的身份拖着走，小说也渐渐没时间写了，辜负《青年文学》的栽培。其实，黑孩是一个富有才情的小说家，她的小说很有个性，她眼光很犀利，我给《青年文学》投了两篇小说，居然都用了，太难得了。至今仍充满感激之情，一直没有机会表达，因为再也没见过面，在此谨表谢意。

小说家的梦半途而废，后来随笔又和《青年文学》续上了缘分。1994 年春天，突然收到李师东的一封信，他约我给《青年文学》写随笔，说了一大串名家的名字，然后说，现在也该王干了。其实我当时在《南方周末》上才写过几篇随笔，李师东就认为我有名家的潜质，真是受宠若惊。起步不久就受到的鼓励，是最好的动力。之后我就不断地写随笔，也出了好几本散文随笔集。2010 年，我的《王干随笔选》意外地获得第五届鲁迅文学奖，追根溯源，还要感谢《青年文学》当时的鼓励，让忝列名家随笔之行列。

2000 年 10 月下旬，《青年文学》的主编李师东约我们几人在杭州的宋城举行一个小型的笔会，徐坤、邱华栋、魏微、黄曦瑶等参加了笔会。当时，记得李师东让我一位推荐70后的女作家，不要太“闹”的。我说，魏微吧，小说写得挺好的，人也懂事。魏微当时没有卫慧、棉棉那么火，是个慢热的作家。魏微当时在南京当自由撰稿人，一听《青年文学》的活动，很高兴地去了。

笔会开得很成功，宋城的美好风景和文友之间的亲切交流，产生了很多的碰撞，我和徐坤被大家戏称为赵忠祥、倪萍，接着说这两个主持人要在《青年文学》当主持人，主持专栏于是乎，就有了《现在就回忆》和《狂欢与庆典》两个专栏，我写《现在就回忆》，主要写自己经历的文坛往事，徐坤写《狂欢与庆典》，写当下作家的现在进行时。一陈一新，我是老酒，她是新茶。第二年，魏微又开了一个专栏，叫《这一代》。笔会之后，我和魏微、黄曦瑶三人先后不约而同来到北京，黄曦瑶到《中国作家》做编辑，魏微由南京的自由撰稿人，变成了北京的自由撰稿人。我呢，也被当时的人民文学出版社的社长聂震宁看中，调到人民文学出版社担任《中华文学选刊》主编。在之后不久，邱华栋也调到《青年文学》担任执行主编。到京之后，我们参加宋城笔会的六人组，经常聚会，喝酒，谈文学，偶尔还敲三家。

李师东荣升中青社的副总编辑之后，还建议我到《青年文学》当主编，我对这个岗位很感兴趣，但当时我刚调到人民文学出版社不久，为我调动的事情，颇费周折，出版社最后使用的新闻出版署的进京指标才顺利完成调动，我不好意思不报恩就跳槽。虽然没有能够到《青年文学》工作，但是对《青年文学》的厚爱，至今犹记心中。

十几年过去了，邱华栋和徐坤先后去了《人民文学》当副主编，黄曦瑶也离开《中国作家》回到了杭州。魏微呢，也从北京转战到广州，她的小说《大老赵的女人》获得鲁迅文学奖之后，被广东作协引进当上了专业作家，结束了自由撰稿人的生活。在广州见过几次，感觉她活得挺滋润的。我也离开人民文学出版社，到《小说选刊》工作，和徐坤、邱华栋经常在单位的同一个食堂碰面。这是当时没有想到的。

球评集后记

出这样一本球评集纯属意外，我的工作是编辑，但我写过小说、散文、诗歌，而我的社会身份一般被称为评论家，前些年还是青年评论家，这帽子戴了我快三十年，现在总算摘了，但评论家的帽子看来是难以摘掉了，即使我的散文随笔获得了鲁迅文学奖，也没人说我是散文家。其实，我就是一个生活感受的记录者，评论也好，随笔也好，球评也好，都是有感而发。

写球评比写其他的文体，更是有感而发，因为足球几乎无禁忌，足球是可以自由评说的项目，社会很多的情绪是通过足球来宣泄的。我不知道我是否是真的球迷，或者说是五星级的球迷，但我在看球之余，还组织足球的一些活动，在南京工作时，组织了江苏作家足球队，电视台甚至放过我们的比赛录像，2006 年我在北京又和北京的作家、编辑一起组织了北京的文人足球队，当然最终是因教练骨折球队无疾而终。我们好容易请到一个教练，但教练在教我们传球时，突然骨折了，没人碰到他。球队里很多作家，格非、李冯、丁天、楚尘等，老大哥孙都是年龄最大的。领队是出版家藏永清，在我家不远的柳芳中学操场踢。踢完了，大家喝啤酒，很开心。

世界杯是我看球的缘由，在我们身上，多少带着那个时代的体育观，常常将足球的强大和国家的兴衰联系在一起。所以，出版社要书名加上“中国梦”，我觉得并不牵强。中国强国梦的理想很多是通过体育来作为表征来完成的，中国进入国际社会是通过许海峰的奥运第一块金牌来昭示的，2008 年奥运会在北京开过了，我们金牌拿了第一。现在就缺一个世界杯，缺一个世界杯冠军，这是一个伟大的中国梦。

我们是看爱国球长大的，但时间长了，发现足球其实是多面体，可以是体育，也可以是政治，还可以是娱乐，还可以是艺术。人类有了足球运动，世界多了几分期盼，多了几分欢乐，有时带着泪水，有时带着烦恼。这样的竞技运动如此有魅力，是世界和平的一个平衡器。我们在足球的战争中弥散了很多的国际情绪，补偿了很多的国家情怀，释放了很多的民族情感。当然，我们也会纠结在某个细节故作深沉，我在这本球评集里，不乏抓住鸡毛当令箭的夸张和矫情，也有貌似专家的自得和自恋，但不要紧，足球给了让我们自大、自恋、自得、自虐的可能，踢足球释放人性，看球更是释放人性。人性在足球释放，比在战争中释放更没有破坏性。

为什么那么喜欢评球？炫耀自己的球商吗？还是我们缺少公共评说的空间？我说不清楚，我在文学评论中说的那些话语不过瘾吗？在一个自己非专业的领域说了那么多的闲话，不害臊吗？我不知道。现在结集出版，是对青春的回望，也是对足球的祭奠，那些年，我们做过这些事，说过这些话，日记般的。纯粹，又纯粹。

酿酒颂

现在想来我见过最早的酿酒师是母亲，我很小的时候，就看到母亲开始做一种叫“酒酿”的食品。酒酿学名应该叫醪糟，是糯米发酵而成。

做酒酿的程序比较复杂，在我们家是件大事。先煮好糯米饭，这糯米饭有讲究，不能太硬，也不能太软，所以煮饭前糯米一定要泡一泡，泡到一定的时候才可以上锅。母亲说，饭要一粒一粒地不相粘，酒酿就成功一半了。当时，没有电饭煲，也没有蒸笼，这煮饭的火候很难把握。有时候，太软了或太硬了，我们就兴高采烈地吃一顿糯米饭，直到如今我对粘食依然保持着浓厚的兴趣。如煮成了，我们就兴高采烈地嚼锅巴，咔嘭咔嘭地响，香。

饭做好后，就是晾，但不能晾得太久，饭冷了，拌酒药（酒酵）就不热，就会影响发酵。饭这个时候会铺在桌子上，像北方人擀面一样，这个时候，母亲在用酒瓶子碾酒药，南方很少自己擀面，所以没有擀面杖，用酒瓶子或酱油瓶凑合用。酒药子碾碎后，母亲就开始用手拌进米饭里，拌得越均匀越好。拌好以后，趁热装进一个坛子里，后来有钢精锅之后，也放在钢精锅里。装好之后，在糯米饭上面，用筷子捣几个圆孔，据说是让透气的，然后盖上棉垫或旧棉衣，放到一个饭焐子里，焐上三四天，等酒酿的香气溢满屋子时，就可以开吃了。

酒酿发酵的过程是个让人焦急等待的过程，母亲更是带着神秘甚至神圣的神情去观察酒酿的生产过程，我们有时候大气不敢出。现在我明白酒酿发酵的要素主要的温度，一般要三十度左右做好发酵，但南方的冬天屋里没暖气，如果碰上冷空气降温，发酵的时间会长一些。在酿酒的过程中，母亲是不让打开看的，说会漏了气。有时候我和妹妹们偷偷看一下，不知为什么我们每次偷看，总会被母亲发现，总会遭到母亲的斥责。后来我发现，母亲也偷偷地看，等夜深人静我们都睡了的时候，她也偷偷揭开棉垫看动静。根据我的观察，如果酒酿酿制顺利的话，酒酿就像孕妇的肚子一样会悄悄地鼓起来，饱满的白白的米粒每一颗都闪着晶莹的光。如果发酵不顺利的话，米粒就显得有些憔悴，颜色有点发暗。如果酒酿成熟了，那些原先用筷子捅开的圆孔，一个个溢满了乳白色的米酒汁，泛着甜蜜的笑，这时候，你就明白为什么有酒窝这个词，为什么“一笑两个酒窝”那么迷人，原是另一种通感。

如果三天还没动静，母亲就开始想办法加温了，加温的方法就是用把烫焐子放进去，来增加热量。烫焐子就是后来的热水袋，冬天睡觉用来取暖的。烫焐子外面要包一层布袋子，防止烫伤。我们家有两个烫焐子，一个是纯铜的，一个是锡的。一般先是用铜烫焐子加温，如果还没动静，再用锡的，有时候加温管用，有时候加温不管用。酒酿不发酵，就像人长僵似的，怎么给他营养液不长。但有时候，你把它忘了的时候，酒酿会突然一夜之间成熟。记得有一次夜里，我被一阵浓郁的桂花酒香惊醒，酒酿的香味直望鼻子里钻，直往胃里钻。一家人，都被这酒酿的芬芳催醒了，索性起来尝几口，那味道在舌尖上舞蹈。因为这一次做酒酿母亲尝试加了点桂花，但迟迟不好，本以为做砸了，没想到在几天之后，在大家以为它只能喂猪的时候，忽然飘香醉人。

酒酿做砸了，是很让人沮丧的，我到现在还记得母亲当时沮丧的表情，好像一部艺术作品毁了似的。这酒酿很奇怪，做好了，人人抢着吃，做不好，喂猪，连猪都不爱吃，非让猪饿几顿，猪才勉强吃几口。没有酒味，那米是木渣渣的，不是味同嚼蜡，而是啃树棍一样难以下咽。

说了这半天，其实是说酿酒的难处，因为在古贝春酒厂，我参观了他们的酿酒车间，看到工人们在辛勤的劳作，我想到了年迈的母亲酿酒的往事，也知道古贝春这些年能够美誉四方的原因了，他们在精心酿造佳酿和美酒，是有根的企业，不像有些酒厂忘了做酒的根基在于酿酒，而只想通过勾兑投机取巧。古贝春人在酿造美酒的同时，还时时刻刻不忘酒文化的建设，不忘弘扬中国文化的传统。“诗酒一家”，我们看到了诗酒碑林“桑恒昌诗苑”，看到了诗歌大道，我们在那里和前辈的诗魂、酒魂相遇。还读到了诺贝尔文学得主莫言书名的《四季飘香》散文集，在那里我们又和当代的文人墨客悄悄邂逅。古贝春人酿出的酒味浓，营造的酒文化深厚，所以我斗胆挥毫写出了这样的词：古贝春浓仙境出，武成秋深诗意来。

在临沧参茶

来到被称为“天下茶仓”的临沧，自然是要对茶文化感兴趣。

茶是古老中国文化的象征，甚至在英文中国“China”的称呼里，也有人认为是丝绸和茶的中国词组的拼接，或者说是瓷器和茶的拼接。丝绸也好，瓷器也好，它们都是中国人对世界文明的巨大贡献。或许有学者对这一说法持怀疑的态度，但反过来证明了世界对中国的认识是从茶叶、丝绸、瓷器开始的，“茶马古道”“丝绸之路”记载了中国文化在世界长河的辉煌足迹。

云南是茶的故乡，而云南的茶产量是又以临沧居首。说实在的，在来临沧之前，我不太熟悉临沧这个地方，我到过西双版纳、到过当年的思茅，到过大理的下关，也到过保山的昌宁，我知道那里的茶名很盛。这一次来到临沧，才发现原来是井底之蛙，不知道天下茶仓和第一茶树在哪里，还奢谈什么茶文化。

我在临沧看茶的第一站是双江县的勐库大叶茶厂。据当地人介绍：勐库地处紧邻北回归线，是国家级有性系茶树良种勐库大叶种茶的原产地。属典型的亚热带立体气候。在海拔3228米（东经99°46’—99°49’北纬23°42’）的勐库大雪山原始森林中有着近万亩的野生茶林群落，茶树树株最高达22米，基围粗3.25米，是全国群落面积最大、海拔最高的野生茶林，树龄大多在2500年～3000年左右，如此大规模的古树茶树林的发现，在世界茶叶历史上实属罕见，从而进一步证实了双江是世界茶树原产地之一，是生物多样性的活基因库。

我很兴奋的是，我们来到普洱茶的生产车间，看到工人们压茶，压茶的工人多是中年妇女，她们压茶的生产方式基本是手工的，压茶的石头已经被茶叶磨得光滑，幽幽的石光记录着岁月的流痕和工人们的勤苦。我和同行的几位作家曾经试图去启动那石头，最后还是放弃了，因为怕沉重的石头扭伤了肩和腰。而那些妇女们日复一日、年复一年地在不断上下启动着那块石头。当我们在品茗论茶的时候，有谁会想起那些辛勤劳作的妇女呢？“谁知盘中餐，粒粒皆辛苦。”在茗香飘溢的茶楼里会所里，其实也有劳动妇女的汗水在飞。

后来又来到了“滇红”的故乡——凤庆。滇红是我接触到最早的红茶，在我童年的时候，每年到春节的时候，我们全家每人可以喝到一小杯的滇红。后来我才知道，因为当时滇红全部出口了，只有极少量的菜流入国内市场，父亲当时在供销社工作，春节可以分到一小袋的滇红。滇红在我的记忆里，就充满了节日的气氛。“文革”期间，喝茶本来都是奢侈的，父亲喝的是茶叶末子，能够喝到国宝级的滇红当然是莫大的幸运。大年初一的清晨，父亲用搪瓷缸泡滇红，然后轮流给我们尝一口。后来我和同学们显摆家里有滇红的时候，同学问：什么味道啊？我想了想，说滇红的味道像蜂蜜，带着酒的醇香的蜂蜜。

蜂蜜的记忆当年是童年不准确的记忆，那时候我们把最好的美味都比作蜂蜜，因为我们压根儿就没有尝过蜂蜜的味道，但当时“比蜜甜”是形容最高味道的这个说法。待后来我喝到蜂蜜，再尝滇红的时候才发现是何等天真可笑。这一次来到了滇红的公司，尝了各种风味的滇红，才发现滇红的醇厚、滇红的丰富远远超过蜂蜜的浅薄。杨厂长热情洋溢的介绍，让我看到滇红的传奇史，也看到了临沧茶文化的深厚。

1938 年，“滇红”在风庆试制成功，成为中国的出口名茶，年出口量均占全省茶叶出口量的 40% 以上，创汇占全省茶叶出口量的 50% 以上，云南凤庆滇红茶叶集团股份有限公司是云南目前最大的茶叶生产企业。全区茶叶面积达 65 万亩，年产量达 2 万多吨，面积和产量均为云南第一。当然滇红时常作为国礼被馈赠给各国的元首、精英、名人，也提高了滇红的国际影响力。

临沧和凤庆值得骄傲的还有一棵全球最古老的茶树，被称为神树的茶树。这棵茶树有一个非常美好的名字，叫“锦绣茶祖”。因为它凤庆小湾镇一个叫在滇西凤庆小湾镇锦绣山村境内，古茶树高达 10.6 米，树冠南北 11.5 米，东西 11.3 米，基围 5.84 米。1982 年北京市农展馆馆长王广志先生以同位素方法，推断其树龄超过三千二百年后，广州中山大学植物学博士叶创新亦对其进行研究，结论一致。2004 年初，中国农业科学院茶叶研究所林智博士及日本农学博士大森正司对其测定，亦认为其年龄在三千二百年至三千五百年之间。2005 年，美国茶叶学会会长奥斯丁对其考察认为，“锦绣茶祖”是迄今世界上发现的最大的古茶树，如果考虑到它是栽培型的，对人类茶文化的历史将具有无与伦比的意义。从其树龄超过 3200 年推算，其“年龄”甚至比商纣王还年长近 100 岁，比春秋时代的孔子年长近 700 岁，比秦始皇年长近 1000 岁……就在这棵茶树王的身边，至今还有她的子孙1400多棵，茶海绿波，子孙同堂，郁郁葱葱。

神树得天地之精华，阅人间之沧桑。神树笼罩的周围没有其他的树种，一副唯我独尊的气概。这树的叶子也是神叶，远近的茶农不得前来采摘。神树受到乡民的供奉和朝拜，也受到茶友们的膜拜，2006年5月，来自台湾、香港、马来西亚的茶界名人以及云南省澜沧江流域的苗族、傣族、佤族、藏族等8个少数民族祭拜队共五千多人汇聚在香竹箐，祭拜了这株“地球上最大的古茶树”。当然，以这棵古茶树树叶制作的499克茶饼，也成为文物级别的稀有物。在2007年当时普洱茶文博会以25万元的起拍价被以40万元的天价拍出，每克800多元，价格接近当时黄金价格四倍，创下当时新茶拍卖最高纪录。

当然，茶的价值不是仅仅通过金钱来衡量的。临沧的茶孕育着的文化丰富多样，深厚，值得慢慢追寻。回京后，偶然读到佛教名僧虚云大师的一首诗：

寸香陪客坐，聊将水当茶。
莫嫌言语寡，应识事无涯。
岩树井藤命，驹光过隙嗟。
佛言放下着，岂独手中花。

临沧夏冬无热无寒，临沧人淡定从容，原来临沧的茶文化深含着禅意，也就明白它的声名如此低调了。

杭州初游

有些地方一辈子可能就去过一次，就再也没有机会去了，也不想去了。有些地方你可能去过无数次，你可能还要去，心里还想去。杭州就是这样一个让你去了多次还想再去的地方。我到杭州多次，印象最深的还是第一次，1980 年的暑假。

因为是我第一次去杭州，我还写了诗，并且至今记得清清楚楚。人们对初恋格外珍惜是有道理的，因为是一个张开的全部感情对一个新的生命的接触、感受和环抱。一个人去一个新的地方虽然不是初恋，但他的感受却是张开的，是用接纳的姿态去面对的。第二次、第三次再去的时候，往往会变得迟钝甚至麻木了。

杭州不是我的初恋之城，但是我的首游。20 世纪 80 年代初期，旅游对国人来说是奢侈品，也是高端享受。我之所以能去杭州旅游，实在是运气好，1980 年我在一所乡村中学实习，这一年这所乡村中学的高考成绩奇好，受到县教育局的表扬。学校为了表扬高二班的老师，就兑现了事先承诺的苏杭游。我是半途被拉到毕业班教语文的，当时我 20 岁，个别学生比我还大，我初出茅庐就教两个毕业班的语文，可见乡村中学之缺少人才，也可见学校领导之大胆。还好，那届学生高考语文考得不错，很多人爱上文学，至今还有交往。我也就有机会参加学校百年一遇的旅游了。

去何处游？当然是苏杭了，“上有天堂下有苏杭”，说了几百年了，它是我们的一个梦想。当时有一本刊物叫《文化与生活》，正好介绍苏州、杭州的旅游景点的，我们就按照刊物的介绍按图索骥一个景点一个景点地游玩，唯恐漏掉一处。

去杭州的行程被安排一个晚上，我们从苏州古运河出发，坐船向杭州夜游。那时的运河，河水没有污染，时有渔船和帆船行过，两岸的农舍在月色下也泛着农业文明特有的自然和亲切。我们做的其实不是游船，而是客轮，但客轮的喇叭不时地介绍两岸的景点。全船好像都是卧铺，一觉醒来，已是杭州。不知苏杭运河客运是否还有？那也算“世遗”级的。

杭州是我们此行的盛宴，是乐曲的高潮段落。和苏州的园林比起来，杭州的西湖是开阔得多，也自然得多。初次出门的我，几乎每个景点都兴奋得大呼小叫，我用笔记录景点楹联，用别人的相机为我四处留影，以致同行的都觉得我有点贪了，每个景点都要拍。从花港观鱼开始，一直到三潭印月。我当时的感受是我第一次到这么仙境的地方，而且以后恐怕也没机会再来了，我当时学的是师范专业，基本定位就是乡村教师。能碰上这样的苏杭游，已是千载难逢。所以，我把自己的杭州首游，也当成了最后一游。我用自己的眼睛、脑子和笔努力刻录下这些世间仙景，我要吸进我的神经脉络里，永远铭记。

入夜，天气炎热，我们入住的西湖饭店没有电风扇，睡得床上全是汗，当然因为我们选的房间要面朝西湖，西晒的余热难以离去是一个原因。后来我就卷起席子，走出饭店，直接跑到西湖边打起了地铺。后来发现，西湖边上，已经躺下一大片。尽管时不时有一阵湖风飘来，但还是睡不着，我就索性坐起来，饱览夜色下的西湖，看湖光山色，看荷叶上的闪闪烁烁、星星点点，陶醉。

回来以后，我写了一首诗，投了很多刊物，没刊登。33 年之后，我仍记得这首诗：

西湖

如果祖国是美丽的西湖
杭州则是一页绿色的荷叶
西湖则是荷叶上晶莹的水珠

春晚是个筐，装不下冯小刚

CCTV2014年的春节联欢晚会开门办晚会，请冯小刚做总导演，可谓开辟了新纪元。与其说是考验冯小刚，还不如说是考验CCTV的边界在哪里。作为民间喜剧大腕的冯小刚和作为官方正剧规范的央视在这样一个春晚特殊的时刻被整合到一起，双方的感受，定是百感交集。冯导：再也不会导春晚。而春晚的主办方肯定有潜台词：不能再用这样不好驾驭的导演了。

冯小刚的思想资源和艺术资源最早来自于《编辑部故事》，而《编辑部故事》王朔味是冯小刚安身立命的根本，也就不奇怪多年之后，冯小刚还请王朔出任电影的编剧。说实在的，王朔虽然照耀过冯小刚，但现在的写作和编剧，怀旧的成分大于创作，他是在为过去的读者翻记忆，回放岁月的痕迹。

或许冯小刚邀请过王朔加盟春晚，或许王朔劝阻过冯小刚不去揽春晚这个瓷器活。总之，冯小刚上春晚，知识准备不够。或者说，春晚这个框，虽然什么都要装，但装不下冯小刚，因为血型不匹配，基因不兼容。冯小刚的思维是反春晚的，或者说春晚的思维是反冯氏喜剧的。

当然，春晚还是春晚，没有变成冯小刚的贺岁剧，除了张国立以外，冯小刚的元素几乎很难寻见，除了孙楠的《万泉河》有些轻浮但又构不成后现代反讽外，到后半场，春晚几乎是没有总导演创意的春晚，一切尽在克隆以往的模式。前两年哈文的小资和艺术青年的气息都没有了，一切正常，春晚的农民气息确实少了，但笑点也随之少了，郭冬临的热心肠依然如故，而观众已经调高了笑点，郭子不可爱了。

还是要承认冯小刚带给春晚的一些变化，以往代表的一些不变的面孔暂时消失了，青春气息加强了，但冯小刚不要的人物似乎少了一些，并不代表冯小刚要的人物就能如愿以偿，如葛优之类似乎没有找到位置，张国立的位置有点像掺沙子，但沙子咯着不是央视的四位主持，而是张国立自己。他像冯导派来的卧底，在舞台上时时打听着什么，而人家就是不愿告诉他。这就是这年春晚的补丁。

冯小刚的委屈是：我的个性被遮蔽了，我想的那些创意被审掉了，而那些年年重复的老一套就不能改一改吗，但是冯小刚忘了春晚是一个非个性化的节目，不是他个人的贺岁片。据我所知，有一批立场坚定的同志对冯氏喜剧有微词，但不妨碍冯氏喜剧的票房，但春晚不一样，春晚已经是千家万户的年夜饭，平淡些不要紧，口味重会出问题，盐多了，糖多了，辣子多了，众口就不好调了。

还是要感谢冯小刚，他的实践让他明白自己并非无所不能，他可以导电视剧，也可以导喜剧贺岁片，也可以导悲剧《集结号》《唐山大地震》，还可以导历史剧《夜宴》，但是冯小刚不是万能的，他的短处在春晚暴露无遗，他企图改变春晚，想真的为人民服务，“我把春晚献给你”，但春晚的多年运转，已经完整化和系统化了，改变的只有他自己了，他看着总导演的名字落款是他，估计是会要惭愧一年的。《私人定制》里的那位俗导，一不小心成了冯导自己的故事。

还是做一个有个性的导演吧，想面面俱到各方圆满甚至挂帅国家项目，一不小心就累了自己、累了别人、累了观众。

抗争球霸：　波斯人的灵魂在奔跑

这可能是巴西世界杯上最顽强的抗争，伊朗队在90分45秒被梅西的一记超级世界波击垮。波斯人90分钟的浴血奋战，在最后的一个关头，城门失守，阿根廷人偷袭成功。

伊朗人在为他们的荣誉而战，同时也是为亚洲的荣誉而战，亚细亚的足球在世界的版图上太渺小了，渺小得可以忽略不计。虽然历届世界杯都有亚洲人的身影，但亚洲队基本上也就是扮演一个跑龙套的角色，匪兵甲匪兵乙的群众演员，简单说就是来哪个亚洲的国家队都一样，都是无足轻重的鱼腩。以至于澳大利亚人也愿意加入到亚洲争取一张入场券，因为大洋洲和欧洲的附加赛，澳大利亚队也就是匆匆过客。当然，澳大利亚队在亚洲的命运也不是想象的那么轻松。他们刚加入亚洲足联参加的第一次预选赛最后的关头，碰到了伊朗，在所有舆论和倾向都觉得澳大利亚出线无疑的时候，甚至在2:0领先的时候，伊朗的波斯铁骑绝地反击，以3:2逆转出线。

那次伊朗人告诉澳大利亚人，亚洲不是欧洲人后裔的足球后花园，欧洲血统在亚洲也不一定是足球的强者。

或许在伊朗人的血液里，就有一种不服的基因，他们对超级大国的蔑视，对强权的抗争，让美国人很不爽，虽然美国队收拾了伊拉克、利比亚等国政敌，但在伊朗人的面前，至今未能有更好的办法。

这一次伊朗面对的是足球王国的“美国”——阿根廷队，巴西是五星元帅，阿根廷则是球霸，一代天骄马拉多纳是球霸，梅西则是新一代的球霸——球王被C罗抢去了。伊朗和阿根廷交战，他们的压力可想而知，我在网上看到的一则消息说，面对送分童——伊朗队，梅西可以大开杀戒。而事实上，如果不是阿根廷的守门员三次神勇扑救，送分童子该是曾经的世界冠军阿根廷队，如果不是超级大球星梅西的在90分钟的出人意料的爆射，如果在90分钟内结束比赛的话，阿根廷队也是送分王子，伊朗队至少一分在手。

最后的时刻，波斯人累了，最后的时刻，波斯人有了稍许的松懈，而这一刻阿根廷人抓住了一点点的破绽，针尖大的破绽，刺破了伊朗人的防线。

但伊朗人的抗争，值得讴歌。这是一个不屈的灵魂在奔跑。

中国球迷的后世界杯时代

看客，又是看客，世界杯的常看客。

我看世界杯 32 年，1982 年的世界杯，我是黑白电视的看客，2014 年我是高清电视的看客。毛主席诗词云：三十八年过去，弹指一挥间。我说：三十二年过去，世界杯离中国远去。我们曾经是世界杯的狂热看客，现在依然是世界杯的狂热看客。看客可以看门道，但看出门道还是看客。

我们曾经当过过客，2002 年的韩日世界杯，中国队因为占着亚洲东道主的名额侥幸地抽进世界杯，但过客的尴尬甚至不如看客轻松。那届中国足球队创造的几项零的记录，至今无人超越：零胜利，零分，零进球。

其实，世界杯慢慢进入了一个后世界杯的时代。

后世界杯的一个重要特征，就是越来越政治化，当世界杯主办地从日韩转战到南非，再从南非转战到卡塔尔的时候，世界杯变得越来越小了，小得像一张地图。以前的世界杯基本在南美和欧洲之间轮回，而现在有了亚洲和非洲的介入，更像一个小联合国了。体育运动的世界化，其实是政治化。比如橄榄球运动，没有世界杯，它倒反而更是一项纯粹的体育运动。

联合国常任理事国的美国、俄罗斯、英国、法国都有自己的球队出现在巴西世界杯赛场上，唯独没有中国的球队。

八国峰会的美国、俄罗斯、英国、德国、法国、意大利、日本的足球队出现在本届世界杯的时候，列席八国峰会的中国没有球队在巴西亮相，世界杯是没有列席的，只有缺席。

缺席就是看客。

缺席就是不在场。

中国不在场，这就是世界杯。

但是，在中国的联赛赛场上，我们有世界杯的元素。据资料显示：这一届巴西世界杯中超球员入围人数超过前20年的总和，其中有三名韩国外援，他们是效力于广州恒大的金英权、北京国安的河大成、广州富力队的朴钟佑；此外，还包括贵州人和队的波黑中场米西莫维奇和来自山东鲁能的澳大利亚后卫麦克格文，如果加上中甲青岛中能的洪都拉斯后卫查韦斯，再加上曾经效力过申花队的德罗巴，在世界杯赛场的“中国元素”，远远超过以往。过去20年中，中国足坛的外援能出战世界杯的只有5人，即冈波斯、阿格布、安贞焕、萨比隆和帕拉西奥斯。当年冈波斯参加世界杯曾经让人们激动了一阵，而今诸多球员出现巴西世界杯，连CCTV5都懒得去采访。

在中超赛场上，还有一支世界杯的队伍，这就是以里皮为代表的执教过世界杯球队教练，今年赛场上的里皮和埃里克松，再加上去年的吉马良斯和冈田武史，世界杯教练一时多达四人，占总球队的四分之一。这就是中国的世界杯——世界杯元素在中国足坛闪耀，世界顶级的教练和球员来到中国淘金。

球迷们大饱眼福，球星们捞足腰包。30年前，20年前，那些里中国球迷无限遥远的世界杯英雄一下子出现在自家门前的赛场，我们对世界杯和足球的神圣感、神秘感、神话感，也在被剥蚀，被稀释，我们不在场，他们在我们的球场。

这就是中国球迷的后世界杯境遇：没有中国参加的世界杯，但“世界杯”在为中国足球打工。是世界杯变小了，还是中国变大了？

枪毙电影：姜文的《一步之遥》

因为太喜欢《让子弹飞》，所以还抱着很大的希望去看了姜文的《一步之遥》。

看完，想起了21年前我写过的一篇评论，题目叫《枪毙小说》。那篇评论是评论作家鲁羊的小说。因为鲁羊的小说全是和我们习惯的小说规矩对着干的，情节稀松，语言华美，结构弯曲。这很像《一步之遥》，情节稀松，本是一部希区科特式的悬疑片，却弄成一部载歌载舞王家卫式的音乐片，本是民国时期上海的选美故事，却弄成了周星驰的无厘头，本可拍成冯小刚式的讽喻片，却拍成了貌似张艺谋式的华丽开幕式（当然，就奢华而言，张艺谋的《黄金甲》是农民式土豪，姜文毕竟有过法国太太的）。

《一步之遥》戏拟了一些经典电影的场景，黑白默片也被戏拟了，甚至《枪毙马走日》这样电影中的电影也是戏拟。戏拟意味着什么？解构。解构意味着什么？枪毙！

因此，我们在看电影时看到不断地开始，又不断地拐弯，永远不在一条直线上行走。一开始是一个王朔式的骗局，一个选举黑幕的开头，可是很快变成了《投名状》的兄弟反目，继而是仇杀的模样，最后又是《大话西游》的爱情困境。弯曲的结构折断电影构架的一根根钢梁，像被洪晃和周韵的子弹击毙似的。

首先编剧被枪毙了，这部片子没有现成的剧本，边拍边改，葛优在访谈时电影长什么样他也不知道。演员也被枪毙了，不是故事中的人物，而是杀人犯匪夷所思地成了演员。连演员们激动人心的颁奖盛景也被解构成一场闹剧。导演也被解构了，在片花中，我们看到的是姜文在帮周韵说戏，而在电影里则是周韵在为姜文说戏，谁是导演啊？这样的错位正是对导演的消解。

编剧、导演、演员这些电影的三根柱子被摧垮了，电影自然华丽如焰火一样随风飘去。观众自然云里雾里地飞翔。于是听到的是姜文和葛优唠叨，于是觉得台词太多，其实《一步之遥》很多地方是默片，很多地方是音乐，台词战的比例不能说太多，多的原因，一是姜文故意在说多，一是不精彩，精彩了怎会觉得多呢！《让子弹飞》的台词也不少啊。如果说台词多，多年以前王朔和徐静蕾联手的《梦想照进现实》，那台词才叫多呢！男女主人公从头说到尾，而且就在一个房间里。

这让我想起了康洪雷的《我的团长我的团》，虽然是电视剧，康洪雷却让他承担了电影的重任，那个任性、华丽和话唠，创造了中国电视剧的很多记录。观众也是说看不懂，看不明白。康洪雷是在《激情燃烧的岁月》暴热之后，开始任性的。姜文也一直想任性，《让子弹飞》的高热，也让他有任性的资本。康洪雷任性地枪毙了电视剧，姜文则任性地枪毙了电影。

有趣的是姜文解构了电影的很多基本元素，也解构了经典电影的经典场景，但是他没有解构观众。甚至电影里反反复复出现观众的场景，而这些场景其实对情节的推动、人物的塑造是没有什么帮助的。那些欢快的龇牙咧嘴的沉醉的观众面庞被多次定格，是看客成了一个时代的主角吗？看客成了电影的主角吗？是他们枪毙了电影吗？

在《一步之遥》里姜文总是欲言又止，用疯狂在掩饰一种隐痛。这隐痛是电影的死亡吗？

再评《一步之遥》

坑是自己挖下的，马走日走到那样一步，全是自己造成的。他不和项飞田去搞什么花域选举烧钱，也没有后来的被追铺，他如果甘心当一个逃犯，不去殴打攻击王天王，也不会被抓住。也不会去当什么《枪毙马走日》的主角。

马走日一直以为自己是个人物，一直以为自己的智商和身体能够对付所有的男人和女人，但是当碰到项飞田一类朋友的时候，他就没辙了。面对爱情，他觉得是梦幻，而梦幻的结果是让女皇飞进嫦娥吴刚的故乡。可是当爱情在离开月球之后，马走日面对的是他不愿看到的现实，他发现自己挖下的大坑。

这坑，是爱情之坑。是哥哥妹妹之坑，是霍乱时期的爱情加感冒时期的爱情一堆姜文说不清楚的坑。是法国租界与中国大帅共建的坑。周韵扮演的赵六企图帮马走日填坑，发现越填越大，自己也填进去了。马走日也只能从廊桥上飞翔而仙逝。

这情景在《大话西游》里出现过，马走日和至尊宝都在向世人宣喻爱情，但马走日等到的是子弹，至尊宝等到的是梦幻。

姜文不给人真正的现实，他只能向坑而去。一步之遥，就是挖坑。

《捉妖记》捉的是我们心中的妖

年初看过《智取威虎山》之后，就没看电影。这几天北京湿度大，肩周炎犯了，疼得厉害，无事可做，本想去看《大圣归来》，没想到全在放《捉妖记》。无奈看了《捉妖记》，看完以后忍不住要写几句影评。

《捉妖记》是将中国元素和新电影技术成功融合的杰作，之前我们对国外的外星人类型的影片和机器人类型的影片拍手叫好，也有一些模仿拍的影视，但基本属于鹦鹉学舌，缺乏创新。而《捉妖记》将中国文化的“妖”作为和外星人、机器人一样充满奇幻色彩的作为故事的主角，自然会有了鲜明的本土元素。之前也有通过聊斋和西游之类的改造来展现人与妖的复杂关系，尤其是《大话西游》之后颠覆了传统文化中妖的固定印象。妖的人格化、人性化，开始和好莱坞电影中外星人、机器人的人格化、人性化一样，让观众同情、怜悯。

和好莱坞中那些外星人、机器人不一样的是，《捉妖记》里面首先将妖自然化，妖也是自然生态的一种存在，还是一种弱势存在。电影的后部分全妖席的场景，让我们想起了百鸡宴、全鸭席、全鳝席、全鱼席等似曾相识的宴席，而生吃妖脑的细节更是对生吃猴脑的全盘克隆。这是对美食的解构，也是对人类贪婪恶性的批判。妖的悲剧，也是自然生态的悲剧。

当然妖的世界，也不是理想的世界，也是充满阴谋、杀戮、恐怖的境地。小妖胡巴在母亲襁褓中就遭受追杀，生下来之后，更是命运凄惨，一直在断头台边缘晃动。而造成这一切罪恶的凶手，居然是那个假扮人形的葛千户，葛千户贩妖、杀妖、吃妖，原以为是人类的败类，没想到自己居然就是一个妖孽。这一笔寓意深刻，折射出现实中那些腐败分子，刚在主席台上高声做过反腐报告，接着就被纪委带走了。这些天天喊着捉妖的妖啊！

当然《捉妖记》不是一部政治电影，它的娱乐性、喜剧性是主打，尤其吻合年轻一代的观赏心理，特别是80后的年轻人的心理的疼在电影里会找到共鸣。白百合扮演的霍小岚一改她以前玉女的形象，扮演了一个女汉子的形象，而井柏然扮演的宋天荫则是一个暖男，会缝纫、做饭，还是胡巴的奶爸，甚至会代孕、生孩子，这种性别错乱造成的戏剧效果在生活中也是司空见惯。至于电影中反复出现渲染的生殖恐惧，对80后也是一种隐痛。

我们的痛，就是那些杂草丛生的妖，我们心中的鬼，就是那些要捉的妖。